守住人生的心锁

泼墨于故乡那一片热土

西河柳 ◎ 著

百花洲文艺出版社
BAIHUAZHOU LITERATURE AND ART PRESS

由枣乡走出去的人，

无论他走到哪里，

这骨子里都深深镌刻着枣树的符号，

血脉中都恒久弥漫着红枣的馨香！

图书在版编目（CIP）数据

守住人生的心锁/西河柳著.—南昌：百花洲文
艺出版社，2023.2
　ISBN 978-7-5500-4970-3

　Ⅰ.①守…　Ⅱ.①西…　Ⅲ.①散文集—中国—当代
Ⅳ.①I267

中国国家版本馆 CIP 数据核字 (2023) 第 020206 号

守住人生的心锁

SHOUZHU RENSHENG DE XINSUO　　　　　西河柳　著

出 版 人	陈　波	
责任编辑	杨　旭	
装帧设计	文人雅士	
出 版 者	百花洲文艺出版社	
地　　址	南昌市红谷滩区世贸路 898 号博能中心一期 A 座 20 楼	
电　　话	0791-86895108（发行热线）0791-86894717（编辑热线）	
邮　　编	330038	
经　　销	全国新华书店	
印　　刷	廊坊市海涛印刷有限公司	
开　　本	710 毫米 X1000 毫米　1/16	
印　　张	18.25	
版　　次	2023 年 9 月第 1 版第 1 次印刷	
字　　数	273 千字	
书　　号	978-7-5500-4970-3	
定　　价	95.00 元	

赣版权登字 05-2023-208

网址：http://www.bhzwy.com
图书若有印装错误，影响阅读，可向承印厂联系调换

饱蘸深情写家乡（代序）

⊙ 杨荣国

读了西河柳即将付梓的散文集《守住人生的心锁》，顿觉怦然心动，不由提笔想写几句聊表寸心的话，又觉得未尽倾殷殷老乡之情。于是乎，抑制不住内心的激动，我洋洋洒洒竟写了1800多言，还没展现出西河柳同志在文学创作上勤奋耕耘、取得丰硕成果的英姿。

西河柳本名王勇，是我老家行唐的同乡，我们两个村隔着一条颍水河，虽不属同一乡镇，倒是近在咫尺。我俩是2009年行唐县申报中国红枣文化之乡、中国红枣文化研究中心时认识的，当时我任河北省民间文艺家协会驻会副主席兼秘书长；西河柳作为河北省民间文艺家协会会员、行唐县产业文化协会（红枣文化研究会）秘书长，全程参与"中国红枣文化之乡"的申报工作，经常与我打交道，联系申报事宜，因此成了朋友。

行唐是千年古县，位于巍巍太行东麓，是五帝时期尧的属地。据我国第一部诗歌总集《诗经》记载，"枣"是当时人民最喜爱的四种果品之一。行唐是红枣主产区，独特的地域灵气和土壤优势，赋予了行唐红枣优良的品质。千百年来，勤劳智慧的枣乡人民，创新了悠久的红枣栽培历史，传承了这方土地灿烂的枣文化。脍炙人口的动人故事传说，代代流传，令人动容。

枣树与枣乡的历史息息相关，枣树的诸多特性与中华民族顽强拼搏、生命不息奋斗不止的民族精神和气节紧密吻合，值得歌颂，值得弘扬。西河柳作为首批整理枣文化的中国民间文艺界的一员，对家乡行唐的枣文化研究倾注了满腔热情。多年来，他一直热衷于挖掘整理家乡的枣文化，并将《哦，枣花》《真是一树红玛瑙》《铁杆庄稼中秋红》《枣乡美酒枣木杠》《枣林苍茫数千秋》等诸多与红枣有关的散文作品，收录到他的《守住人生的心锁》中，集中展示了"以瘠土为其营养，以甜美为其奉献，以坚强为其躯干，以纯朴为其容颜，以棘刺象征不媚，以绿色装点人间"的枣树精神。

枣树有"铁杆庄稼""木本粮食"之称，河北农业大学教授、中国枣研究中心主任毛永民在给行唐枣农授课时说："一棵枣树就是一个生灵，失去了它就会令人痛心和惋惜！"故枣乡人民像珍爱自己的生命一样，热爱着这里漫山遍野的红枣树，正如西河柳在散文《真是一树红玛瑙》中写的："由枣乡走出去的人，无论他走到哪里，这骨子里都深深镌刻着枣树的符号，血脉中都恒久弥漫着红枣的馨香！"

习近平总书记指出："人民是文艺创作的源头活水，艺术创作一定要脚踩坚实的大地。"我一直坚信，艺术之间是相通的，民间艺术根在乡野，文学创作同样如此。西河柳就是这乡野中走出来的精英，家乡每一抔热土，既是他从事文学创作的根脉，又是他精神栖息的高地，赋予了他美美的枣乡情怀。家乡的山川河流、民俗风物、乡土人情是他文学创作的源泉；家乡的一山一水、一草一木、一情一景与他息息相关，血脉相连。就像他在《我的文学，我的梦》中说的："我始终认为，家乡是我创作的源泉，我的创作离不开家乡，我的文学是为家乡人民服务的。在行唐这个地方，搞艺术不需要太多的演绎，也不需要过分的包装。行唐人的思维逻辑、行为方式、语言特色，本身就充满天然的、朴素的、率性的美……我们不要舍近求远，更不要躺在金碗里讨饭吃，应该始终坚持紧贴生活，切近现实，关注本土。"一篇散文《枣乡忠烈》，可以说写得意气风发、荡气回肠，刀光血痕中承载着一段极其惨烈而悲壮的枣乡传奇，值得一读。

我是搞民间文艺的，较文学家的认知有一定局限。但我认为，作为一位具有扎实功底、卓有成就的作家和民间文艺家，必须到人民中体验生活，在实践中挖掘素材，才能创作出风格朴实、文笔流畅、情怀厚重的作品。无论记叙，还是抒情，无论娓娓道来还是侃侃而谈，必须将一幅幅画卷自然的铺陈开来，才会令读者如痴如醉、倍感亲切，才算是一篇好文章。西河柳在散文《雪浪石，片麻岩》中说："这或许是行唐人骨子里的一种倔强吧！就像扎根于片麻岩层，以瘠土为营养，以坚强为躯干，以纯朴为容颜，以甜美为奉献的老枣树。"对此，我是非常认可的。

　　面对《守住人生的心锁》这本厚厚的书稿，我想说，西河柳是一位值得肯定的作家、民间文艺家。他没有辜负家乡父老的殷切期望，在文学创作和民间文艺挖掘创作中取得了不凡的成绩。我为他高兴，为他自豪。希望他在今后的文艺创作道路上，脚踏实地、再接再厉，创作出更多更好的新著，为家乡和社会主义文化事业做出新的更大贡献。

2022年3月20日于石家庄

（作者系中国民间文艺家协会理事、河北省民间文艺家协会主席）

泼墨于故乡那一片热土

——西河柳《守住人生的心锁》序

⊙ 梁剑章

2007年9月份，西河柳加入河北省散文学会，2009年学会举办第六届河北省散文名作奖表彰大会，我在石家庄与他见面，印象中他是一个勤奋好学、不善张扬、温文尔雅的年轻人。今年春季，他加了我的微信，说是要出一本集子，看我能不能写上几句话，我说把稿子发给我吧，这就促成了这篇序言。

西河柳生于1978年，其人生经历并不复杂，一个从农村里走出来的娃子，中专毕业后就参加了工作，并且一直在工作岗位上。他的文学创作起步很早，少时读书如饥似渴，奠定了文学基础，十七八岁开始尝试文学创作，二十多岁在山东《菏泽日报》发表微型小说《血雨》处女作，此后创作一发而不可收。二十多年来，精于多种文体的创作，获得了满满的收获。

收入本书的文章包括《斜晖脉脉》《亲情拳拳》《柳色青青》《物华依依》《枣林深深》《莲叶田田》《言之凿凿》7个专辑70余篇。纵观全书，主题鲜明，内容丰富，结构严谨，描述精细，用语洗练，是一部接地气，有血有肉，视野开阔，感情充沛，评述精当，蕴含丰富哲理思考的散文集。

行唐是冀中大地一座古老的县城，它西倚巍巍太行山，东靠广袤的华北平原，山区、丘陵、平原三分地势，郜、沙、磁、曲，四河贯境。在隋、唐、五代时期，行唐南通常山关（今正定），北临古代名山恒山（又名常山，别名大茂山），东通唐代绫绢主要输出地，唐代名城定州，西达都城长安，其道路交通之便利，可谓"四通八达"，也因此造就了独具行唐特色的历史文化。

　　我尤为感慨的是，西河柳扎根于行唐这片热土，以深情的笔触描摹了行唐的山山水水等自然风貌，描述了古今发生在这里的具有代表性的历史事件和历史人物，深刻地再现了它浓厚的历史风华。他的这种描述不是片面的、零星的，而是整体的、全方位的。尽管有些文化遗迹已不复存在，但通过作者清晰的记录，厚实的文笔，还原了当时的历史原貌，让行唐的历史一脉相承，让人们永久的记住它们，缅怀它们。清凉寺曾经是行唐当地最大的一座寺庙，那里所留存的"敦煌壁画"可谓价值连城，具有重要的文物价值，但在当地早已销声匿迹。一位曾经在行唐工作过的市委领导偶然出访英国，在大英博物馆中国厅发现了一幅注明来自行唐清凉寺的"敦煌壁画"，由此引起了全城的高度关注和震动。作者以一篇11000多字的《风雨清凉寺》，详细阐述了清凉寺的建造历史、规制、规模以及"敦煌壁画"被强行盗卖的整个过程，解开了当时贫弱中国文物流失的内幕，为壁画的流失"定了案"。不管以后壁画能不能回归，当年侵略者偷窃的丑恶嘴脸暴露无遗，为今后的文物保护敲响了警钟。

　　西河柳对于行唐古文化的追寻，不仅仅就山说山，就水说水，就寺说寺，他放开视角，力求把每一处遗址，每一个故事说深讲透，使读者从中得到更多的收益。在《风光旖旎孔雀湖》一文中，他谈到孔雀湖的"洗心亭"，不仅介绍了行唐洗心亭的历史文化内涵，而且旁征博引，介绍了神州大地多处洗心亭，指出洗心亭的内涵在于如《抱朴子·用刑》所言："洗心而革面者，必若清波之涤轻尘"。洗心，即悔过自新之意。"洗心亭"，也许就是基于这种理念而修建的。神树湾景区门口，横卧着一块巨大的雪浪石影壁，引起了作者的关注。他深入了解雪浪石的产地，了解到这种"片麻岩"产生的过程。它的主要产地为定州、曲阳。宋代矿物岩石学家杜绾说："中山府土中出石，灰黑，燥而无声，温然成质，其纹多白脉笼络，如披麻旋绕委曲之势。东坡常往山中，采一石，置于燕居处，曰之为雪浪石。"由于苏东坡这位大文豪在定州任职，"片麻岩"便有了一个很文艺的名字——"雪浪石"。

　　西河柳的文笔常常生发出丰富的想象，用常人难以想象的形象去拓宽人们的视野，让人们从寥寥数笔中牢牢地记住它们。他在《不尽风韵说缶山》中描述缶山的体态："缶山，是大自然赐予行唐人的'女神'""怎么看也不像古代的瓦缶，倒像一个多情的少妇，羞赧地袒露胸脯，蜷缩着躯体，自西向东、背地面天地横亘于行唐北部山区与平原的交界处。"这种描述，不仅让到过缶山的人加深了印象，也引起了没有去过缶山的人想去的强烈欲望。

在行唐这片热土上，每一座山峰，每一条河流，每一个村庄都掩藏着不少可歌可泣的英雄故事，由于年代久远，这些似乎已经渐渐被人们遗忘。但是，一个作家的使命就是要把他们还原，让他们留在史册上。在叙述自然风景、文物遗存的同时，西河柳注意挖掘那一方土地上可歌可泣的英雄人物。

行唐是全国闻名的红枣文化之乡，有文字记载的栽植历史可追溯到春秋战国时期。作者以多篇幅描写行唐红枣的神韵："碎碎的、翠黄的枣花挂满了枝梢。细细的叶梗，有序的叶片，屑屑弱弱的""碎碎的花蕊凝然向中间簇拥着，宛如托着一颗水晶的心，又似淡绿的雪片。在袅袅的风中，追逐着一个个成熟的故事"。因此，在作者笔下，就有了《探秘千年古枣树》《神木"雷劈枣"》《真是一树红玛瑙》《枣乡美酒枣木杠》《枣林苍茫数千秋》这一系列优美的篇章。那年，我曾经去过曲阳虎山，在那里品味了当地的枣木杠酒，清澈透明，浓烈劲足，三口下去豪迈之气顿生。行唐与曲阳是临县，具有一脉相传的酒乡风韵。

亲情、友情、爱情是散文写作绕不开的主题。西河柳的情感散文如行云流水，娓娓道来，给人以真实淳朴的感受。在《亲情拳拳》小辑里，作者写到了父亲："因为这威严，父亲成了我眼中力量与支撑的象征""只是，当我真正懂得了父母恩情的时候，却因为要把大部分精力放在工作和自己的家庭上，而无暇过多地亲近照顾他们。一次次迎面走来，又一次次转身离去。"也许，这就是作者内心的愧疚吧。一篇《回家》，作者从郑州上车一路北下，当踏进家门时，看着母亲慈祥地脸庞，一声"妈，我回来了！"注入了游子思家的多少酸楚。这样的散文能不让人感动吗？还有，作者与弟弟的相互关爱，与妻子的相互扶持，甚至于一盆栀子花、一个黄昏、一缕夕阳、一颗晨星，都可以从他笔下流淌出一篇篇美文。"在夕阳里，我深锁的愁眉舒展开来。我的心纤尘不染，目光温柔如水。我所遭遇的种种痛苦和磨难也都将会化为吉祥。"这就是西河柳对于黄昏的解读。

中国的历史是丰厚的，毫无疑问，这中间有着许多民间传说，这些传说注入了人们对美好生活的向往和对德善正义的追求。即便是评述文章，西河柳的文笔也与行唐有着千丝万缕的联系。《千古空闻属许由》讲述了尧舜时代高洁贤德之人许由，隐居在箕山颍水（指行唐县）一带，为人据义履方，邪席不坐，邪膳不食，以"拒受尧禅""颍水洗耳"闻名天下的故事；《乐羊食子克中山》讲述了战国初期魏国将领乐羊"挥鞭称神树"的传说；《王羲之一笔断江河》讲述了书圣王羲之在行唐甘泉河为学生架桥、为民造福的故事……这些传说，无疑丰富了行唐的历史文化，填充了行唐的文学宝库，是值得肯定的。

一个成熟的散文作者，必然是一个思考者。本集所收录的多篇议论性文章也彰显了作者的思考范围、思考广度和思考深度。《别和上天谈公平》告诉我们，世界上是没有绝对公平的，我们应该学会放下思想包袱，轻松上阵，轻松前进，轻松面对人生。《直面缺陷》告诉我们，有缺陷不可怕，怕的是我们极力掩饰缺陷，从而停止了前进的步伐。人生就好比一把锁，锁芯不坚固，再庞大的外表都没有用。因此，守住"锁芯"十分重要。作者爱茶，茶可静心，茶可润心，因此就有了《十里梅坞蕴茶香》《定园品茶听评弹》《雾里青茶事》等多篇文章。从品茶中，作者升华了思想境界，历练了人生。"蓦然发现，手中握着的，原来正是世间最美好的东西。"这是西河柳在品茶中得到的感悟。

在叙述许多重大事件的过程中，西河柳不忘家乡的民俗风情，民俗文化，将它们记录得细腻可亲。《难忘"苦累"饭》《软韧甜糯"牛筋干"》《长忆腊八糜》《年糕，一抹缱绻的乡愁》《甜蜜的糖活儿》讲述了行唐众多风味小吃，让人馋涎欲滴。唐布曾经是行唐值得骄傲的一张名片。行唐的土布织造兴起于元末，至明初时已发展到一定的规模。在六百多年的岁月长河中，行唐民间织布业异常发达，几乎家家纺线，户户织布，在北方尤其是晋东北、雁北一带，享有很高的声誉。后来唐布受到现代化纺织工业的冲击，迅速走向没落，但作者依旧怀念幼年时那"咣当咣当"的织布声，怀念外婆在纺车前忙忙碌碌的身影。

《言之凿凿》小辑为评述作品。其语言叙述准确，观点新颖，彰显了作者的独立思考精神，如评价闻香流连的农村往事系列散文，选取了独特视角，通过描写柳罐、纺车、风箱以及锅盆锅碗、缚笤帚等，记录农村已经或正在消失的农具、炊具及生活方式，在古今观照中透视生活变化，在轻吟低唱中抒写乡土情怀。同时，不少文章也谈到了作者创作的一些体会。总之，本书语言质朴，穿透力强，读后给人以美的感悟和享受。

在创作上，西河柳始终认为，家乡和家乡文化是他创作的主要源泉，这不仅是他深深的恋乡情结，也是他创作的持恒动力。生他养他的故土，他认为有责任、有义务把历史的遗音，历史的风采挖掘出来，整理出来，撰写出来，献给家乡，献给读者。多年来，他是这样想的，也是这样做的，而且做得很好，很有成绩。我们应当为他这种创作精神和创作行为表示肯定和祝贺。

"瑟瑟风雪中，我是那株固执的腊梅。看着你遥遥无期，我却依然固守着冬天"，这是西河柳早年写下的诗句，我们有理由相信，西河柳"这株腊梅"在经历了风寒之后，会不断绽放出更为灼艳的花朵。

2022年5月1日

（作者系中国散文学会理事、中华诗词学会理事、河北省散文学会常务副会长兼秘书长、河北省诗词协会常务副会长兼秘书长）

目　录

饱蘸深情写家乡（代序）·························· 1
泼墨于故乡那一片热土
　　——西河柳《守住人生的心锁》序·········· 4

第一辑　斜晖脉脉

风雨清凉寺···································· 3
风光旖旎孔雀湖······························· 15
不尽风韵说缶山······························· 19
奇峰崔嵬鳌鱼山······························· 24
怀古赏今牛王寨······························· 31
近水亲山"神树湾"····························· 38
箕山脚下般若寺······························· 40
凭吊千年升仙桥······························· 42
与众不同的行唐城隍··························· 45
幽幽玉女潭·································· 47
雪浪石，片麻岩······························· 50

第二辑　亲情拳拳

解读黄昏……………………………………………………… 55

回　家………………………………………………………… 59

父亲，巍峨的山峦…………………………………………… 64

那一路的山歌………………………………………………… 70

老屋和我的栀子花…………………………………………… 73

清贫之乐……………………………………………………… 76

两个人，一双手……………………………………………… 78

女儿的星星…………………………………………………… 80

女儿的"眼睛树"…………………………………………… 82

希波克拉底誓言的召唤……………………………………… 85

第三辑　柳色青青

别和上天谈公平……………………………………………… 91

直面缺陷……………………………………………………… 93

守住人生的心锁……………………………………………… 95

有一种美德叫宽容…………………………………………… 97

信念，支撑人生的力量……………………………………… 99

从"许由巢父"故事镜谈起………………………………… 101

常胜将军的憾事……………………………………………… 104

漫谈中国"和文化"………………………………………… 106

遭遇"鬼压身"……………………………………………… 109

倒骑驴的张果老……………………………………………… 111

庄子的"不材"与"无用" …………………………………………… 113

第四辑　物华依依

文人笔下的茶 ………………………………………………………… 117

十里梅坞蕴茶香 ……………………………………………………… 120

定园品茶听评弹 ……………………………………………………… 123

雾里青茶事 …………………………………………………………… 125

难忘"苦累"饭 ……………………………………………………… 128

软韧甜糯"牛筋干" ………………………………………………… 130

长忆腊八糜 …………………………………………………………… 132

年糕，一抹缱绻的乡愁 ……………………………………………… 134

甜蜜的糖活儿 ………………………………………………………… 137

花缘网结妒螺蛸 ……………………………………………………… 140

蔚州剪纸印象 ………………………………………………………… 143

风霰萧萧打窗纸 ……………………………………………………… 147

唐　布 ………………………………………………………………… 150

马尾箩随札 …………………………………………………………… 152

磨剪子，戗菜刀 ……………………………………………………… 154

舞动的火流星 ………………………………………………………… 157

那些年味儿 …………………………………………………………… 160

正月里来赶庙去 ……………………………………………………… 164

"二月二"抬龙王 …………………………………………………… 167

难以忘怀的露天电影 ………………………………………………… 170

第五辑 枣林深深

野草，在夏季里枯萎 ································· 175
韭花，野韭花 ································· 178
大漠上的舞盾神女 ································· 182
插枝春柳寄哀情 ································· 186
生地黄，蜜蜜罐 ································· 189
哦，枣花 ································· 192
真是一树红玛瑙 ································· 194
铁杆庄稼中秋红 ································· 196
枣乡美酒枣木杠 ································· 200
探秘千年古枣树 ································· 205
神木"雷劈枣" ································· 208
枣林苍茫数千秋 ································· 210
三月茵陈正当时 ································· 215
采挖菊芋腌咸菜 ································· 218

第六辑 莲叶田田

千古空闻属许由 ································· 223
驱邪镇宅的姜太公 ································· 227
乐羊食子克中山 ································· 230
一代谋士李左车 ································· 233
王羲之一笔断江河 ································· 238
乐胜与"毛照" ································· 240

枣乡忠烈 …………………………………………………………… 242

第七辑　言之凿凿

《笨花》：心灵需要回望 …………………………………………… 251

以写实笔触弘扬政界主旋律 ………………………………………… 253

在乡土的记忆中徜徉 ………………………………………………… 256

《蓝包袱》，一曲孝义文化的赞歌 ………………………………… 258

浓墨重彩枣乡缘 ……………………………………………………… 260

后　记 ………………………………………………………………… 262

第一辑　斜晖脉脉

风雨清凉寺

英国伦敦大罗素广场，大英博物馆。

这座世界历史悠久、规模宏伟的综合性博物馆内，收藏了世界各地的文物和图书珍品，藏品之丰富、种类之繁多为全世界博物馆所罕见。在大英博物馆中国厅的中央墙上，有一面残破的彩像"敦煌壁画"，其割痕虽犹可见，却难掩其久远的鲜丽及三位菩萨的雍容华贵。其壁画线条流畅，色彩绚丽，画风细腻；人物形象端庄，面貌丰润，神态各异；体态丰满，肤色自然，人物造型全部是盛唐风格。其实，这幅壁画与敦煌根本没有一点"血缘"关系。它来自河北省行唐县的清凉寺，由五台山一寺院的和尚所作。

清凉寺曾一度是行唐当地最大的寺庙，但令人遗憾的是，由于历史变迁，该寺早已在兵燹战火中消失殆尽、踪迹难觅。几年前，一位曾经在行唐工作过的市委主要领导出访英国。在大英博物馆中国厅，这幅注明来自行唐清凉寺的"敦煌壁画"，引起了他极大的兴趣和关注。后来，他拍回了部分照片，责成行唐县文化部门详细调查该寺情况。此事很快传遍了行唐的大街小巷。以前，大部分人只知道洋人起走了清凉寺的三菩萨壁画，却很少有人知道是英国人。这回知道了壁画就在英国，人们的激动心情犹如心爱之物失而复得般溢于言表，有着说不出道不明的高兴和喜悦。

人们纷纷传阅着照片，走上街头，奔走相告。看着照片上的三菩萨壁画，他们激情澎湃，百感交集。年过半百的老人们纷纷集会谈论；耄耋老人则诉说着洋人起走壁画的经过，回忆着壁画的艺术风采，讲述着清凉寺的修建及各种民间传说……一座已经在人们视野中消失的寺院，一幅至今保存在异国他乡的壁画——清凉寺究竟有着怎样的传奇和故事？

几百年的风风雨雨、曲曲折折，清凉寺一路走来。

蓦然回首，历史仿佛就在昨天……

一

行唐是一古县，是全国闻名的大枣之乡。它西倚巍巍太行，东至浩瀚平原，山区、丘陵、平原三分地势，郜、沙、磁、曲，四河贯境，可谓物华天宝、人杰地灵。一代代的枣乡人，创造了独具行唐特色的历史文化，华夏五千年文明在行唐这块沃土上得到了充分展示。

行唐县上碑镇磁沟村南风景秀丽的清凉河畔，曾经有一座占地10余亩的清凉寺。清康熙十九年（1680年）《行唐县新志》载："清凉寺在滋沟村，金大定间建。"相传，清凉寺是五台山下第一大寺。五台山最早是道家的地盘，《道经》里称其为紫府山，曾建有紫府庙，因山中气候寒冷，山顶终年有冰，盛夏天气凉爽，故又称"清凉山"。由此可知，清凉寺的寓意应为五台山寺。

提及清凉寺，全国各地目前尚有多处，其中较为出名的有山西的五台和芮城、河北涿鹿、安徽颍上、西安长安、南京市等。行唐县的清凉寺地处太行山东麓与平原交界处，五台山以南300里。它北靠五台山，南眺正定府，有极其特殊的地理意义。据说清凉寺坐落在一条龙脉上，有"降龙伏虎""保天下太平"的寓意。倘若晴天顺着寺庙向北望去，还真有一个龙体的轮廓呢！清凉寺还处在南北交通要道的"皇道"旁，是南方僧人到五台山的必经之地，故有"五台山南大门"之称。

早在隋、唐、五代时期，行唐县有着一条极具文化意义的道路，即五台山进香道。唐李吉甫的《元和郡县图志》、日本僧人圆仁的《入唐求法巡礼行记》及现存敦煌莫高窟第61窟的《五台山图》（图中"永昌之县"，即今河北省行唐县），都记载了恒（镇）州与五台山之间的这条进香道，即从今正定出发，经行唐、阜平、龙泉关、长城岭至五台山。这条道路，不仅有着宗教巡礼的文化意义，还有使臣往返的政治意义和旅客通行、货物往来的经济功能。每年都有河南、安徽、湖北等省份的上千僧侣，前往五台山佛教圣地云游朝拜、讲经听禅。由于路途遥远，僧侣们长途跋涉，一路劳顿，到达行唐清凉寺后，歇脚休息，养精蓄锐，顺便了解五台山的风情地貌、寺规戒律，然后再到五台山朝拜，所以该寺亦称"歇脚寺"。

相传，每年的农历六月初一至七月初一，五台山都要举行为期一个多月的盛大庙会。清凉寺同受传统庙会的福泽。僧侣们一批批路经此地，受到该寺僧侣的热情接待。僧侣们于此寺庙内诵经念佛，欢度着自己的节日。期间，由于僧侣、商贾、游客等云集于此，当地百姓也赶起庙会：做买卖的、耍把式卖艺的、说书唱戏的、吹糖人捏面人的……吆喝声、叫卖声此起彼伏。其交易大到牲口布匹、小到针头线脑，多是寻常百姓所需的日用器皿、锅碗瓢盆、中小农具、种籽秧苗等。寺庙内，拜佛诵经的、降香烧纸的……一时间香火鼎盛，热闹非凡。当地百姓和众多僧侣交织在一起赶庙会，别具风格，不仅善男信女乐此不疲，而且许多凡夫俗子亦愿意随喜添趣。

刘磁沟村还成立了武术队为庙会助兴，舞龙灯、练武术、踩高跷、划旱船、耍狮子、变戏法……各种民间艺术和杂耍异彩纷呈，大大增加了庙会的吸引力和热闹程度。至今，刘磁沟村留有六月初六过庙会的惯例。

史料记载，清凉寺住持是五台山派遣的高僧，直属五台山管理，是五台山寺的主要组成部分。它的作用和价值引起了历代王朝的重视，每个朝代都曾修缮，甚至重建过，才使这座千年古刹得以繁荣昌盛。清凉寺内有石碑30余块，碑文记载了该寺历次重建及重修，其中一次重大重修是明永乐年间己亥季春。

清凉寺重修重建拨款事宜，在当地曾留下了"十八瓮银子"的传言。据说，修建清凉寺时，皇帝拨下18瓮银子，有大臣启奏："该寺用不了那么多钱"。皇帝回答："此寺对我朝社稷和百姓关系重大，剩下的银两留给后人修缮，确保繁荣永存。"结果，修建寺庙仅用了9瓮银子，剩下的银子连同一坑石灰埋在寺内。后来重修时用了剩下的9瓮银子，但皇帝又拨了9瓮银子埋在寺里，几次重修都如此效法。

直到清凉寺被毁后，当地人还以为寺里埋有9瓮银子，在寺院遗址下挖土寻找，到现在银子仍未找到。不知是银子尚未找到，还是后人对历代皇帝重视清凉寺的一种传闻，这就不得而知了。

二

清凉寺建有三个大门，有别于一般寺院只有一个门，俗称"三门大寺"。

其实，在佛教中并非必有三个门才称"三门"，只有一个门，也可称"三门"。这"三门"象征佛教的"三解脱门"，《释氏要览》载："凡寺院有开三门者，只有一门亦呼为三门者，何也？佛地论云：大宫殿三解脱门为所入处，大宫殿喻法空涅槃也。三解脱门谓空无相无作，今寺院是持戒修道求至涅槃人居之，故由三门入也。"清凉寺山门则是一座带有三个洞门的牌楼式建筑，中间为正门，左右各一个稍小的洞门，是名副其实的"三门"寺。

相传，清凉寺正殿大梁需一根粗大的荆木做成。因荆木属灌木，很难长成这么大的树干，所以数年未能竣工。后来，五台山高僧遍访天下，在一座深山中，发现一荆子丛长势旺盛，往下挖去，原来长在一个粗大的荆木树根上。此树根挖出来正好做清凉寺大梁。这清凉寺究竟为何要用荆木做大梁，不得而知。据说，清凉寺被毁后，陈磁沟村陈老领家把这根大梁解成了木板，其坚硬的木质还真是荆木。

清凉寺周围长满了古木大树。寺院掩映在清幽翠绿之中，宁静典雅。在寺南约200米处建有两座玲珑的小石塔，与清凉寺相对应。在寺院内的古松翠柏中，坐北朝南建有三座大殿，分为前殿、中殿和后殿。前面左钟楼、右鼓楼。殿内金碧辉煌，其文物细腻逼真，件件堪称珍品。壁画栩栩如生，精美动人，其三尊菩萨的主画绘制在后殿的北墙上。据说，塑像的眼睛还能转动。塑像心窝处安放了一个铜铃和一面大圆镜，寓意"佛心圣明"。

清凉寺正殿大佛两侧布满了祥云，半空中各塑有一个手拿拂尘的童子，惟妙惟肖地悬浮于云端。寺内"八翅"大钟的钟体有一人多高，两人合围有余。钟上部铸有篆文，中间铸有汉字，其下端是逐渐翘起的八个大翅，每个大翅上铸有形态各异的飞龙，图案间有美丽的花纹相隔。撞击大钟，响声浑厚。分别敲击八个钟翅，则能发出音律不同的八种声音。据说，寺里的僧人还能敲出美妙的曲子。

清凉河原来叫"清水河"，后因清凉寺改为现名。它发源于清凉寺西30里的龙门村一带，弯弯曲曲，百折迂回，流程达60余里。清凉河沿清凉寺而过，往东注入郜河。《行唐县地名志》载："相传，龙门沟原有一条天然石门，天堑横跨东、西两岸，有头有尾，好似一条石龙伏卧……"据说，这清凉河的水有上、中、下三个大石洞的泉水汇集而成，这石洞就叫"龙门"，因自然环境独特，人们把这里的村名改成了龙门村（也叫流门村）。上水洞叫上龙门、中水洞叫中龙门、下水洞叫下龙门，村名至今延用。

清凉河不大不小，河水清澈见底。距离清凉寺一里处，河面突然变得开阔起来，最宽处约有1000米，水势平稳，最深处有五六米。出口处河面变窄，形成一个葫芦状的湖泊河流。清凉寺周围土地肥沃，滋润养育着这里的人们。人们感谢自然的恩赐，把原来村名"庄"改成了"滋沟"，后来演变成了"磁沟"，如刘磁沟、陈磁沟、吴磁沟和董磁沟。

河流两岸，绿树成荫，间或坐落着几座别致的凉亭。凉亭下，乡亲们一壶茶水，谈论着天南地北、古今中外的趣闻逸事。两旁青草掩映中，传出牧童的柳笛声；不远的田野里，成双结对的男女，伴随着说笑声在辛勤地耕作。空中飞翔着鸟雀，河里游荡着鸭鹅。波光粼粼的水面上，鱼儿欢跳个不停。放眼望去，远处的小船自由自在地飘荡着，人们一边划船，一边品味着北方水乡……河流北岸，坐落着古色古香的清凉寺，寺里的晨钟打破夜的寂静，传出十几里外，唤醒勤劳的人们。

走到清凉寺旁，听幽雅的乐声伴随着诵经声，叫人产生一种身处仙境之感。怪不得南方人称这里为"北方西湖"。

三

在隋、唐、五代时期，行唐南通常山关（今正定）；北临古代名山恒山

（又名常山，别名大茂山）；东通唐代绫绢主要输出地，唐代名城定州；西达都城长安，均有道路可通。其道路之便利，可谓四通八达。

《行唐县志》载："（隋）开皇六年（586）年，析行唐置滋阳县……（唐）武德四年（621年）省滋阳入行唐。"当时，滋阳县治所就在清凉寺以北15里的上滋洋（滋阳）村。滋阳以在滋水之北而得名，位于太行山与平原交界处，往北300里便是五台山。封建王朝为振兴南北经济和文化，开辟了一条由五台山往南，经龙泉关、滋阳、经清凉寺到行唐，直到正定府，再过邯郸直通河南等省的大道，这条道路到清代发展到了高峰，它不仅是一条商贾大道，而且还是帝王祭祀、巡幸之路，所以又称"皇道"。

北方张家口、蒙古等地的牲口、皮毛、药材、红枣、核桃等运往南方，南方的丝绸、布匹、瓷器、茶叶等运往北方，都是经过这条"皇道"运送的。当时，行唐的丝织品，特别是土棉布（唐布）在北方享有很高的声誉，大量外运，商贾贸易十分繁荣，仅行唐城内著名的土棉布店就有6处之多。商贩上运土棉布、丝绸，下驮山西烧酒（俗称"浑源大茶酒"）或贩运牲畜、药材。在这条"皇道"上，常年有挑担的、骑马的、坐轿的，川流不息。一直延续到清末，仍可看到商贾争赴，赶牲口的吆喝声，骡马的嘶叫声，骆驼队驮运物资的驼铃声，木轴车发出"吱呀吱呀"的声音不绝于耳……

清凉寺正好坐落在"皇道"交通要塞上。经济繁荣时期，寺中僧侣划出八十多亩地，在寺南5里瓦仁村北的皇道旁，建起了一个市井（市场）作为交易点，南北物资云集于此。由于物资种类繁多，交易量越来越大，为有序交易，据说姓李的、姓王的、姓左的和姓白的各主持一类物资交易，人们习惯于称李市井、王市井、左市井和白市井等名。不知何时，"市井"逐渐演变成了"市同"，所以出现了现在的李市同、王市同、左市同和白市同的村名，这几个市同的人至今会做买卖、会当经纪人。

清凉寺"划地建市"的这一举动，确实对繁荣南北经济起了重要作用。直到现在还流传着"瓦仁村北有清凉寺80亩市场地"之说。当时的繁荣，善男信女们称是清凉寺菩萨的保佑。商贾、客商们为谋求生意兴隆，财源广进，来这里首先是降香祈祷。尤其是传统庙会期间，清凉寺的香火特别旺盛。人们感激清凉寺的庇佑，纷纷布施钱财，在瓦仁村北的市井旁，建起一座9层高的塔，唤名"瓦仁塔"。

为了满足商贾、客商们的需求，市井周边建起了许多客店。闲杂的人群聚集到这里，留下了"客人住店，僧人住院"之说。人们在繁忙的交易闲暇之余，到清凉河一游，消除疲劳。有识之士到清凉寺里鉴赏文物，领略壁画风采。

四

清凉寺不但建筑艺术典雅，其环境也让人留恋不舍，加之得天独厚的交通条件，成了人们去五台山的第一站。寺中大殿的"三菩萨"壁画更是名扬天下，历史上的文人学者、诸家名流、达官显贵、名道高僧，专门来欣赏壁画，领略风采。

据当地的老人们讲，清凉寺壁画是仙人所画，也说是圣人所画，更有说是唐代画圣吴道子所画。

吴道子（约680~795年），唐代画家，画史尊称吴生，又名道玄。阳翟（今河南禹州）人。少孤贫，初为民间画工，年轻时即有画名。曾任兖州瑕丘（今山东滋阳）县尉，不久卸任。后流落洛阳，专门从事壁画创作。开元年间以善画被召入宫廷，擅佛道、神鬼、人物、山水、鸟兽、草木、楼阁等，尤精于佛道、人物，长于壁画创作。其绘画具有独特风格，所画人物形象逼真，立体感强，用状如兰叶，或状如莼菜的笔法来表现衣褶飘举，线条遒劲，具有天衣飞扬、满壁风动的效果，被誉为"吴带当风"。

根据吴道子擅画道释人物和寺院壁画的特长，要说清凉寺壁画为吴道子所画也不是没有道理的。陈磁沟村陈老梅等老人说，壁画中三尊菩萨的风貌衣带飘举若飞，其姿态犹如从云端往下降，再一看，好像降到你跟前，叫你如临仙境、幻影无限。其眼睛画得更是奥妙无穷，你在壁画跟前看，菩萨好像是眯缝着眼；稍远一点看，眼睛就睁开了，好像她们看你一样。

相传，这个吴道子画龙不画眼睛，画上眼睛龙就飞起来走了。不过，清凉寺的龙是画了眼睛的。据说，清凉寺前有陈磁沟村一块麦地，每到傍晚，有一匹马从寺里跑出来吃麦苗，人们追赶时，马就跑回寺里，一连几天都是这样。结果一问僧人，寺里根本没有养马，后来人们就在寺外安排了几个人，等把马追到寺里后，寺里的人见这匹马往西边墙上一靠，没有了，原来是壁上画的那匹马。还有一个传说，讲的是墙上画了一个落在谷穗上的蛐子，晴天，蛐子就趴在谷穗上；雨天，蛐子就不见了，好像是藏起来避雨。天晴得越好，蛐子显得越清楚，并能听见叫声。此外，墙壁上还画了一个光着身子撒尿的小男孩。据说小男孩原来是陈磁沟村的。一天，他光着身子到寺里看画画，正在撒尿，被画师看见了，觉得挺有趣，于是就把这个场面画到了墙壁上。

当然，以上这些都是民间传说罢了，或许是人们尊崇画圣吴道子，这才加以附会流传至今的。乾隆二十八年（1763年）《行唐县新志》载：清凉寺金大定年间建，磁沟村南。壁画原是五台山一寺院的和尚所作，始绘于明永乐年间（1424年），后期绘制分别于明正统年间（1437年及1468年）进行，前后历经40余年，足见工程之巨，期间几经修复，竟能完整地保存下来，称得上是稀世艺术珍品了。

在清凉寺壁画的三尊菩萨中，据说其中一位是大明王朝中很重要的人物，她的衣着穿戴似菩萨打扮，是明成祖朱棣的姑姑。她因受皇族宠爱，专权朝政，招惹是非，目无皇帝。皇帝虽然很气恼，但碍于颜面，不便直言，直到她死后就命画师把她画在清凉寺里，意思是将其圈在寺内，不让她到处惹是生非。这位公主在梦里纠缠皇帝，说我是女流之辈，不该把我画到和尚庙里，这是对我的侮辱啊！再说了，倘若我一直待在这个小天地里，就再也没有出头之日了。皇帝忙解释说："皇姑呀，你在世时为国操劳太多，你仙逝后在这里也是为我镇守大明江山，不然这里要出真龙天子了，二龙相争，岂不是天下大乱吗？这清凉寺镇住了龙头，龙就不能出世了。再说，你在世时是有功之臣，仙逝后我把你当成活菩萨供奉，也是我对你的一片孝心。"听到这些，公主高兴了。

清凉寺中的山水壁画技艺精湛，运笔遒劲有力，格调细密清秀，山水巍峨壮观，站在画前山河咫尺在眼前，有一览天下之感。在漫长的历史岁月里，清凉寺壁画的艺术风采留下了诸多美妙的传说。

清道光年间，附近上碑村出了一个很有名的画师，因其兄弟五个，他排行第五，所以人们都叫他"画五"。画五自小聪明伶俐，爱学习，善绘画，因为弟兄多家里穷，请不起老师教画。他听说磁沟村清凉寺中壁画出自名人之手，于是就主动到寺里和僧人交朋友。画五在清凉寺里临摹作画，越画越觉得其中的艺术奥妙无穷。于是，他索性搬到寺里住，一边在寺里做工，一边学绘画。功夫不负有心人！经过两年的刻苦学习，画五成了这一带有名的画师。

据说，上碑一带较小庙宇中的壁画，如奶奶庙、老母庙、马王庙等，都出自"画五"之手，其壁画风格犹似清凉寺。

五

时光荏苒，英国人把清凉寺大殿里的"三菩萨"壁画强行买走，已有八十多年了。据当地老人们回忆，大概是1926年秋冬。英国人和县政府的官员互相勾结，由定县买办出面，上碑村大地主张老盘以县里乡绅的身份牵线搭桥，变卖了"三菩萨"壁画。

清凉寺壁画远近闻名，被人们传得神乎其神，尤其是三尊菩萨更是妙不可言。据说，英国人买走壁画前还显了灵。刘磁沟村刘老点的父亲刘老聘进京赶考，碰见了三个妇女，她们自称是刘磁沟人。刘老聘心里一惊，心想我村里根本就没有这样的妇女啊！他回来后，正赶上洋人起壁画，回想起遇到的情景，这才恍然开悟——这是三尊菩萨离开前到处游走，显灵哩！

清凉寺原是刘、陈、吴、董四个磁沟村和南王庄村的共同财产，上碑村大地主张老盘硬说有他们的股，说是一万大洋卖给了定县商人。那个定县商人挖取壁画时，也知道肯定会出麻烦事。于是，由英国人幕后操纵，县政府做主，经过周密安排，在县局子保卫的情况下强行挖取壁画。

当时，壁画被强卖的消息迅速传遍了附近各村。人们义愤填膺，纷纷走上街头表示强烈不满。磁沟村的老百姓不让卖，五台山的和尚也下来进行干涉，为捍卫国宝，人们同洋人及地方势力展开了一场殊死斗争。

在挖取壁画的第一天，人们一大早就聚集到寺里，不知是谁撞响了寺里的大钟，远近十里八乡的人们相继而来。磁沟村的老百姓坚决不让挖，县局子里的人就手拿大枪，横加干涉，阻止人们举行抗议行动。

吴磁沟村的吴二红拿着拾柴禾的枣条尖仗往寺里硬闯，局子里的人上前阻拦，双方发生争执，矛盾一触即发。吴二红见他们拿着大枪吓唬人，非常气愤，用手中的枣条尖杖照他们身上呼呼打了几下。一时间，双方都摆开了阵势。在当地老百姓的强大攻势下，他们不得不妥协，让百姓们派出代表到县政府谈判，刘磁沟村派出刘老香、南王庄村派出教书先生王老换、陈磁沟村派出邸庆、邸正年，吴磁沟村派出吴老上。

见他们对挖取壁画一事做出了让步，代表们满怀希望。岂料说是让派出代表谈判，实际是县政府的缓兵之计。等代表们到了县里，县政府和英国人串通一气，将谈判代表软禁了几天。当时传出消息称：英国人说你们中国人不懂得这个东西，壁画在中国没什么用，你们的墙壁泥皮我们花钱买你们的，我们大英帝国是保护你们中国东西的，是对你们中国百姓生活的照顾，不要不知趣，中国人不是爱钱吗？多给点钱让老百姓们度饥荒去吧！

人们哪里知道，县政府以谈判为名，实则给挖取壁画争取了时间。所谓"谈判"，实际是洋人和县政府串通，挖取壁画的行动根本就没有停止过。他们采取了安抚政策，口头上一边说多给点钱，一边在清凉寺里搭起了大棚，烧起了开水，每天用小车从邻近如瓦仁、龙洞、南翟营、北翟营等村的馒头房推来馒头。所有来看的人都让吃馒头、喝开水，并派出局子里的人维持现场秩序。

朴实憨厚的乡亲们被眼前的小恩小惠蒙蔽了双眼。他们不再抗拒，甚至有人认为，人家真是在保护壁画呢。与此同时，清凉寺大殿里，工匠们紧张有序地工作着。由于壁画高大，他们搭了专门的架子，往下挖取时异常小心，凡是潮湿的地方都用炭炉慢慢烘干，然后轻轻地操作，掉下来哪怕是一小块墙皮，也要用红绸布一层层包裹起来。据说，有人曾惋惜地抚摸了一下壁画，就被狠狠打了一记耳光。

一连十几天，共起了12块，三尊菩萨横着打了三道，顺着打了两道。英国人把壁画起下来后，做了像窗框一样的架子，中间垫了厚厚的麻纸，随后装上专用箱子运走了。

壁画起走后，人们意外发现，这壁面的做工非常考究。其原料是用黍子面、石灰粉、笨麻、头发以及防腐防虫蛀的中药水等，和成泥浆抹上去的。据说要先在墙壁上钉上数把麻，再把麻摊成伞状分别固定好，而后才抹上配好原料的泥浆。抹了有3茬、约5公分厚，数道工序使得壁面光滑细腻，不开裂、防腐耐用、软硬适中，易于着笔上墨和书写绘画。

六

行唐古邑，倚太行群峰，接华北平原，扼晋冀咽喉，守京畿通道，历来为兵家必争之地，人民屡遭兵燹之苦。

英国人强行买走壁画后，百孔千疮的清凉寺即在战火纷飞和"破四旧"中消失殆尽，再也难觅其踪迹。这座已经在人们视野中消失的古刹，除了在历史上有过繁荣和辉煌外，当它走完自己的路程时，将最后的余热也献给了枣乡人民的教育事业和抗日战争。当然，这些都是后话了……

英国人强行买走壁画，定县买办商人得大洋10万元，存在了天祥铺（行唐当时的钱庄）。上碑地主张老盘依仗势力，说清凉寺有他张家的股，硬从天祥铺支走大洋5000元。然而，据清凉寺碑文和有关档案记载，清凉寺是刘磁沟村、吴磁沟村、陈磁沟村和南王庄村的共同财产，根本没有上碑张家的份。这几个村觉得上碑张家欺人太甚，遂联合起来坚决与其斗争到底。于是，每个村推出代表专门和上碑张家打官司，刘磁沟村推的刘老香、南王庄村推的王老换、吴磁沟村推的吴老上、陈磁沟村推的邸正年、邸庆和邸老吉。因邸正年是某大学法律系毕业，邸庆是中学毕业，他们都有文化，代表们就委派他俩和上碑张家对簿公堂。公堂之上，两人据理以争，驳得张家哑口无言，但张老盘倚仗权势，拒不还款，磁沟村就发动群众搜集证据，与之展开了长达5年的马拉松官司。后来，上碑张家的开明人士张泽民出面调解，提议说用5000元创办一所高级小学，发展教育，提高大家的文化素质和文明觉悟。如果5000元不够，由张家负责解决，你们几个磁沟村和南王庄村的孩子们免费读书。大家一听觉得合理，都表示同意，官司也就随之结束了。

后来，在上碑村南建起了一所高级小学，由张泽民任校长兼老师，磁沟村不少孩子都在此读过书。除此之外，卖壁画还有大洋11000元，本来是打算做公益金的。日本帝国主义侵略者全面发动侵华战争后，为抗击日寇，在邸庆的提议下，用大洋购买了28支手枪、18支大枪分发给各村，用于抗日。

俱往矣！风雨飘摇、曲曲折折，佛教圣地清凉寺一路走来，却最终消失在历史的长河中——天灾耶！人祸也！洋洋万字，牢骚满篇，始终未敢轻言妄断，或许可从文中窥见一斑。可谓仁者见仁智者见智，孰是孰非？倘若贸然作结，未免有些武断，恐怕与诸多的人为破坏脱离不了干系。

此亦为后话了。还是留出余地，供大家茶余饭后思索琢磨，这里不说也罢。

风光旖旎孔雀湖

水是生命之源，是一方土地的灵魂。

一个地方有了水，才会显得秀气灵动生机盎然；

一个地方有了水，才会变得清朗温润朝气蓬勃。

孔雀湖，就是一个有山、有水、有灵气，让灵魂回归的地方……

一

有水的地方，总能给人们带来丝丝凉意。踏入口头地界，呼吸的第一口空气，就感觉是那么清润沁人。

口头系历史古村，位于行唐西北，距县城25公里，是通往北部山区及阜平县的必经之路，因处在太行山关口之头，故以地形命名。口头村作为镇政府驻地，扼冀晋咽喉，守塞外通道，历来为兵家必争之地，战略位置十分重要。

孔雀湖原为口头水库，因建于口头村北而得名。口头水库始建于1958年5月1日，所以又曾名五一水库，是行唐境内唯一的省级大型水库，后因紧傍东南侧美丽的孔雀山，又改名"孔雀湖"。这里群山环抱，奇峰叠翠，湖光山色，交相辉映，湖面时而水平如镜，时而碧波荡漾，时而雾霭氤氲，时而烟波浩渺，似明珠，如碧玉，静谧地镶嵌在蘑菇顶山与孔雀山伸出的蟹钳之中。

在行唐，民间流行着这样一句话，"行唐七十又七寺，只有一寺没钟声"。相传，孔雀山下有座黄花寺，寺里住着个好吃懒做从不念经的和尚，寺院破旧衰败，鲜有人问津，更别说晨钟暮鼓了。一日，康熙皇帝驾幸五台山，夜宿此寺，为避酷暑，遂告侍从，听见寺内清晨钟响起身上路。翌日天亮，未闻钟声，康熙问和尚，何故无有钟声？和尚掩饰说："本寺向来无钟，只因南山有神鸟，每日清晨在山头啼鸣，声音悦耳，美妙动听，闻听鸟鸣，起身念经，天天如此。今晨未叫，怕是恐惊动了贵人安歇。"和尚的花言巧语，说得康熙半信半疑，步出寺门，只见寺旁果然有座小山，山势峻峭，树木参天，林中莺啼鸟鸣，甚是动听。康熙脱口道："真是个好地方，那鸟大概就是孔雀吧！"康熙走后，和尚就四处游说，八方斋捐，寺院一度香火鼎盛。但不久又败落了。

自古以来，孔雀作为集百鸟之美的理想化身，深受帝王和臣民的尊敬和神往，被人视为吉祥鸟。故而，这座海拔仅有299.9米的小山，就有了一个美丽的名字"孔雀山"。

当年依山筑坝，建成水库。水库建成后，登上孔雀山远眺，仿佛站在一只大孔雀的顶冠，碧波荡漾的湖水，恰似孔雀开屏，飘然欲飞。

二

神州大地，有"洗心亭"多处。

安徽的滁州、安庆各有一处，滁州市的在醉翁亭对面，安庆市的在枞阳县境内；而浙江则至少有两处，一处在杭州钱塘江北、西湖西南的云栖竹径，另一处则是宁波普陀山的铜质洗心亭；其他位于山东泰安、辽宁铁岭等地。《抱朴子·用刑》有言："洗心而革面者，必若清波之涤轻尘"。洗心，即悔过自新之意，"洗心亭"也许就是基于这种含义而修建的。

在孔雀湖西面，亦有一座"洗心亭"。清康熙十九年《行唐县新志》载："（洗心亭）在治西北，元时邑宰创为游息之所，夏月绿荫浓郁，士人每游观于中，有石刻元字术鲁翀诗二首"，历代文人骚客曾游览洗心亭，并留下大量诗赋。元翰林承旨字术鲁翀题诗《洗心亭》两首，其一曰："青天白日见灵台，六合清明绝点埃。方寸浑然天地我，更于何处觅三才。"其二曰："元因天地定卑尊，莫大君亲覆育恩。无象太平瞻有象，洗心亭上看乾坤。"曾任参政的古越郑一麟赞《洗心亭》诗曰："来寻奚子国，因识洗心亭。将赖除尘浊，於焉见湛灵。浮云堪纵目，鸣鸟足幽听。不觉嗤巢父，临流似有形。"清乾隆年间的行唐知县吴高增题诗《洗心亭》两首，其一曰："陶情只合趁公余，憩息亭阴且乐胥。山鸟雨晴鸣树梢，林花风送落阶徐。淡忘尘世窥元化，拨尽浮云见太虚。仰识古人藏密义，洗心两字拭屏书。"其二曰："参得三才方寸心，灵台一点任推寻。冰渊在抱凝神谧，谷种如含生意深。鉴古有亭堪作镜，退衙无事只调琴。恭膺一命兼民社，夙夜毋忘范氏箴。"

洗心亭原高4.9丈，据说取意于"面壁思过"四十九天的十分之一。望亭由4根木柱支撑琉璃瓦组成。木柱为红色，象征臣子们曾经的辉煌；顶部的琉璃瓦，分两种颜色，底部是黑色，象征有了污点和过错，需要认真洗心；顶端前面的琉璃瓦为红色，后面为黑色，预示着会有两种结果：在这里洗心干净彻底，就能改过自新，重新做个好官；如果洗心马虎草率，就不能改过，仍然不可饶恕，永远得不到人们敬仰。望亭后，则是一排排平房和一些柴草马棚，供人马安顿歇息，现仅存遗址了。

1997年，"洗心亭"修复重建，伫立洗心亭极目远眺，孔雀湖景色尽收眼底。西依蘑菇顶峰，东临孔雀湖水，南瞰镇街全貌，北望云蒙叠翠。晨看日出，云蒸霞蔚；暮观落日，气象万千。夜游湖面，水天不分，朦朦胧胧，恍惚如神话中的龙宫府邸、瑶池仙境，令人远离喧嚣，忘却尘世烦恼。

三

孔雀湖一年四季风景如画。

站在山上，遐想万千；置身水中，心旷神怡。在这里，可以饱览四季变化的自然景观，品尝美味可口的农家饭菜，体验朴实淳厚的风土人情。

春游水清如镜，四周繁花依稀点缀；夏游青山碧水，荡舟游泳钓鱼；

秋游湖水如画，远瞧近看硕果累累；冬游湖冻冰封，野生动物出没嬉戏。尤其是隆冬时节，冰层可达两米多厚，村民开着农用车在冰上奔驰，游人穿上滑冰鞋在冰上起舞。白雪皑皑，银装素裹，孔雀湖上赏冬景，更有超凡脱俗之感。

看，能看出一个新境界；

玩，能玩出一个新花样；

听，能听出一个新韵律；

尝，能尝出一个新口味。

今天的孔雀湖，艳若少女，待字闺中；美如璞玉，候雕待琢。令人欣喜的是，占地3000亩，总投资2.4亿元，集园艺绿化、景观水系、休闲建筑、集装木屋于一体的旅游项目，已悄然开工建设。不久的将来，孔雀湖定是一个休闲度假、生态旅游的好去处。

不尽风韵说缶山

"缶"亦作"瓯",原为古代一种类似大肚小口儿的瓦罐,是古人盛水或酒的器具,按《说文解字》的解释:"缶,瓦器,所以盛酒浆,秦人鼓之以节歌",秦人李斯《谏逐客令》就有"击瓮叩缶,弹筝博髀"的记载,说的是秦国饮宴时贵族士大夫们往往在喝到半醉时,以击瓦缶、拍大腿来打拍子而歌。

缶山,怎么看也不像古代的瓦缶,倒像一个多情的少妇,羞赧地袒露胸脯,蜷缩着躯体,自西向东、背地面天地横亘于行唐北部山区与平原的交界处。

缶山,是大自然赐予行唐人的"女神"。

这种说法,无论外地人是否认同,反正缶山周边的老百姓,对此深信无疑。

一

缶山位于行唐县玉亭乡境内,海拔301米,南距县城30华里。

缶山并非高大雄伟,更算不上什么名山大川。其东侧山脚下,曲河水由西北向东南潺湲流淌。曲河两岸,分布有八里庄、李家庄、庙上等村庄,是行唐县城经西玉亭、八里庄,通往北部山区的咽喉,亦是口头镇的门户之一。

在缶山南侧腹部,自然蜷曲,构成一个"湾",当地人称这里为"缶山湾"。

缶山湾下，延伸出一道天然沟谷，巨龙般蜿蜒南下，途径东井底村北，由此折南贯穿整个村庄后，继续向南汇入上方村西的颍水河，村民习惯称这条沟为"水库沟"。干旱缺雨的年份，"水库沟"是干涸无水的，就连东井底村的许多水井都要干枯见底，这或许便是"井底"村名的由来。这里的村民，多数会选择在沟底自家的地里，种上些玉米、高粱之类靠天收的庄稼。可是，一旦遇到洪涝年景，从缶山周边冲刷下来的昏黄污浊的雨水，间或夹杂着砂石泥浆、杂草荆棘，一路南下汇入"水库沟"，形成一条长长的"水龙"。

"水库沟"干涸时，倘若从东井底村北出发，顺着沟谷一路北上，可谓是移步换景：悬崖峭壁有之、渡槽涵洞有之、怪石坑塘有之、野果藤蔓有之……沟谷内生长有蒿子、沙参、蕨菜、龙葵、蒲公英、野花椒、覆盆子等药草，随处可见酸棘枣、山葡萄、野韭花、野山葱、小根蒜，一些受到惊吓的野兔、山鸡、斑鸠、松鼠、獾猪经常会突然窜出，落荒而逃。

这条毫无雕琢痕迹的沟谷，是大自然鬼斧神工的杰作，是附近村庄的孩子们游乐玩耍的天堂，也是当地村民割草放牧的好去处。

二

20世纪60年代，轰轰烈烈的"农业学大寨"运动迅速在全国铺开。

在缶山南侧，向南呈弧形排列着五座突兀的丘陵。丘陵本无名，因了"农业学大寨"运动，人们在丘陵的向阳面，自西向东用石块摆出"农、业、学、大、寨"五个大字，为便于识别，人们将这五座丘陵分别命名为：农山、业山、学山、大山和寨山。缶山湾的沟谷，就从"大山"和"寨山"之间穿过，其交汇处是一条人工修建的渡槽，当地人习惯称渡槽以西为"大头坡"，以东为"兔坡"。渡槽下是一条向南流水的涵洞。口头水库的水利工程"二支渠"，就经渡槽由西向东穿过，并由此折向东南。如今，当地人已用上机井、扬水站来灌溉农田，这条"二支渠"几近废弃了。

站在缶山顶峰环顾四周。其东，曲河蜿蜒，杨柳掩映；其南，丘陵起伏、沟壑纵深，再向南望去，一马平川；其西，"红领巾水库"碧波荡漾、渔船点点；其北，古北岳恒山巍峨耸立，幻如仙境。

缶山西侧与另一座山峰对峙，在此形成一道天然的"南天门"。附近，常有一些顺流而下的清泉，地面较为潮湿，故荐草多衍，附近村民经常在此放牧。

这里常有一种名为"马勃"的菌孢，俗称"牛屎菇""药包子"或"马蹄包"，当地人习惯称它为"马屁泡"。马屁泡幼嫩时色白，鲜美可食，滑如豆腐；成熟时呈灰褐色或浅褐色，紧密而有弹性，内有灰褐色棉絮状丝状物，触之孢子飞扬如尘，捻之倍感细滑，有较好的止血功效，当地人常用以止血、治疗冻疮和痈疽疮疖。马屁泡呈圆球状，形如巨大的无茎蘑菇。到底有多大？据《本草演义》记载："所谓牛溲马勃，有大如头者，小亦如升"。牛溲即牛溺，车前草的别名，后人常用"牛溲马勃"借指不值钱的下贱而有用的东西，正如韩愈《进学解》所云："牛溲马勃，败鼓之皮，俱收并蓄，待用无遗漏者，医师之良也"。

每逢闷热潮湿的多雨时节，在缶山周围，一夜间便会冒出许多野生蘑菇，尤以"南天门"附近为最，附近村民常早早起来，趁着朦胧的夜色上山采蘑。

三

药王庙位于缶山北峰，庙里供奉着孙思邈、扁鹊和华佗。

这里原有一座小庙和几块残碑，碑文内容为"重建药王庙记"，落款为"嘉靖四年岁次乙酉夏四月"（公元1525年），据此来看，缶山药王庙距今已有五百多年的历史，现在虽然没有了庙宇，但是每逢初一、十五及每年的三月二十三药王庙会，还是有很多人来此拜祭。"文革"结束后，附近村民集资在原址重修了一座庙宇，并在北峰东侧修砌了一条通行的台阶，每年来此拜谒药王者络绎不绝。

缶山药王庙庙会是行唐境内规模最大的庙会之一，影响范围很广，除遍及周边县市外，北京、天津、山东、山西、河南、安徽等省市区，每年都有人慕名而来。庙会当天，从山脚下出发，四五条人流，沿着东、西、北三面山峰蜿蜒汇至山顶。山顶的药王庙装扮一新，庙里庙外，人头攒动，场面颇为壮观。

庙会前后一周，附近村庄的人们就像过年一样，杀鸡宰鹅，招待亲朋好友。各路生意人云集于此，从日用百货、杂耍说唱到吃喝玩乐、文化娱乐，小摊小贩的摊位，塞满整条街道。不少外地人开着私家车慕名而来，在感悟着浓厚枣乡文化的同时，也感受到了枣乡人的热情与豪爽。

四

孙思邈是唐代著名医药学家，他医德高尚，被后人誉为"药王"，在很多道教宫观里都有"药王殿"。他在太白山中研究道教经典，探索养生之术，博览众家医书，研究古人医疗方剂，写出不朽的医学典籍《千金要方》，完成了世界上第一部国家药典《唐新本草》。

扁鹊，是传说中的上古神医。按照古人的说法，医生治病救人，走到哪里，就将安康和快乐带到那里，好比是带来喜讯的喜鹊，所以常把那些医术高超、医德高尚的医生称作"扁鹊"。这个出生在鲁国、名叫秦越人的医生，凭借其高超的医术、渊博的学识，走南闯北、治病救人，顺理成章地被人们尊称为"扁鹊"。

东汉末年，华佗与董奉、张仲景并称为"建安三神医"。他医术全面，尤其擅长外科，精于手术，并精通内、妇、儿、针灸各科，被后人称为"外科圣手""外科鼻祖"，后人多用"神医"称呼他，又以"华佗再世""元化重生"称誉有杰出医术的医师。

缶山药王庙，供奉着这样三位医学史上享有盛名的人物。2003年前后，当地村民修建了现在的正殿和西殿。正殿坐北朝南，正中供奉药王孙思邈，左右分别供奉华佗和扁鹊。西殿为牛马殿，西墙正中为马王爷画像，左右各为牛、马画像。这马王爷为道教的神明，全名叫"水草马明王"，其形象为三眼四臂，左右配牛王、水草，东为桥神，西为路神，全称"灵官马元帅"，《南游记》中称其为"三眼华光"。因孙思邈为道教人物，缶山药王庙可以说是名副其实的道教庙宇，所以配殿供奉马王爷，也算顺理成章。

　　此后，当地村民又陆续拓宽了原来上山的盘山小道，小型车辆能直接开到缶山顶峰。后来，又修建了石亭，整平了小广场，修有二十多级台阶，与正殿前面相连。当地村民还买来树苗，绿化荒山；买来粮食雇人做成馒头等食物，施舍给前来赶庙会的善男信女吃……

　　因为药王庙的深远影响，风韵不尽的缶山正逐渐为世人所知晓。

奇峰崔嵬鳌鱼山

鳌鱼山位于太行山东麓行唐西北部45公里处，北临胭脂河畔，南为郜河源头，方圆37.8平方公里，海拔811.4米，为行唐、阜平两县界山，其主峰位于行唐境内，是当地有名的自然风景区。

鳌为龟类，《辞海》解释为："传说中海里的大龟或大鳌"。其实，鳌鱼原为古代神话传说中的动物。相传在远古时期，金、银色的鲤鱼想跳过龙门，飞入云端升天化为龙，但因它们偷吞了龙珠，只能变成龙头鱼身，称之谓"鳌鱼"。雄鳌鱼金鳞葫芦尾，雌鳌鱼银鳞芙蓉尾，它们终日在大海中遨游嬉戏。"女娲氏断鳌足，以立四极"（司马迁《史记·补三皇本纪》），所以古人认为大地是由鳌鱼的四只脚顶着的，他们习惯把地震等怪异现象，称为"鳌鱼转侧"。

鳌鱼山奇峰耸立，形状怪异，周围几座山峰排列起来，恰似一座庞然大龟伏卧，故曾名"龟山"，又因东、西两峰峭壁耸峙，形似铁锁，紧封晋冀古道隘口，而称之为双锁山、双岭山，它还有一个非常诗意的名字——云蒙山。

后因南侧山脚下有个叫鳌鱼的村庄，久之鳌鱼代替了龟字，当地人习惯称其为鳌鱼山。

一

据传说，在很早以前，行唐北部山区郜河上游支流的西岸，有一大坑塘，内有一大鳖鱼生存。后来，有一王姓外地人迁此坑塘边沿，占产立庄，建房舍，为求吉祥护佑，遂取村名为鳖鱼，后来一直延用此名。亦有村民认为，鳖鱼村中的杨姓是北宋杨家将后裔，北宋时期的杨延昭、杨延琪兄妹以及倒马关守将乐胜，都曾在此战斗、生活过，因八姐延琪"日梦鳖鱼"，而被杨氏后裔改名为鳖鱼村。

在当地，但凡上了岁数的老人，一般称鳖鱼山西侧的山峰为南山。鳖鱼山西侧山势较缓，东侧悬崖绝壁，北侧百丈深渊。冬季，苍柏葱郁，冰帘如挂；秋天，漫山红遍，果满枝头；春日，山花烂漫，禽飞鸟吟。夏时，溪流潺潺，草木茂盛，可谓是清爽宜人的天然避暑胜地。

鳖鱼山上，盘山公路迂回百转，通向顶峰，小型汽车可直达山顶。山顶的最高峰，立有水准点标志，南侧山腰间建有省209微波传输站。微波传输站建于20世纪70年代初期。当年施工时，这里出土了大批文物，包括铜斧、彩釉瓷碗、刀、矛、镞、盔以及刻有"金花银记"的银钗、发簪等妇女头饰，据考证，这些均为宋元时期之物。据《杨家将演义》记述，杨八姐因战功显赫，曾被宋真宗诰封为"金花上将军"，谥号为"朔倩将军"。据此，当地人更有理由相信，这"金花银记"的银钗，为其所用过的头饰。杨八姐曾在鳖鱼山一带隐居的传说，也于此得到了印证。

行唐是全国有名的大枣之乡，鳖鱼山地处红枣主产区，当地有一种用红枣酿制的烈酒，叫"枣木杠"。"先喝枣木杠，再吹大酒量"，"枣木杠"酒的烈性可谓远近闻名。刚开坛的"枣木杠"，醇柔的枣花香味扑鼻而来。初入口时，觉得绵乎乎、甜丝丝的，可后劲特别大，平时能喝半斤白酒的，喝上三两"枣木杠"就得晕晕乎乎。

鳖鱼山上现有山寨遗址。据说，宋朝巾帼英雄刘金定曾在此落草为王。鳖鱼山西南千仞，崖壁上凿石洞数个，传说为寨主与众兵卒藏身之处。其防身的内室，入口处仅能容一人攀援而行，异常险要，洞内开阔宽敞，刘金定的卧室在西南角，有四道防线，为险中之险。洞口位于陡峭的半山腰，前面是百丈深渊，极不易被发现，没有一定功夫的人，是根本无法进入的。侧身入洞后，不远处有一个石桌，桌旁有四个小石凳，是侍卫们值班的地方。再往里走，渐狭，洞底宽敞开阔，能站十多个人，那才是刘金定和高君宝休息的地方。

在当地，刘金定与宋将高君宝大战、"云蒙佳酿结良缘"的故事，广为流传。

相传北宋初年，辽国不断派兵往南打，抢夺宋朝的财宝和粮食，行唐是经常打仗的地方。当地有个叫刘金定的女英雄，不光武艺高强，人长得也俊，还懂排兵布阵，大伙儿看她有本事，就推选她当头领。后来，刘金定把兵卒带到鳌鱼山上，天天持枣木棍子训练。那时候，杨家将杨六郎镇守边关，宋将高君宝奉命押运粮草前往雁门关，路过此山时，被刘金定的士卒拦住去路。山寨兵卒手持枣木杠与宋军交战，但敌不过宋兵，忙报与金定。刘金定亲自下山向宋将赔礼，让宋兵到山寨歇息。君宝不知是计，随她上山。刘金定便用山寨自酿的枣酒设宴款待，宋军将领见她如此好客，戒备全无，一个个喝得烂醉如泥，等醒来时已被捆了个结实。刘金定觉得高君宝也是个英俊少年，就拜堂成了亲。新婚之夜，刘金定对高君宝说："两口子归两口子，你可是我的手下败将！"高君宝说："我不是败在你的武艺上，是败在你的枣酒上，没想到你的大碗酒，比你们的枣木杠子还厉害哩！"就这样，行唐枣酒就有了"枣木杠"这个名字。据说，戏剧传统剧目《双锁山》，就根据此故事改编而成。

二

鳌鱼山气势雄伟，随处可见参天的古柏。古柏树干婀娜多姿，奇形怪状，枝叶苍翠而茂密。柏树长出地面，自根部至顶端，呈层状分布，每一层由下向上徐徐张开，自成一伞形，每棵柏树都是由一层又一层倒挂的绿伞组成。

这种柏树叫"侧柏"，是国内广泛种植的园林绿化树种之一，自古以来，就常栽植侧柏于寺庙、陵墓和庭园中。侧柏叶呈细小的鳞片状，交互对生，颜色多为深绿色或黄绿色，且有一股淡淡的清香。据说，侧柏叶还是一味中药。

行唐过去有个风俗，就是每年的正月十六将柏枝放到大街上点着，围在一起烤"柏灵火"。天一抹黑，吃过晚饭，各家各户聚集街头或自家门前空旷处，点燃柏树枝叶，然后焚烧秸秆杂物。此时，人们对着火堆围成一圈，嘴里都念叨着"火大光景大""烤烤腰，腰不疼；烤烤腿，腿不疼；烤烤屁股，牙不疼"等民谣俗语，不时还要往里添些柴火。

正月十六在门前燃柏枝，古代确有明确记载的。南朝梁宗懔《荆楚岁时记》有："今正腊旦，门前作烟火、桃神、绞索松柏、杀鸡著门户逐疫，礼也。"这也证明了古人确有在门前燃火逐疫的习俗。燃烧柏枝，亦就是人们所说的"柏灵火"，是因柏树固有的特质，古人称赞柏树"经冬而不凋，蒙霜不变，麝食柏而香，皆为天齐长"，认为柏树为神异之木，其香可以去邪秽、疗百病。

鳌鱼山的古柏，生不下山，死不断根，刀砍斧劈，来年仍能萌生。千百年来，留下了不少如《云蒙仙子》《双锁山上聚宝盆》等美丽动人的传说故事，表达了人们对古柏的爱恋和钟情。

鳌鱼山上的柏树因其神奇的传说，深受周边村民的敬重和呵护。相传，在很久以前，鳌鱼山南山脚下有个村庄，庄上有一勤劳的放牛娃，家里非常穷。放牛娃在给人家放牛时，偶得一个"聚宝盆"，为逃避官府抢劫，就把"聚宝盆"埋藏于鳌鱼山上，并插一柏树枝作为标记。不料，漫山遍野长出了柏树，标记也找不到了，此后，鳌鱼山上的柏树，伐后能重生。

三

鳌鱼山上，怪石嶙峋，"蛤蟆嘴石""道士帽石""抱孩子石""锅底石"……每一块岩石，都仿佛有了生命，活灵活现地演绎着动人的传说故事。

在鳌鱼山西北，有一座峰酷似骆驼，驼峰的左右两边是一块又一块的白石，这便是人们传说中的金子石。相传古时有一头骆驼，身上驮着两袋白金被人赶着路过这里。山路崎岖难行，路边的树枝划破了布袋，金子有几块掉到了地上。骆驼听到响声，扭头看时，恰巧被在前面便溺的王母娘娘看见。王母娘娘以为骆驼是在故意看她，非常生气，情急之下就拔出头上的金簪，猛地一指，只听"咕咚咕咚"几声过后，就再也没有了声响，原来是金子散落了一地，骆驼已被定在了那里，变成了石头，金子也随之变成了石头，就连路过的人和动物都变成了石头。于是，这里便有了"蛤蟆山""道士山""黑老婆山"……如今，骆驼的头冲着范家庄村，永远留在了山上。

在鳌鱼山东北侧的半山腰，有一块巨大的石头，石面很平整，中间有一道细细的石缝，俨然一个巨大的棋盘。相传，这里是吕洞宾和铁拐李下棋的地方，人称"棋盘石"。

"抱孩子石"位于鳌鱼山西北角，由三块石头组成，立于山石上。顶端圆圆的，像个人头，南端的那块由一大一小两块石头组成，像一个大人背着俩小孩，北端的那块也像一个小孩，所以这里又叫"抱孩子石"。

在鳌鱼山下两岭口村东北的阿牟院遗址东侧，一块长4.5米、高2.5米的巨石上雕刻石龛54个，佛像56尊，左侧刻有"大定十一年岁次辛卯"的字样，这是河北省首次发现的有具体纪年的金代石刻，为研究金代石刻艺术提供了参考。

四

鳌鱼山溪水清幽，山川秀丽，景色宜人，自魏晋以来，就有道人在此建观习道，炼丹修身。

山上有道教遗址"水帘洞"，相传王禅老祖曾在此修炼。王禅老祖原是道教的洞府真仙，本名王诩，又名王通，被尊为玄微真人，又号玄微子，世人称其为"鬼谷子"。鬼谷子是春秋战国时期极具神秘色彩的人物，被誉为千古奇人。据说，他长于持身养性，精于心理揣摩，深明刚柔之势，通晓纵横捭阖之术，独具通天之智。

因鳌鱼山地处中原与北地的太行山隘口，战乱频繁，道观多遭焚毁。见于史料记载的是元代所建的阿牟院。清乾隆《行唐县志·地理》载："阿牟院，两岭口东山下，元泰定年间（1324年左右）建。"近年出土的明成化年间《重修阿牟院碑记》开篇就说："顾兹行唐寺院七十有余座，然惟县之西北八十里两岭口阿牟院为古刹。"此话虽不准确，但诚如碑文所载，这里确实"形势非凡，岭峦环拱，石涌清泉，此诚佛境之胜地也"。寺院历时3年建成。此后，这深山古刹，晨钟暮鼓，拜佛许愿者络绎不绝，香火空前。至明初，燕王扫北（史称"靖难之役"），攻破南京，未发现惠帝踪影，后有人说惠帝逃出宫外，藏匿于佛寺中。于是，燕王下令对各地寺庙进行搜查，凡可疑寺僧，均毁其庙，惩其僧，无数寺庙俱毁于其时，历经80余年的阿牟院寺庙也未逃出厄运，被付之一炬，寺僧所剩无几，但不久又逐渐兴盛起来，至清康熙年间已恢复到始建时的规模，寺僧日众。

阿牟院坐北朝南，分为前殿，正殿。正殿两侧的禅堂，龙王堂，石佛殿和前殿的钟鼓楼，伽蓝二庙，构成寺院主体建筑，有殿、舍40余间，占地20余亩，石碑数通。它与西南方向的塔及西北方向的奶奶庙，猴神庙，火神庙，杏花庵等遥遥相望，形成寺庙建筑群。三大殿雕梁画栋，五色彩绘，富丽堂皇，分别供奉着释迦牟尼、文殊、观音三尊塑像。大殿左侧的石佛殿内矗立一巨石，石壁上雕刻着大小76尊佛像。石佛姿态各异，形象生动。据说，寺院当时有76位僧人，每人化缘集资雕像一尊，至今壁雕仍在，保存尚好。

阿牟院在当地何以称之为峨眉岩寺，说法有两种：一曰阿牟院周围悬崖峭壁，岩石兀立，形似峨眉山岩石，故称峨眉岩寺；一曰系阿牟院在此地方的讹传。

五

鳌鱼山上古迹遗址众多，既有百年黄莲、千年老槐，又有千年古刹、万年涌泉，尤以山泉为一大奇景。

鳌鱼山西南脚下，泉水淙淙，流水潺潺，汇清池，成河溪，浇灌着田园，滋润着万物……此泉水质天然，煮之无垢，饮之甘甜，纯净爽口。此泉涝不增流，旱不减量，涌自山下的千年古刹阿牟院旁，实为枣乡胜景，被人誉为"枣乡第一泉"。

鳌鱼山地质以变质片麻岩为主，由云母岩、石英岩、长石岩、角闪岩等矿物组成，形成年代系20~30亿年前，山泉的形成系一处来自太古界变质岩地下深部循环的天然露头水，由于煌斑岩侵入，裂隙水遇到岩脉受阻上升成泉。

阿牟院建筑设计的精妙之处，要数巧妙利用这泓清泉。清泉有泉眼两处，相隔50余米，一眼涌流，一眼断流，堵其一眼，另眼涌流；堵其半眼，二眼均流；两眼皆堵，无眼浸流。工匠们别出心裁，巧妙地利用"一泉两眼"的地理特点，将三大殿置于两眼之间，泉涌处，精雕细刻，凿以石孔、石槽、石池，引水九曲十转，绕殿环流。当年，登上殿台，举目峰峦叠翠，云雾缭绕。低首金镶玉砌，清流潺潺，令人彷佛置身于梵宫仙境。相传，康熙帝游历五台山路过此地，暂歇寺院，时值酷暑，寺院住持请他们一行用寺内泉水解渴。康熙帝把碗畅饮，顿感暑消热散，神清气爽，问道："此水为何甜凉异常？"住持说："此乃院内龙泉琼液，只有富贵之人才能感之不凡。"康熙龙颜大悦，亲观其泉，连声称奇，即赋诗一句："龙饮龙泉泉饮龙"，但却想不出下句，就对住持说："你如能对出下句，我出白银万两，修你寺院。"住持绞尽脑汁也无法对出。有人轻声告诉住持："这是当今天子！"住持就更对不出下句了，自然阿牟寺院始终也就得不到皇帝的万两恩赐。因皇帝说了要出银修寺，但对不出诗句又得不到银两，所以寺院只能保持原样。此后，皇帝驾临阿牟院的消息传开，地方官吏、善男信女闻风而至，环寺周修建起龙王堂、火神庙、山神庙、猴身庙、杏花庵、玉音洞等，形成了较大规模的阿牟院建筑群。

历明、清两代600余年，阿牟院几经战乱，时毁时建，时兴时衰，至民国时期，时局动荡，仅剩的几个僧人都跑到五台山去了，寺院渐渐塌毁，如今只剩下摩崖石刻，以及饮马石槽、石碾、石臼、旗杆石窝、碑座等，当地人称这块平地为"寺台"。

时至今日，我们所看到的仅是残垣断壁，寺院遗址，还有那泓"灵泉""圣水"流淌不息。

怀古赏今牛王寨

牛王寨位于城寨乡境内，海拔430米，面积6平方公里。这里山险石奇，溪水清纯，环境幽静，人文荟萃，实为枣乡奇观胜景。

"春风一夜花千树"，在和煦的春风徐徐吹拂下，又到了山花烂漫的时节。听人说，牛王寨的杏花盛开了，甚是好看。遂于4月1日这天，应县作协刘主席之邀，一行10余人驱车到牛王寨采风。

20年前，当我还是个小学生的时候，就曾强烈产生过要登上牛王寨，一睹牛王洞的愿望。然而，却因为种种琐事，一直未能如愿。20年后，我终于登上这里的最高峰，百感丛生，把酒祭情。

我常想，大山里的孩子热爱山，本是一种难以释怀的情愫，即便这座山并不是什么名山，只要它令你感动、令你神往……

一

面包车从行唐县城出发，沿着水泥硬化路一直向西北行驶了将近一个小时，到达牛王寨的时候已经是上午10点多了。

牛王寨下，毗山口前。山回路转，溪水潺潺，山重水复，花明柳暗。

传说牛王寨是《西游记》中牛魔王、罗刹女所居，红孩儿降生之地。此地盛产桃红色石英砂，相传为罗刹女娩红孩儿时将岩石染红所致。红孩儿勇斗孙悟空、铁扇公主三借芭蕉扇，在传说中都发生在这里。山寨遗址、牛王洞府，山石如刃，斜插云天，传说那是他们大战留下的痕迹。

另一个故事讲的则是在唐朝的时候，有一牛姓青年在这里拉起一支队伍，占山为王。他们筑建山寨，招兵买马、杀富济贫，声名远播，牛王寨因此得名。现在尚存有500米长的拦马墙、南寨门、碎瓦砾、舂米臼、旗杆槽、房舍、马厩、石碾等遗址。

牛王寨山险石奇。说险，群峰侧立，形状怪异；说奇，绝壁如削，巨石嶙峋。马狗塔、聚仙台、仙姑石、浣纱池、斩龙剑、蛤蟆石、乌龟石、鹰咀石、扳倒井、葫芦岩、拦马墙、古山寨遗址、崇福寺遗址、桑园茅舍、世外枣源……众多自然景观，令人望而生情、追慕不已。

举目远眺，满目春色，天蓝如洗，群山环抱。其东面毗山峰峦叠嶂，杨柳依依，郁郁葱葱；南面牛王寨主峰犹如一道天然屏障，遮挡住视线；西面"文""武"两座孤峰遥遥相峙；北面则是镶嵌在群山中的一片碧蓝色水域，这就是当地有名的江河水库了。

江河水库再往北就是"九顶莲花山"。此山由九座山峰组成，山上的岩石多为白云母岩，绵延起伏，日照之下洁白如银，光彩夺目，为牛王寨周围一大景观。九顶莲花山的主峰南面，凿有石窟，坐北朝南，拱门高约1.5米，进石窟有弥勒佛一尊，壁凿千手菩萨一尊；石壁还浮雕小神像、裸体式练武神像，但损坏较为严重；山顶上修有观世音佛石塔，塔壁隐约可见"座上白莲四季景，瓶中杨柳一枝春"的字迹。

二

停车场南面，开了一个小饭庄，专门招待远道而来的客人。

离小饭庄不远的地方，大片杏花映入眼帘。远望点点白花怒放，娇艳欲滴，楚楚动人，令人心醉不已。那白中透粉的颜色，从山脚一直铺到半山腰，如锦如缎，如云似霞。

我一直喜爱杏花，尽管杏的枝干少了梅枝的曲美，然而杏花却拥有梅花傲霜斗雪的孤清冰魂，且比梅花少了许多浓艳、多了几分卓然和淡泊。

　　我已有多年没留意过杏花了，要不是好友提醒，甚至都忘记了杏花开放的花期。依稀记得上小学的时候，校园中就有一棵歪脖老杏树。每当杏花盛开的时候，我们那帮调皮的学生便经常流连徘徊于树下。有性子急的偷偷爬到树上连枝带花折断，插到瓶子里，期望她们有朝一日能够怒放盛开。为此，没少挨老校长的批评。一晃二十多年过去了，我虽说已从一个"少年不识愁滋味"的顽童，有了自己的事业，娶妻生女，身为人父了，但是那段童年的欢乐时光，一直难以忘怀。

　　此时此刻，我轻闭了双眼，开始在头脑里遍搜我本来并不丰富的记忆，到底也找不出更恰当的词汇来比喻这满山满坡，带着羞涩又充满生机，无拘无束地绽放的杏树精灵。只觉得空气中弥漫着的满是淡淡的、柔柔的香甜，那样的清纯，那样的一尘不染。

　　这里的杏花一朵朵、一串串密匝匝地挂满枝头，纷繁而不争艳，素雅却不遮掩赤诚，含蓄无掩婀娜多姿。不远处的江河水库如同端午节赛会上没有经过任何粉饰装扮的龙舟，头东尾西，停泊于此。轻风吹来，水面上涟漪层层，碧水清波，山光水色，风景宜人。沿岸杏花的绰约风姿倒映在明净清澈的春水之中，于原有的娇艳之外更增添了一种清澄渊静之美。

　　我们一行无不感受杏花的仙韵飘逸，惊叹她那一树一树的雪白。她的冰骨琼花，足可以涤荡冬日沉寂在我们心田的所有尘埃，足可以让我们超然物外，洒脱忘我。

　　近观杏花，双眼顿觉清新明润起来，寻觅已久的心会被一种沁人心脾的清凉的香甜所捕获。而当想贪婪地呼吸这春天的生机和欣喜时，她又如同待嫁的大姑娘般矜持起来，飘飘荡荡，若隐若现，似有似无。让我不知不觉想起了电视剧《西游记》中那个杏花仙迷惑唐三藏时的妩媚唱段："桃李芳菲梨花笑，怎比我枝头春意闹，芍药婀娜李花俏，怎比我雨润红姿娇……"

　　天气预报说，今天是大风扬沙天气。果不其然，临近中午，便刮起了大风。风吹杏树，落英缤纷，似漫天飞雪。

　　当杏花在春寒中悄然怒放或飘落时，深红色的花托，淡黄色的纤纤细蕊，雪样圣洁的瓣瓣花絮，娇嫩、剔透、晶莹、圆润。静听，仿佛是袅袅缭绕的古典女子素手赋琴的幽幽仙韵；仰望，又宛如看到了冬日雪花盛典中正在演绎着一部纯真、率直而透明的经典童话。

是吹散空中，洒落水上；还是沦落尘陌，任人践踏，牛王寨的杏花有着不同的归宿。王安石在《北陂杏花》中有"纵被春风吹作雪，绝胜南陌碾成尘"的诗句。这两个背景意象仿佛同样包含着一种空间的隐喻。若说清幽静谧的江河水库是远离浮世喧嚣的隐逸之所，则牛王寨北面陡崖下正是熙来攘往、物欲横陈的名利之场。"崖下"繁华，"江河"僻静；"崖下"热闹，"江河"空寂。江河水库畔的杏花即使零落了，尚可在一泓清波中保持素洁；而牛王寨北面陡崖下的那些杏花要么历尽亵玩、任人攀折；要么散落路面、任人践踏，碾成尘土。龚自珍在《己亥杂诗（其五）》中说"落红不是无情物，化作春泥更护花"。我想杏花有情，无论何种归宿，终将美好。

三

一路随行的城寨乡乡长刘亚林，主管牛王寨风景区，也是地道的"牛王寨"痴迷者。刘亚林自称"牛王寨寨主"一路不忘给我们详细解说有关牛王寨的历史典故、景点和遗址。

牛王寨山峰南面坡度缓和，北面陡峭险峻，整个北坡形成一个大凹槽。想从北面爬山上去真的很不容易，而来牛王寨观光的人几乎都要从这里爬上去，因为这儿半山腰有个牛王洞，从山下望上去，这洞口就在最凹陷的部位。

翻过几道最难通行的大岩石后，我们终于在半山腰处见到了神往已久的"牛王洞"。看过《西游记》的都知道，当年孙悟空大战牛魔王，战无不胜的"斗战胜佛"却落败于牛魔王。其缘由，据此地民间传说是孙悟空有72变，牛魔王却有73变，正是这一变之差使悟空未能取胜。那时孙悟空与牛魔王大战，胜负不分，牛魔王不想恋战，经过此山头时翻身从空中落到了此山的后腰，变成一只蝼蛄钻进了山里。这牛魔王知道孙悟空不会罢休，一直钻啊钻，最后从六七里地之外的凤凰岭上钻出去跑了。

　　而实际上，"牛王洞"的洞口狭小，只能容一人进出，胖一些的甚至连洞口都进不去呢！这"牛王洞"越往里走越狭窄，不小心就会被两侧的石头刮伤。200米的深度因为不好走，觉得洞很深。里面漆黑一片，即使拿着手电筒也看不到头。据说，尽头就是一只小蝼蛄那么大一点口子，也许只有小蝼蛄一样的虫子可以重走当年牛魔王的路了。

四

　　我们一行沿着荆棘丛生的羊肠山径，爬上牛王寨最高峰的时候，已经是接近中午了。

　　"无限风光在险峰"，举目远眺，牛王寨北面就是陡峭的悬崖。我们几个腿脚发软，简直不敢相信是紧贴这些悬崖峭壁的岩石爬上主峰的。

　　牛王寨主峰南面便是约500米长，1.5米宽的拦马墙遗址了。沿着拦马墙向西走，可以看到一个石头垒成的山寨门，门内有大量斧锤凿过的痕迹，东西两边上下各有一个门轴，两侧中间部位有门闩孔，这就是南门，当年只要大门一关，粗大的门闩一插，易守难攻，可真是"一夫当关，万夫莫开"。

　　在南门，"牛王寨寨主"站在门内一本正经地对我们说：站在这里，就能听到三千多年前那战马的嘶叫声、战斗的厮杀声。你们听，咴、咴、咴……这是战马在嘶鸣，冲啊！杀呀！……你们都侧耳细听吧！绝对能听到的。于是，我们一个个侧耳，想听到那些仿佛是从时空隧道中传出来的声音。此时，远处确实有一些说不出的声音传进我们的鼓膜，空灵的、浑然的、雄厚的、沉闷的，这些如同天籁般的声音，像是风声，却又不能确定。

　　我就开玩笑地说，我听到的像是拖拉机的声音！"牛王寨寨主"马上反驳说，三千多年前哪来的拖拉机！你们再好好听听。咴、咴、咴……这是战马在嘶鸣。冲啊！杀呀！……这是人们在呐喊、拼杀！我都听到了，你们还听不到啊！

　　"大风起兮云飞扬，威加海内兮归故乡，安得猛士兮守四方！"人群中不知谁哼唱起了刘邦的《大风歌》，却最终被这听不太真切的来自"远古"的天籁之音给淹没了。其实，就像"牛王寨寨主"所形容的那样，我确实已经听懂了那种"远古"的天籁，也已经懂得了这些空灵的、浑然的、雄厚的、沉闷的声音的真正意义。

南门西面就是古山寨、聚仙台、斩龙剑等遗址。西北就是和"文"山遥遥相峙的"武"山。"仙姑浣纱"和"扳倒井"的传说就发生在这里：神话中的枣花仙子，在此修炼，得道成仙，被当地人供奉为"枣神娘娘"。武山下修有娘娘庙，庙址尚存。以前农历二月二十五庙会，周围十多个村庄祭祀此神。"枣神娘娘庙"东南有眼"扳倒井"清泉汩汩，井水溢流，传说是唐朝大将苏烈（武山山脚下苏家庄人）曾将其扳倒以饮战马。

沿着南门山路向下，有一条蜿蜒崎岖的山路。在东南不远处的柏山上，就是马狗塔遗址。相传，当年刘秀被王莽追杀，刘秀情急之下说：马啊！你如能驮我过河，将来必重重封赏！马后退几步，一跃而起，跳过河去。马死，刘秀在柏山中藏身。王莽放火烧山，大火熊熊，这时一条黑狗在河水中沾湿了身体跑来，在刘秀的周围打滚灭火。刘秀得救了，狗却死了。刘秀称帝后，在此建马塔、狗塔，纪念救他的马和狗。

五

《行唐古人歌》中唱到的"王羲之一笔断江河"，据说就发生在甘泉河中游河西村至侯家庄村东。

歌中还唱到"毗山金神葫芦开"，说的是东面与牛王寨对峙的毗山。传说此山有黄金万两，只有金神葫芦才能开启。山上毗卢寺的小和尚曾种了一棵神葫芦，只因浇水偷懒，求金心切，未等神葫芦壳变硬便去开山取金。葫芦被挤碎，金子未得到，倒给后人留下了"心不诚，身不勤，一生无为两手空"的警世名言。

牛王寨的山水之灵、草木之情，不断向世人展示着大自然的鬼斧神工。有人说红枣之乡是"聚青山秀风于一地，汇绿水碧波于一潭，书人文历史于一章"，实无夸张之词。

近年来，通过考察论证，集古文化开发，自然风光开发、生态开发、休闲度假开发于一体的牛王寨旅游资源综合开发的规划已实施，恢复古寨旧貌，再现古文化遗迹的梦想将很快实现。

近水亲山"神树湾"

上闫庄乡地处河北行唐西北部山区，距县城35公里。这里层峦叠嶂、沟谷纵横。在乡政府驻地北偏东4公里的地方，有个叫"神树"的小村子，据说是三国、西晋时期的古村。当时，人们主要以狩猎、采摘野果为主业，极少耕作。这里盛产红枣，漫山遍野全是枣树，作为"铁杆庄稼"，枣果曾为当地百姓的重要食粮。

行唐是全国闻名的千年古县、红枣文化之乡，有文字记载的红枣栽植历史，可追溯到春秋战国时期。在行唐，枣树又被奉为"神树"，究其原因：一说是红枣栽植技术系由神农氏传于上古高士许由，故称其为"神树"；另一种说法是，春秋末期，韩、赵、魏"三家分晋"后，魏国日趋强盛。魏文侯三十八年（公元前408年），乐羊奉命率师越赵国伐中山（中山古称"鲜虞"，白狄人所建，行唐治为中山国属地），征战三载，消灭中山。当时，乐羊带着士卒被白狄人围困在一条山谷里，这里沟深林密，荆棘丛生，一连几日没能突围，士卒个个口干舌燥，饥渴难挨。就在这时，一名士卒突然发现周围山坡的树上挂满了半青半红的野果，试着采摘食用，清甜可口，饥渴顿消。乐羊得知后，命士卒饱食野果，一鼓作气杀出重围。回到营地后，提起那些救命的果树，乐羊无限感慨地说："此乃神树也。"中山国覆灭后，这一带划为乐羊的封地。乐羊专门派人守护那些"神树"，神树村由此而得名。

神树村西侧，有一条鲜为人知的天然沟谷，当地人俗称"野人谷"，后因神树湾生态农业开发项目在此落户，又美其名曰"神树湾"。所谓"湾"，指的是水流弯曲的地方。神树湾属大清河系磁河支流，发源于神树村西北部山区，由东南流至神树村西，折向西南形成"湾"，在上闫庄村北与庙岭沟汇流，经灵寿县西岔头村东注入磁河。神树湾的植被以灌木和小乔木为主，常见有榆树、刺槐、柳树、酸枣、南蛇藤，以果园、湖泊、湿地、森林、野生动物最具特色。这里的酸枣资源丰富，几年前，当地人利用酸枣资源优势进行嫁接，经治理开发，现已初见成效。神树湾还出产苹果、柿子、核桃、樱桃等十余种果品，树下则长满了密密麻麻、郁郁葱葱的灌木和各种花草，野兔、松鼠、獾猪、雉鸡、斑鸠等几十种珍稀动物活跃其间。

神树湾沟谷纵深，迂回蜿蜒达十余里。沟谷两边是峻峭的山石、葱茏的林木。逆流而上，山泉于沟谷开阔处形成"玉女深潭"，沟谷间潺湲流动的泉水，汇入其中，足以满足当地人的生产、生活用水。玉女潭上游水位较浅，蜿蜒曲折的河道内，形成了以慈菇、菖蒲、香蒲等水生植物为主的天然湿地，湿地内草丰林茂，鸟鸣呖呖，常见野鸭、大雁、白鹭等水鸟栖息。幽深的沟谷中，是一大片古老的枣林，林中多是树皮皲裂、虬枝苍劲、铁骨铮铮的老枣树。时至中秋，硕果累累，红彤彤的枣子挂满枝头。树下清澈甘冽的溪水，或悬浮摇曳着几根水草青丝，抑或漂流着几片枣叶、几枚落枣，千回百转、绕石绕树于幽谷间，弹奏出一曲清宁优雅的高山流水。

沿神树湾溯流而上，有一个建于清末的小自然村，因位于神树村西北沟谷，故称"神树西沟"。神树西沟为神树村所辖，村南沟谷宽敞、土地开阔，而附近鹰嘴石山、锯齿岭一带，则沟深林密，有着全县独一无二的原始次生林。这里树木种类繁多，有刺槐、枣树、椿树、合欢、山杏等，其中最奇特的要数漫山遍野的合欢了。合欢又称绒花树、夜合欢、马缨花，因其羽状复叶，小叶甚多，且夜间成对相合，故有"鬼拍手"的说法。清人李渔在《闲情偶寄》中说："萱草解忧，合欢蠲忿，皆益人情性之物，无地不宜种之。……凡见此花者，无不解愠成欢，破涕为笑，是萱草可以不树，而合欢则不可不栽。"自古以来，人们就有在宅邸园池旁栽种合欢树的习俗，寓意夫妻和睦、家人团结。

"雨晴夜合玲珑日，万枝香袅红丝拂"，每逢仲夏时节，鹰嘴石山附近就会开满粉红色、白色、黄色的绒花，像一顶顶撑开的小伞，傲然挺立于枝头。

箕山脚下般若寺

箕山位于行唐县城西北19公里处，其东南即古河道"颖水"，相传为上古圣贤许由"出生隐居、广植枣树、拒受尧禅"故事的发生地，以"峰形若箕"而得名。

在箕山东麓"箕底"处，至今仍残留着一堆堆的残砖碎瓦，倘若人们稍加留意，还能翻捡出一些彩绘的瓦当碎片。附近村庄的老人回忆，这里以前是座寺庙，"文革"前这里还有一块赑屃驮着的残碑，如今残碑和赑屃都没有了，仅剩一个碑座。在当地村民眼里，这座寺庙不值一提，仅是荒废的遗址而已，早已失去了往日的繁华。寺庙没有确切的名字，因位于箕山下，人们习惯称其为箕山寺、箕寒寺，甚至讹传为"鸡蛋寺"。

站在遗址上，面对着废墟上的残砖碎瓦，着实令人唏嘘不已！或许当地村民不大清楚，这里的"寺庙"其实就是建于元大德年间（1297~1308年）的"般若寺"，鼎鼎大名的佛教寺院，至今已有七百余年。虽然现已成为一片废墟，却也掩盖不了昔日的鼎盛，从那些残留着彩绘的瓦当碎片，仍可管窥一斑。

何谓般若？"般若"为梵文音译，亦作"波若""钵罗若"，佛教用以指"智慧"，不是日常所说的"聪明智慧"，而是指洞视彻听、一切明了的无上智慧，为跟普通的智慧相区别，所以用音译而不用意译。目前，在我国的吉林长春、辽宁沈阳、四川内江等地皆有般若寺，且都具有一定的规模。

缘何认定箕山脚下的寺庙遗址，亦为"般若寺"呢？

清康熙十九年（1680年）《行唐县新志》记载："般若寺，在台上村箕山下，元大德间建"。台上村系行唐历史古村，今秦台村属其派生村，该村位于县治西北21公里处，北座山，西、南、东三面环河，因地形而得名。明洪武时，行唐县共5乡，22社，195村，以乡领社，以社领村。清袭明制，至康熙十九年，全县共28社，253村。台上社在县治西北八十里，领村三十五，台上（南台）村，即其中之一。清乾隆三十七年（1772年）的《行唐县新志》中，也沿用了"般若寺"这一名称。

寺庙既是皈依之地，又是历史文化的汇聚之所，行唐境内寺庙众多，多数建于唐、宋、元时期，以元为盛。至康熙十九年，县内有寺院54座，各种庙宇数以百计，佛教文化可谓盛行。然而，随着时间的推移，清凉寺、显明寺、崇福寺、文殊院等多数寺庙在近代被毁颓，仅留下封崇寺、琉璃庙、香莲寺还在守望着岁月的沧桑。

般若寺，作为行唐"箕山文化"和"宗教文化"的重要见证，莫让遗迹散落在历史的尘埃里，若能引起重视，与周边"箕山遗址"一并列入文保单位加以保护，实为幸事。

凭吊千年升仙桥

　　当道路被河流、沟壑所阻隔，勤劳智慧的先民便创造了"桥"。据说，桥的历史可追溯到上古时期，人们将禹奉为桥梁的创始鼻祖。东晋王嘉《拾遗记》载："舜命禹疏川奠岳，济巨海，鼋鼍以为梁"，鼋鼍即神话传说中的巨鳌和鼍龙（扬子鳄）。在浅滩溪涧中刚露出水面的石磴、石墩，远远望去，像是一个个贴着水面的巨龟背，块块墩石形成一条线，人们形象地称之为"鼋鼍桥"或"汀步桥"。这种墩桥的孑遗，在江南较为常见，在我们行唐的北部山区，偶尔也能见到。

　　行唐在桥梁建筑方面有着悠久的历史，仅清代以前的古桥就有十余座。这些古桥大多为石拱桥，由于历史沧桑，有的因风雨剥蚀，年久失修，早已坍塌灭迹；有的时过境迁，踪迹难觅。但迄今仍有八座桥梁巍然屹立，飞架于河流之上，横跨于沟壑之间，车辆畅通无阻。唐代升仙桥，即为其中之一。

　　说到"升仙桥"，在国内有三处：一处位于四川成都北门外，又称"驷马桥"，相传为秦朝李冰所建，原为木桥，现已无存；另一处位于福建寿宁仙峰村，始建于清道光己亥年（1839年）；还有一处坐落在河北行唐县城西关护城河上，始建于唐天宝年间（742~756年），距今已有一千二百多年。

　　"早过升仙不暇炊，桥边买饼疗朝饥。纷纷满座谁能识，大似新丰独酌时"，南宋诗人陆游于某年的"十一月三日过升仙桥"，由感而发，遂赋诗三首，此为其一。其二曰："熨手金鞭天马驹，冰河雪谷笑谈无。只言燕赵多奇士，岂必书生尽腐儒"；其三曰："桥边沙水绿蒲老，原上烟芜黄犊闲。老子真成兴不浅，凭鞍归梦遶家山"。陆游当年所过的"升仙桥"，到底是河北行唐的、还是四川成都的，已不得而知。然而，在人们的惯常意识中，"燕赵"古时为冀地，而作为行唐地方特产，"缸炉烧饼"早年又多见于"升仙桥"附近，若从诗句中"桥边买饼""燕赵奇士"来分析，先生当年过"升仙桥"赋诗，极有可能在行唐。

行唐升仙桥全部用青石砌筑，为并列敞肩单孔弧形桥。清康熙十九年（1680年）《行唐县新志》记载："升仙桥在西门外，相传五代时有仙飞升于此，故名。"升仙桥的结构造型与赵州安济桥相似，被誉为安济桥的"姊妹桥"，其主拱跨度13米，桥身全长15.3米，桥面宽6米，主拱两端各附两个小券，券脸石上均有雕刻。桥面两侧有望柱、拦板，望柱柱头形状不一，栏板长短不尽一致，是为历代重修所致。栏板中间有的刻图案花纹，有的刻不云不花的凸纹。栏板两端都有一云抱鼓石，特别是券脸石上雕刻的雄鹰、雄狮及其他奇珍异兽，雕刻之细腻，造型之美观，堪称古代桥梁珍品。升仙桥曾于北宋元祐五年（1090年）重修过。

在我的童年记忆里，升仙桥有多个久远的传说，其中一个与鲁班和杨二郎有关，给我印象甚深。相传，当年鲁班造好赵州桥后，北上五台，途经行唐，在县城西关护城河边的小饭馆吃饭。鲁班见一小伙子背着老妪趟水过河，不知何故，遂向饭馆掌柜打听。掌柜告诉他说，小伙子是西关人，叫杨二郎，家中只有一个老母亲。杨二郎非常孝顺，母亲身染重疾后，就每天背着她进城看病，因护城河上无桥，因此便夏天趟水、冬天履冰，已连续三年，从未间断过，人人都称赞他是个大孝子。鲁班听后甚为感动，决心帮他一把，于是，就趁夜深人静时施展法术，用造赵州桥剩下的石料在护城河上造了一座桥。从此，杨二郎背母看病，再也不用受过河之苦。后来，杨二郎的孝行感动天庭，玉皇大帝封其为神仙，杨二郎便在桥上驾云飞升。此后，人们便把这座桥称之为"升仙桥"。

岁月不居，升仙桥垂垂老矣！千百年来，虽几经重修，但桥身还是破败不堪。当年的护城河早已棚盖填平，嬗变成一条繁华的街道。作为省重点文物保护单位的升仙桥，也只能从一侧露出的栏杆和券顶，依稀看出桥的模样。栏杆右侧，原来的桥面位置，业已被沥青和水泥封死。虽说桥身尚在，但遗憾的是，它身陷垃圾堆中，以一种尴尬的方式存在着，处境岌岌可危。每每经过于此，难免心疼。

升仙桥，不只是一座桥。它承载着行唐人难以磨灭的历史印记，记录着千年古县的沧桑岁月，同时也聚汇着浓浓的乡情。无论如何，真心希望这座古桥能尽快摆脱眼前窘境，以其千年的不朽之躯，赢得该有的礼遇。

与众不同的行唐城隍

世间本无神，诸神皆人造，"城隍"起源古代的水庸祭祀。《周易·泰封》云："城复于隍"，古代建国，范土为"城"，依城凿池曰"隍"，古人认为与人们的生活、生产安全密切相关的事物，都有神佑，于是"城"和"隍"逐渐演变为城郊的守护神，即"城隍神"。

据史料记载，自三国开始民间便有了城隍祠。南北朝时期，城隍庙的民间祭祀活动已经相当普遍。城隍属道教之神，历代帝王很重视，屡次予以加封。明洪武二年（1369年），朱元璋下诏加封天下城隍，"朕立城隍神，使人知畏，人有所畏，则不敢妄为"，并严格规定了城隍的等级，分为都、府、州、县四级。朱元璋此举，无非是想利用群众迷信心理，鼓吹城隍神能鉴察民之善恶，行善者得福，作恶者受惩，用以震慑臣民，巩固统治，"以鉴察民之善恶而祸福之，俾幽明举不得幸免"。此后，全国各地的城隍庙便如雨后春笋般修了起来。

行唐城隍庙位于县城北街政府招待所院内，始建年代无考。有当地专家研究称，犊乾城（行唐城）的城隍庙始建年代，应该不晚于南北朝时期。清康熙十九年《行唐县志》载："城隍庙在县署东北，始於明天顺六年（1462年），知县周岳修建大殿五楹，东西两廊各十楹，前为殿三楹，又前东折为大门三楹，殿后为宫寝五楹。"大殿位于城隍庙中后部，明天顺、万历年间及清康熙、雍正、嘉庆年间，均进行过不同程度的修缮。1994年县政府曾拨专款修缮，现为河北省重点文物保护单位。

如今的城隍庙，仅存大殿一座。大殿为砖木结构，面宽五间，进深四间，单檐布瓦歇山顶。大殿门前两侧，挂有一副惊醒世人的楹联："为善必昌为善不昌祖有余殃殃尽必昌，为恶必亡为恶不亡祖有余德德尽必亡"，横批"善恶普应"。殿身下有半米高的砖砌台基，殿前设长方形月台。院内青砖铺地，一块赑屃上的古碑字迹已经模糊不清。

步入殿内，身披大红袍、头戴朝天翅的城隍爷正坐其中，威严肃穆，文武判官，分列左右。文判穿戴整齐，头戴乌纱，文质彬彬，手持尚方宝剑；武判身着战袍，红脸怒目，脚踏恶鬼，一手端着生死簿，一手高举判笔，大有一副不铲邪恶不罢休的气势。殿内墙壁上绘有各种惟妙惟肖的冥界形象。据说，当年行唐城隍庙东西两廊的壁画，与曲阳北岳庙大殿内西墙的"飞天神"，皆为画圣吴道子所绘，其艺术成就颇高，享有"曲阳鬼，行唐廊"的美誉，在周边县市影响极广。

和其他县里的城隍庙相比，行唐城隍的级别要高。县级城隍一般着青袍，只有比县高一级的州、府城隍才能着红袍，"朝天翅"也只有王爷或是受了特封的社稷之臣才可佩戴。为什么行唐城隍是"身披大红袍，头戴朝天翅"的形象？

传说，宋朝开元皇帝赵匡胤，御驾亲征带兵攻打行唐城时，县城隍主动上前接驾，禀报实情，龙颜大悦，当下允诺，待攻下城来，朕封你为魏灵侯，并重修庙宇，再塑金身。事后，赵匡胤兑现诺言，按照侯爷规格重塑城隍神像。有当地学者分析："历史上，行唐不仅实行过郡县同治，还实行过州县同治，故而行唐城隍享受着郡级、州级待遇规格。"由此看来，行唐城隍着红袍是理所当然的。

幽幽玉女潭

　　"玉女"原指神话传说中的仙女，东方朔《神异经·东荒经》载："（东王公）恒与一玉女投壶"，传说是东王公经常和玉女做"以箭投壶"的游戏，每次投一千二百支，投不中的，天就为之大笑。"玉女"常与"金童"对举，指侍奉仙人的女童，也常用作对他人之女的美称。

　　长期以来，人们对"玉女"的清纯秀丽形象，多有眷顾，乃至形容一些秀美的山峰、幽深的湖潭等自然景观时，也常冠以"玉女"之名，如：玉女山、玉女峰、玉女湖、玉女泉等。在河北行唐的九口子乡，有东、西玉女两个村子，这两个村子村名的由来，据说是因早年两村中间，隔着一处叫"玉女塘"的壕坑。在其西南的上阎庄村北偏东处，有一条天然沟谷，俗称"神树湾"，这里亦有碧水一泓，当地人称其为"玉女潭"。

　　神树湾沟谷纵深，迂回蜿蜒达十余里。沟谷两边是峻峭的山石、葱茏的林木。逆流而上，山泉于沟谷开阔处形成"玉女"深潭，沟谷间流动的泉水汇入其中，足以满足当地人的生产、生活用水。玉女潭，深且幽，潭水碧波荡漾、澄澈如镜、莹洁似玉，周围烟柳苍翠、蝶飞鸟鸣，正如六朝诗人谢灵运在《长溪赋》中所写："潭结绿而澄清，濑扬白而戴华。飞急声之瑟汩，散经文之涟罗"。

　　水深之处即为"潭"，因其幽深静谧，古时多为痴男怨女殉情、贞节烈妇寻短的场所。沟潭之水，凝滞沉闷，故常给人以惆怅、哀怨和凄婉的感觉。在香港"新界"，就有一处所谓的"凶潭"。据说，以前有四个轿夫抬着一个新娘，从乌蛟腾嫁到鹿颈，中途路过此处，由于地上石岩湿滑，其中一轿夫滑倒，导致新娘连同花轿一并掉落瀑布下的深潭溺毙，此水潭因而唤名"新娘潭"。

在行唐，无论是九口子乡的"玉女塘"，还是上阁庄乡的"玉女潭"，都有着与"新娘潭"类似的传说。据清乾隆三十七年（1772年）《行唐县志》记载，明朝时期，蒲氏嫁樊姓为妻，没几年丈夫就死了，誓不再嫁，适时有山寇逼迫为妻，樊蒲氏投水而死，乡人号曰"义蒲"，称其水为"玉女塘"。相比而言，神树湾"玉女潭"的来历，就显得很有现实意义了。

据史料记载，上阁庄原名"盐家庄"，这里地处河汊，洪水频发，庄稼连年欠收，村民多以扒土煮盐为生，故名"盐家庄"，后"盐"讹写为"阎"，又称"阎家庄"。

相传，明朝年间，阎家庄有个被人们称为"阎老黑"的大地主，他财大气粗，仗着地广钱多、熬制食盐欺行霸市、横行乡里。阎家有个模样俊俏的闺女，到了出阁的年龄，阎老黑一直想给闺女物色个官宦人家，打算"靠上大树攀高枝"。谁知这位阎家大小姐偷偷爱上了附近村庄一个姓刘的穷小伙儿，两人暗地里交往，感情甚笃，私定了终身。

后来，男方托媒人正式到女方家提亲。阎老黑恶语相向，棒打鸳鸯，将小伙子和媒人连推带搡地轰出了门。恼羞成怒的阎老黑冲着闺女破口大骂，决不允许她与那个穷小子之间再有任何瓜葛。可怜阎小姐整日躲在屋里以泪洗面，后来一咬牙一跺脚，趁着夜色跳进了村北的深潭。她的尸首浮出水面后，有人发现并打捞上岸。村里人告诉了阎老黑，让他去看看。不料，阎老黑非但不去收尸，还冲着家人大发雷霆，嫌丢人现眼，甚至也不让家里人去收尸。

姓刘的小伙儿得知未婚媳妇儿为他而死，悲痛欲绝。趁着朦胧夜色，他偷偷来到潭边，看见阎小姐尸体横陈在荒草丛中，便背起尸体沿着神树湾一路向北，朝深山老林跑去。小伙子一边流泪一边哭诉，说她不该走上这条路，最后落得个暴尸荒野。小伙子在深山老林里挖了个坑，本打算让未婚媳妇儿入土为安，却眼泪汪汪地始终不忍覆土盖她，只是在她身上埋了些枯枝败叶，寻思着还要来看她。刚要离开，他又担心野狼毁坏她的尸体。正当小伙子犹豫不决、一步三回头时，躺在坟坑里的阎小姐哼了两声，小伙子听见后赶紧折回，将苏醒过来的阎小姐从坟坑里扒拉出来，紧紧地抱在怀里。

原来，这投潭殉情的阎小姐并没有溺亡，而是一直处于深度昏迷的状态。经过一路的颠簸，吐出几口水后，凉风一吹，苏醒过来。此后，两人不问世事，在深山老林里过起了男耕女织的隐居生活。再说第二天，人们发现潭边阎家大小姐的尸首不见了，都倍感意外，甚至传言，这阎家大小姐并没有死，而是被平山王母观的王母娘娘接去，做了贴身侍女。后来，当地人称此潭为"玉女潭"，一直流传至今。

一个是追求"守身如玉"宣扬"从一而终"的"玉女塘"；一个是反对"强迫包办"渴望"自由恋爱"的"玉女潭"，"塘"也好，"潭"也罢，俨然成了封建婚姻制度的牢笼。"玉女"一词，多少年来桎梏束缚着成千上万女性的婚姻自由，断送了她们的终身幸福，因此我是不喜欢"玉女"的，正如不喜欢这"凝滞沉闷"的"潭"。

雪浪石，片麻岩

在河北行唐北部的神树湾景区，门口横卧着一块巨大的雪浪石影壁。

也算是机缘巧合，我与神树湾景区的负责人刘先生熟识。刘先生告诉我，神树湾门口那块雪浪石影壁，就出自景区的山下，石质一点儿也不比曲阳的差，"我们还把取石后的大坑称为'雪浪湖'，湖水清澈见底，再放养点锦鲤，又是一个难得的景观！"

雪浪石又称北泰山石，其实就是片麻岩，为千万年来洪水溪流携带卵石流沙不断冲刷而形成，多产于墨脱、泰安和定州、曲阳等地，同属太行山系的行唐北部山区，也有一定储量，只不过当地人都习惯直呼"片麻岩"，不知道它还有个雅致的名字——"雪浪石"。

墨脱地处崇山峻岭，自然环境恶劣，开采运输十分困难；泰安资源近于枯竭，已经封山；曲阳地处太行山中部，交通便利，自然条件优越，易于开采，且已形成产业规模；而在行唐北部山区，雪浪石只是作为片麻岩的形态自然沉寂于地下，偶有露出地表的，也大都风化为砂砾状的片麻岩土层，为当地枣树提供了优质的生长土壤。山有枣则灵，枣生山则贵，枣乡行唐独特的地域优势，赋予了红枣更正宗、更优良的品质，在这片土地上生长的红枣，品质天成、别具风味、独一无二。

雪浪石纹理线条流畅，黑白相间的色彩花纹显得肃穆古朴、凝重深沉。黑者若悬崖峭壁，白色的纹路雪花般匀撒于石上，清晰而不张扬，有的形似溪水瀑泉、浪涌雪沫，犹如一幅若隐若现的山水画卷。宋代矿物岩石学家杜缩说："中山府土中出石，灰黑，燥而无声，温然成质，其纹多白脉笼络，如披麻旋绕委曲之势。东坡常往山中，采一石，置于燕居处，曰之为雪浪石。"此当是目前关于"雪浪石"名称的最早记载。

苏轼一生酷爱藏石。北宋哲宗元祐八年（1093年），苏轼被贬定州任知州时，在自己的后花园偶得一石，此石黑质白脉，中涵水纹，犹如当时著名画家蜀人孙知微所绘"石间奔流，尽水之变"的《山涧奔涌图》，遂咏成"雪浪石"诗二首，其中的"画师争摹雪浪势，天工不见雷斧痕"等佳句，几乎成了后来藏石家谈艺论道的口头禅。雪浪石深得东坡居士的喜爱，遂从曲阳运来汉白玉石，琢成芙蓉盆将石放入盆中，移至其所，将其室命名为"雪浪斋"。并作诗文纪之，刻铭于盆沿，又作《雪浪斋铭》，其中有"尽水之变蜀两孙，与不传者归九原。异哉驳石雪浪翻，石中乃有此理存。玉井芙蓉丈八盆，伏流飞空漱其根。东坡作铭岂多言，四月辛酉绍圣元。"苏轼在定州任职半年，绍圣元年（1094年）四月，朝廷以起草制诰讥刺先朝的罪名，撤掉了他端明殿学士、翰林侍读学士的官衔，贬知英州。接着又一月之内连降三级，最后将苏轼贬为建昌军司马，放任惠州。其后，随着年深岁久，雪浪石一度被湮没。

清人高步瀛的《唐宋诗举要》载："苏东坡迁谪之后，雪浪石之名废而不问。时张芸叟守中山，方葺治雪浪斋，重安盆石，方欲作诗寄公，九月闻公之薨，乃作哀词：我守中山，乃公归国。雪浪萧萧，于焉食宿。俯察履索，仰看梁木，思贤、阅古皆经贬逐。玉井芙蓉，一切牵复。石与人俱贬，人亡石尚存。却怜坚重质，不减浪花痕。满酌中山酒，重添丈八盆。公兮不归北，万里一招魂。"

清乾隆皇帝对苏轼留下的雪浪石优宠有加。据史载他六次过定州，为雪浪石咏诗三十余首，并先后命内阁学士张若霭、薰邦达等人绘制了四幅《雪浪石图》，其中张若霭绘的《雪浪石图》被视如至宝，曾三次在其图上题诗，给予很高的评价："若霭昔图石，谓己传其神""壁张欲出云烟气，烛照曾无笔墨痕"。清朝辛未年间（1811年），嘉庆皇帝御制《雪浪石赞》亲书于《雪浪石图》上方空隙处："两间秀灵，蕴成奇石，浪花叠青，雪花漾白。体洁秀灵，纹浮润泽，盆刻芙蓉，永年臑踪……"

　　雪浪石通常以大体量雄伟壮观著称，但也有玲珑精品或把玩或置于厅堂、案头的。忙忙碌碌久居繁华都市的人们，若能请一方雪浪石入室，等于把浓缩的山川河流引入了雅室，零距离接触亲近自然，与大自然交流，说说心里话，排遣心中的郁闷和不快，情操得到陶冶，心灵得到净化，确实堪称"雅趣"。有时我常想，片麻岩蕴藏于地下，开采出来即为雪浪石。雪浪石虽好，开采要有度，从保护生态环境考虑，我还是愿意称雪浪石为"片麻岩"。

　　这或许是行唐人骨子里的一种倔强吧！就像扎根于片麻岩层，以瘠土为营养，以坚强为其躯干，以纯朴为容颜，以甜美为奉献的老枣树。

第二辑　亲情拳拳

解读黄昏

　　真该抽出些时间来写写夕阳下的黄昏了。

　　然而，我又能写出些什么呢？对此，我很是怀疑。我原本总以为自己是个沉稳冷静而又多愁善感的人，适合在黄昏里延续自己的理想，在夕阳下放飞自己的心情。因此，总喜欢一个人安安静静地独立思考问题而不愿与他人一起来分享自己的内心世界，不想被他人的桎梏和镣铐束缚住自己的思绪。也一直认为希望的尾声也就是失望的序曲。于是，所有这一切都变成了错觉——一种情感上的错觉！

　　其实，爱上黄昏总是比爱上清晨的理由多一些。黄昏让人产生出无限遐想，人生有了遐想，也就有了希望。有了希望，这才有机会把过去那些天真幼稚和荒诞不羁的想法逐一推翻。

　　黄昏天天可见。然而，当我真的要提起笔来解读它的时候，思绪却有些紊乱了。这种感觉正如有些人或有些事儿，觉得无比熟悉，也觉得有很多话要说，可是当决定要用笔把它们描述出来的时候，却突然发觉那种千丝万缕、错综复杂的情绪和细节，竟然使我无处落笔。

　　于是，我试图同往常一样，在心底先赋予黄昏一个确切的概念，然后再从中窥探出某种有别于其他的意境来。然而，当真正伫立在夕阳下的黄昏里的时候，我却突然间发现，原来这一切努力都是徒劳。黄昏犹如一幅巨大的写意中国画，有着一种美得令人心碎，伤感到让人落泪的色彩。这种色彩，画家能用画笔来描绘，诗人能用内心去感受，却唯独无法用言语来解读和叙述。

黄昏时分，当我站在夕阳下，举目远眺的时候。那天边的晚霞缓缓舒展，把夕阳下的黄昏刻画得无比浓郁和温馨。恬静中，我仿佛看见夕阳在晚霞的陪衬下跳跃着。它在跳舞、在欢歌。

残阳如血，晚霞烂漫。

在夕阳里，一片绿地，如一卷山光水色的画轴。牛羊喧闹，鸟雀啼叫。在牛羊的喧闹声里，有一泓春水，铺开就是脉脉的温婉柔情；在鸟雀的啼叫声中，绿色的潮头声声切近，由远而来汇成一段曲谱，上面跳动着欢快的音符，在我心里奏响美妙动听的旋律。

在夕阳里，我深锁的愁眉舒展开来。我的心纤尘不染，目光温柔如水。我所遭遇的种种痛苦和磨难都将化为吉祥。我踏着夕阳之歌的节拍，整个身心和生命翘首期盼着黄昏乃至黑夜的来临，迎着它弹响的生命之筝，让放飞的心情吐出芬芳幽香的希冀来。

夕阳下，我的心情渐渐平静。我凝神聆听那略带些苍凉和悲壮的夕阳的歌声……

日落西山，或者将落未落。彩霞满天，牛羊回圈，倦鸟归林，一切变得沉寂。

黄昏的每一次来临总是这样的漫不经心。它没有朝阳的鲜艳夺目和生机盎然，也不同于正午骄阳的炽热刺眼和傲气逼人。黄昏，那是一种更容易接近的温柔，仿佛情侣之间的呢喃，又如同睡梦里爱人那轻微细碎的脚步声。当夕阳映入我眼帘的那一刻，我整个人便完全地沉浸在黄昏里了。

白天与黑夜无声地交替，倘若你静心体会从光明到黑暗这个短暂的过程，不由得心有余悸：那是一抹无法抗拒的苍凉而悲壮的失落！每当这时，你也许会从心底产生一股莫名的失落感，甚至还会联想到死亡。在这样一个临界点上，无端地，你会突然变得无比敏感。无须刻意寻求，从黄昏天际那相互掩映的晚霞里，从已逐渐变得幽暗的树林深处就可以觅得到。当你放任这种忧伤而失落的情绪，让它漫无目的地游荡，便可以阅读出某种不同的意味和心境来。一个白天过去了，一个漫长的黑夜就要来临，你只需默念残阳、落霞、倦鸟、游子……之类的词，便会不由地涌出那么一点点的伤感来。

中国古人向来是喜欢"日出而作，日落而息"的。"晨兴理荒秽，带月荷锄归。道狭草木长，夕露沾我衣"，那是一种多么淳厚、多么朴实、多么美好的生活观念啊！这也是古时农家百姓对于时间的最直观的看法，全然没有那种悲郁之气和忧闷之感，有的只是对生活的一种平静且泰然的接受。于是，便有了"采菊东篱下，悠然见南山。山气日夕佳，飞鸟相与还"的人生境界。

谁说黄昏只适合伤逝呢！黄昏之美，在于意会，因其独特的意境，成了多少才子佳人情感的寄托。"月上柳梢头，人约黄昏后""日暮待情人，维舟绿杨岸"，黄昏才是有情人相约相守的最佳时段。

"浮云游子意，落日故人情"，以落日比作故人，这是一种多么亲切的比喻，多么隽永、恒久的感情啊！当远在天边的游子们默默地注视着落日时，或许还真的能够看到故人的容颜呢！

"日暮乡关何处是？烟波江上使人愁"，暮色苍苍，江水映斜阳，使人产生愁绪的是那黄昏中的故乡。原来，暮色里融进的还有数不尽的思乡之情啊！

古人对于黄昏的描述，大抵也不过是些"夕阳无限好，只是近黄昏""白日登山望烽火，黄昏饮马傍交河""长河落日圆，大漠孤烟直"之类的诗词，就连《诗经》里也有"鸡栖于埘，日之夕矣，牛羊下来，君子于役，如之何勿思"的吟咏和感慨。这该是对年华逝去的怅惘，对远在他乡亲人的牵挂，对未来生活的迷茫和对青春岁月的一种追思和怀念罢。

人们常把年轻人比作初升的太阳，中年人比作正午的骄阳，而老年人，理所当然就是黄昏的夕阳了。人一旦步入老年，就如同太阳进入黄昏的晚霞中，只能等待着落山了。记得年少的时候，也曾和情侣还有好友相约结伴一道去看黄昏，看日落。那时，年少的我可能就是人们常说的"少年不知愁滋味"的神态。如今眼看即将步入中年，这才真正意识到，人生在世，来去匆匆，忙忙碌碌，琐事缠身，再也没有了那种"月上柳梢头，人约黄昏后"的闲情。想想他日年华逝去，鬓发苍苍时，能同我再次相约相伴，共同牵手去看黄昏、看日落的人，那该是谁呢？

在伤感青春年华早逝的人看来，夕阳终要落入西山，天边最后一道光亮也被无情地吞没了，那是一种令人心碎的美丽，是一种伤感到让人落泪的苍凉和悲壮！然而，黄昏的意味又岂能只是涂抹在时光流转的年轮里，飘散在光阴易逝、青春不再的叹息声中呢？在这样简单而有规律的黑夜白昼的交替过程中，不知道寄托了多少人复杂繁乱的思绪和平静朴实的情愫！

在我看来，解读黄昏真该是一项浩瀚无比的工程。从古到今，从天际的遥远到内在的亲近，从青山的飞禽走兽到大地的花草树木，它们沐浴在黄昏那夕阳的余晖中，无一不折射出一股说不清、言不尽的余味。或悲观，或欢愉，或平静，或张扬。我站在斜阳下，一切便如同放大了般历历在目。

黄昏是一首诗，黄昏是一幅画！看者其实自身也在诗里，在画中。解读黄昏的同时，也在解读着自己。解读黄昏可以年复一年、日复一日，而真正解读自己，则要耗尽一生一世。

回　家

凌晨四点多的时候，我正撑着雨伞走在水汪汪的大街上。

古老而年轻的郑州城依然沉睡着。大街上没有人迹，又下着雨，就连二十四小时营业的便利商店白亮的日光灯，都流淌着丝丝寂寞。或许，在这片雨声铺就的宁静中，只有我在触摸着城市熟睡时平缓的脉搏。

郑州城在宁静的夜里显得特别安逸，就像慈祥的母亲的脸。

要走的路线是由单身公寓经我工作的单位，再到济南站。算算是平日上班所花的两倍时间。为了赶上五点三十五分的北京普快，我只得早早上路。

天色阴沉。黑色的雨伞下是塞满行李而显得沉重的背囊。风冷雨急，我走得飞快。收不住的脚步迅速地将我带至我所要去的地方。

淌着水的雨伞斜倚在我的脚边，手掌心握着的是一张到石家庄站的火车票，这是我藉以和这片雨帘之外的世界取得联系的仅有的两个对象。

车厢就像是密闭的小格子，隔绝了我和窗外的一切。我的思绪开始自由地走在这小格子中。

五点三十五分，发往北京西站的普通列车载着我，准点，静静地向前开去……

六点二十四分　郑州到新乡

呜——

列车鸣了一声汽笛，缓缓驶出了郑州站。

外面仍是下着雨的。半开的车窗外重重跌进来的雨点儿，惊得我打了一个冷战。

我放下窗子，密密实实的雨滴随即在车窗玻璃上织成了一块带斜纹的暗色的布。雨丝是经线，我不断前行的归途则是纬线，而在斜纹的间隙之中隐隐闪现的是过往的一切。很快地，我又陷入恍惚……

列车经过黄河的时候，我醒了。

黄河面上是数座明亮的闪着灯火的桥。桥上的路灯投影在水面上，每一朵灯花都拉成饱满而圆滑的一笔。这些悠长而柔软的飘动的亮带，忽明忽暗地闪烁着，在水面上有次序地排列成一条明暗相间的更宽阔的缎带。这条美丽的光的缎带，仿佛可以捆绑住此刻已经停止前行的河流似的。

呵，这难耐的城市！我要离开你的时候，才发现你是如此的美丽。在我离去之后的黎明，你又将会是怎样的迷人呢？

七点二十六分　鹤壁站

属于他们的儿子头也不回地飞奔进城市，我的父母总是这样地想着。这样的怀疑，也时常在长途电话中触动我内心感伤而抑郁的情绪。

这些年来，我感觉一直生活在一个全然陌生的环境中。即便是现在，也不能说是完全熟悉。我终日行走在郑州这个陌生城市的水泥路上，奔波在单位和租住的单身公寓中间。

这些日子里，我心灵的琴弦被这个陌生而又繁华的城市撩拨着。而此刻，在我眼中，这水汪汪的城市更有一种要竭力挽留一切的慑人之气。它尝试着要怎样地去触碰我的灵魂。它伸出索求我灵魂的手，要将我的灵魂揽入它怀中……

"胡马依北风，越鸟朝南枝"，落叶终究要归根的。狐狸死了，它的头还要朝向出生的山丘呢。物犹如此，人何以堪！

列车驶过了鹤壁，而我也始终向前凝视着我的归程。

——我要回到家乡！

八点三十二分　从安阳出站

轰隆、轰隆隆，轰隆、轰隆隆……

列车用一种精致的节奏，于行进间温柔地哄我入眠。我于是断断续续地在时间中假寐。

当头重重顿下时，我惊醒了，发觉窗外弥漫着氤氲湿重的雾。它殷勤地包围着我，眼前的一切仿佛又回到了远古开天辟地时的一片混沌。

列车的轮子压在水雾上，执着地驶向一个又一个氤氲的小站……

雾是银灰色的，于我，也有着那么一段银灰色的时间，就如同这氤氲湿重的雾气。

列车驶进邯郸站。风依然是冷飕飕的。窗外是大雾弥漫的天空，渐渐由深紫转变为湛蓝。我终于可以在小站上找到一点点我熟悉的痕迹。在我的记忆中，邯郸应该是一个初具规模的大站。而它，依然是以前的样子，并没有因为出入人次的增多而扩建。

我静静地向曾经日复一日进出的车站挥了挥手，然后静静地走开了。成为一段记忆的车站，正空洞而默然地伫立在我背后萧索的铁轨旁。

对于车站来说，我终究只是一个暂留的人，一个匆匆过客而已。它不会知道你和我。你我都来自一个过去的、泛黄的时间点。

——我一直这么坚信着。

十一点四十六分　石家庄站

列车驶过邢台，前面应该是石家庄站了。

石家庄——这个我学生时代曾经孜孜求学过的省会城市——是我人生之路的重要转折点。因它被赋予的地位如此特殊，遂在不期之中被我推上了心灵的顶峰，在我心中占据了大半的位置。

然而，在我的脑海中实质上还有一片空白。呼应这片空白的是我所经之处，那里没有姹紫嫣红的花瓣铺地，没有清音盈耳、芬芳扑鼻。所有的，只是一个偌大的情感的空洞。

——是的，我的过去就是空白。

我往往在想起过去的那个空洞时，就会莫名地产生一种简单而肤浅的伤感情绪，这种情绪总是在一开始或者还未开始时就趋于沉寂。总是在这样的时刻，我就会想起我该是多么地忙碌。忙碌到不再有闲暇去思考这问题，而后，我被训练到可以立刻回到现在的状态。在这种状态下，我可以随时保持警戒，应付眼前的突发状况，想来这样是比较实际和可靠的。于是，我那些还没开始就夭折的伤感情绪，最终沉积在情感深处，变成了化石。

这个时间经过这个地方，似乎能够为我的化石带来一点儿小小的生机。我不知何故，开始思索起了平时放在禁忌盒子里的过去和未来。尽管它们依然如昔，却明显是个泡影。我就在这一个个的泡影中发现了第八种色彩，尽管刚开始仅仅是那么一丝、一瞬。

是的，我的过去是空白的，现在是满足的。而未来呢？这是无从知晓难以预料的！

十五点三十七分　从新乐到行唐

我原可以一直坐在那列开往北京西站的普快上，到它的任何所至之处，但终究还是在新乐站转坐上了发往行唐的大巴。

那是生我、养我、见证我成长的地方。每每回到这里，我总是要报以深情的注视。

我出生的地方是个缺水的山村。当我将要被城市的雨水溶蚀殆尽时，山村的西风却将我雕磨得越发嶙峋坚实。想想，就算被溶蚀殆尽又有何妨？我的躯壳化作雨水，最终也是要流向你的。

我背着填满行李的背囊，整个人因为装载过重而显得有些蹒跚。一阵冷风逼得我踉跄地倒退两步。

　　看见了，看见了！村口地名牌上的"东井底"三个字如此清晰。是的，你已向我伸手，我终于再次见到你了。这是怎样一个用深情来召唤我的小山村啊！

　　我的眼睛模糊了，是泪水蒙住了我的双眼。

　　我踏进家门，看着母亲在灶台边忙碌的背影。一直在眼窝中打着旋儿的泪水，再也控制不住顺着两腮尽情地淌了下来。

　　我张开了口，那温热的话语却哽在喉间，让我久久不能出声。

　　母亲回头看见了我，停下了手中的活计。她慈祥地笑了，笑红了眼圈，笑出了泪水。

　　我放下背囊，激动地朝鬓发斑白的母亲哽咽着。

　　——妈，我回来了！

父亲，巍峨的山峦

父亲是熬油的灯，

父亲是巍峨的山，

父亲是一道不可动摇的风景线。

——题记

在我的潜意识里，很早就想写一篇关于父亲的文章。可提起笔来却总是无从下手。细数父亲平日的点点滴滴，有些确实很让我感动，可都不是什么轰轰烈烈的大事，就如同北方的杂烩菜一样，清爽适口，却无法将它们摆到正式的宴席上。

在日常生活中，我与母亲比较亲密，与父亲则好像始终有一道无法逾越的鸿沟，离得不远，却也不是靠得很亲近。我们之间像是有一条看不见的丝线，让隔着距离的彼此牵连着。

和父女关系的亲昵质感不同，父子关系就如同晨雾里的山峦，是那么湿润、那么亲切，又是那么地遥远。

一

父亲生在一个贫瘠缺水的小山村，别看他人长得高高大大的，体质却很差。父亲是属马的，秉性和马一样，脾气暴躁、性格内向、不善言辞，却又憨态可掬。只晓得埋头傻干，从不计个人得失，是四邻八乡出了名的老好人、傻实在，乡邻们送他绰号"傻子"。父亲对别人随和宽容，对我们的却从来没有半点含糊。

我家是典型的"严父慈母"式，很正统，家教很严格。母亲慈祥得一辈子说不出几句重话，父亲严厉得满脸都是"恨铁不成钢"，用"严父"两个字来形容他是再贴切不过了。

在我琐碎的记忆里，父亲的点点滴滴无不与他的严厉有关。父亲的威严不仅仅表现在对我们的传统教育方式上，就是在日常生活中也随处可见。小时候，家里生活拮据，祖母因受人挑拨，经常找茬儿和母亲闹别扭，致使她和我家的关系闹得很紧张。父亲虽说是出了名的大孝子，但面对这种进退两难的局面，也是无可奈何，说也不是，不说心里又憋屈。那些日子，父亲的脾气异常暴躁，常常动不动就冲着母亲大发雷霆。

父亲从来没打过我，但对我和小弟的惩罚却是非常严厉的。在没上学之前，当我犯了错误，就常常被罚跪洗衣板，而且是有棱角的那一面，一跪就是一两个小时，等母亲从地里回来解救我的时候，只能抱起来。所以那时的父亲给我的印象就是威严。

父亲是一个感情细腻的人，他对母亲的爱几十年从来没有动摇过。父亲和母亲没有轰轰烈烈的爱情，他们几十年如一日地生活着。在这平平淡淡的生活中，那份相濡以沫的爱情一点一滴地加深。父亲用一个人的肩膀承担了家庭所有的负累，他默默地用那高山般的身躯，为母亲、小弟还有我撑起了一把大伞。如果让我用一个词来形容父亲的话，那就是"铁汉柔情"。

也因为这威严，父亲成了我眼中力量的象征。孩提时，父亲在我眼中是巍峨的高山，永远屹立在我的心中，是一道不可动摇的风景线；年少时，父亲在我眼中是挺拔的大树，当我受伤或困倦时，都可以在父亲的庇护下静静地睡去。

二

父亲不是一个喜欢说话的人，也不喜欢把个人的想法挂在嘴上。但我知道父亲其实一直都在默默地关心着我和小弟。

我和小弟仅差两岁。当年，父亲在县矿山公司上班，母亲在家务农。1984年2月9日清晨，父亲见小弟突然四肢无力，不能动弹，且症状越来越严重，就和母亲用破旧的军大衣裹卷着，扒上一辆拉煤的货车蜷缩着连夜辗转赶到省二院。

到了省城，人生地不熟。那时，医院的床位又奇缺。偌大的医院竟找不到一个落脚的地方。没有床位，父亲就搀扶着几近晕倒的母亲，用破大衣裹着昏迷不醒的小弟互相偎依在一起，紧紧挤坐在医院走廊的旮旯里过夜。都说男儿有泪不轻弹，当时父亲急得号啕大哭，甚至跪倒在主治医师的跟前，恳求他救救自己的儿子，哪怕先找一个病床把弟弟安顿下来。后来，父亲总算死赖着主治医师争取到了一个"床位"——把小弟安置到了儿科一个小病号的床尾处。经过医生会诊，最后确诊小弟患的是"格林巴利综合征"。

三日后，小弟呼吸骤然停止。经麻醉科插管后，医生为他实施了气管切开手术，并在切口处插上了一根不锈钢管。后来，弟弟再次出现呼吸困难。整整二十四天，全靠父母一刻不停地捏着那个黑色的橡胶控球来辅助呼吸。其间小弟时而昏迷，时而清醒，不说一句话。父亲的心疼到了极点，简直快要崩溃了。因长期的煎熬和站立，父亲几次晕倒在地上，双腿臃肿得甚至连裤子都穿不进去，最后是舅舅硬把他拖出了病房。

邻床同样是一个身患"格林巴利综合征"的女孩，十三四岁的模样，长得很清秀，后来因为肺部感染，最终没能逃过这一劫。父亲更加提心吊胆，寸步不离小弟左右，生怕再有个闪失。

直到有一天，父亲在病房外给小弟买吃的。母亲搀扶着小弟冲窗户外面的父亲说："喊爸爸！快喊爸爸！"当小弟用嘶哑的嗓音喊着"爸爸，爸爸！"的时候，父亲竟然愣住了，泪水夺眶而出，后来折身跑回病房，紧紧把弟弟抱住，像个孩子似的啜泣。

小弟的脖子前一直戴着那根辅助呼吸的插管。虽然中途尝试着摘过几次，但最终因为呼吸困难又不得不重新戴上，一戴就是17年。17年来，父母无时无刻不在为他的病情操心。为了给儿子治病，他们多年来含辛茹苦积攒下来的钱，花费得所剩无几。

三

祖父当年在县公安局任职。在三个儿子当中，他最看重、最喜欢的就是我的父亲了。后来祖父不幸患了胃癌，做了部分切除，又艰难地熬过了将近4年。

祖父病重住院期间，一直希望父亲能陪伴他左右。于是，父亲就放弃了繁忙的工作，把所有的家务都交给母亲一个人打理，在省三院一住就是数月。1983年，祖父的病情进一步恶化，终因医治无效而撒手人寰。

几年后，父亲调到县陶瓷厂做统计，每月的工资仅有二三百元。这一点儿微薄的收入，成了我们全家唯一的经济来源，既要支付我和小弟的学杂费，还要给小弟看病。这些钱哪能够用呢？更何况那时厂子的效益又不景气，有时甚至几个月都不发一分钱工资。1997年，我到市经济管理干部学校读书，小弟也顺利考上了县一中。父亲考虑到我和小弟每个学期的学费，不敢花光手上的钱，虽说村里的房基地批示下来了，但父亲一直没张罗着盖新房。他常说，有什么事情能比得上孩子的学习更要紧呢？

从我家到县城往返有七十多里的路程。父亲为了多赚钱，全然不顾虚弱的身体，每天骑着那辆破旧的"红旗"车，早出晚归、废寝忘食地加班加点工作。"一分钱难倒英雄汉"。那段时间，我发现父亲经常躲在墙旮旯里伤心地偷偷哭泣。眼见着父亲渐渐地消瘦下去，身为长子的我却又无能为力。每当此时，我也就躲在背地里跟着抹眼泪。

从小到大，父亲为我和小弟的学习和生活不停地奔波劳累，当年虎背熊腰的他，明显地老了很多，头发也逐渐花白了。平日里，母亲总是要把白了的头发染黑。我就说，爸爸你老了，也该染染头发。父亲总是憨憨地笑笑说：染它干什么，保持本色才好啊，人总是要老的嘛；只要你们兄弟有出息，爸爸再老也值得！

在我们村里，父亲是公认的大能人，各样的家什活儿都能做得又快又好。我要帮他时，他总是不让，怕耽误我学习。每逢过年，父亲总是要杀头肥猪，让我和小弟吃得不比其他孩子差。吃年饭的时候，爸爸总是拿最好吃的大块的肉给我和小弟吃，而他总是在吮骨头，那都是我和小弟吃剩下的，他硬说上面还有好多肉呢，舍不得丢弃。

四

每年清明节，父亲都要带着我到村后的山坡上祭奠祖父。

父亲常说，祖父生前是一个爱说爱笑不甘寂寞的人，而死后却要孤独地静静躺在这么冷清的墓地。不过，与其活着忍受莫大的病痛，这样也不失为一种生命的解脱！后来，我问父亲，你怎样看待生命，你怕不怕死啊？父亲拍拍我的肩膀说，生命对人来说只有一次，人往往到了临死的时候才会真正懂得生命的重要。这死谁不怕啊，说不怕死，那是假的，不过那要看为什么而死。

再后来，改革开放，经济搞活了，家里也不再那么拮据，父亲的眼泪也渐渐消失了。直到我去省城上学的前一晚也未曾见到父亲的眼泪。那晚，父亲没有说太多的话，只是独自在一旁默默地帮我收拾着行李。

如今，我已经有了自己的工作，娶妻生女，身为人父了。这才真正明白了父亲所说的话——每个父亲对子女的爱是无私的，不求任何回报，甚至为子女他可以牺牲自己的一切。

只是，当我真正懂得了父母恩情的时候，却因为要把大部分精力放在工作和自己的家庭上，而无暇过多地亲近照顾他们。一次次迎面走来，又一次次转身离去——也许，这就是父亲眼中如今的我吧！是谁在折磨这个平凡而善良的父亲——是我，还是命运？一直想要好好报答父母，可不知怎样来传达这份关心和爱意，就像一个状态极差的网球手，总找不到恰当的方法把网球发过去。这是我的无奈和心痛，也是很多为人子女的无奈和心痛。

　　尽管时间继续在悄悄地流逝，尽管时间也让我逐渐展露了个人的一点儿风采，但它改变不了的是我一直以来对父亲的深深的惦念。多少年来，炊烟般袅袅升起的乡愁，最浓郁、最无法割舍的一缕还是属于父亲。

　　人生倘若再能投胎转世，世间倘若真的有生死轮回，那么我还真希望得到上苍的眷顾，让我的来世还能再做他的儿子——做他永远的儿子。

那一路的山歌

　　"生活是不公平的，要去适应它"，这是比尔·盖茨的一句人生箴言。时间能够带走一切愉快和不愉快的事情，正如泰戈尔《飞鸟集》中的那句：鸟儿已经飞过，天空未留下痕迹。如今的小弟，依然喜欢依山而歌，喜欢把一切苦难酸楚的经历，当成过眼浮云放声歌唱出来。

　　小弟以前是学临床的，2003年夏天，他到清河县第二医院实习。一天，急诊科突然来了个病人，是他父亲背着进来的。主任带小弟去接诊，病人大概只有十三四岁的样子，很瘦弱，双下肢瘫痪，不能走路。经过多方面检查，主任告诉小弟说，病人患的可能是"格林巴利综合征"。小弟的心骤然一颤，几乎要跳起来。虽然他在读医专时，对这种"特殊"的病专门研究过，但是当他见到真正的病人时，他的内心还是很恐惧的，脑海里一幕幕闪现着童年的经历，好半天才从记忆中回过神来。诊断结果出来了，病人患的真是"格林巴利综合征"，只不过他很幸运，病情很快好转康复出院，也没有留下后遗症。

　　有时我常想，如果当年小弟也能像现在这名"格林巴利综合征"患者那样，也这么快地康复，那他现在的生活又该是怎样的呢！

　　1984年2月的一天，父母见小弟突然变得四肢无力，不能动弹，且症状越来越严重，就带他到省二院就医。经医生会诊，最后确诊小弟患的是"格林巴利综合征"。后因小弟呼吸停止，医生为他实施了气管切开术，并在切口处插了一根不锈钢管。整整二十四天，全靠父母一刻不停地捏那个黑色橡胶控球来辅助呼吸。其间小弟时而昏迷，时而清醒，不说一句话。那段时间，父母精神上简直快要崩溃了。

邻床同样是一个身患"格林巴利综合征"的女孩，十三四岁的模样，后来因为肺部感染，最终没能逃过这一劫。父母更加提心吊胆，寸步不离小弟左右，生怕再有个闪失。

在父母的精心护理下，小弟两个月后出院。但是，他的脖子前一直戴着那根辅助呼吸的插管。虽然中途尝试着摘过两次，但最终因为呼吸困难又不得不重新戴上，这一戴就是17年。17年来，父母无时无刻不在为他的病情操心。医生说，小弟有可能要终身插管，这种病就算康复，也不排除因大脑长期处于缺氧状态而影响智力、影响身体发育的可能。为了给小弟治病，他们将多年来含辛茹苦积攒下来的钱花费得所剩无几。

眼见着父亲一天天消瘦下去，身为人子的小弟，却又无能为力。于是，他时常觉得自己拖着病殃殃的身体，什么忙都帮不上，简直就是废物。然而，父母却从不这么认为。他们常对小弟说，能捡回一条性命，这就算烧高香了，不论将来怎样，有没有留下后遗症。咱都要勇敢地活下去，要活出个人样来，不要让别人瞧不起。

由于看病，小弟错过了上学前班的年龄。7岁那年，他直接插班上了小学一年级。或许，任何事情都抹杀不了童年的那份天真烂漫。小弟戴着那根插管，认为自己与众不同。上了初中后，那种天真烂漫骤然消失。随之而来的是笼罩在心头的乌云，压得他喘不过气来。

小弟不喜欢人们说他有病，更不喜欢人们对他的病说三道四的。他脖子上平时总戴着块口罩布（母亲用口罩专门为他缝制的，用来遮住那根插管，也为了防止感染），同学们就给他取了绰号叫"闸盒""拉盒"，整天叫个不停。小弟无法容忍，内心的愤怒越积越多。直到他考上了高中，一场"战争"终于爆发了。为此事小弟和同学大打出手，后果可想而知。小弟被打了，而且被打得很惨。

小弟喜欢夏天穿短袖T恤，可是后来他却时常穿衬衫。这样能遮住脖子前的缺陷。他不想看到它，想把它彻底盖住，最好永远都不要显露出来。然而，这样就能否认它的存在吗！不能啊！小弟把内心的烦恼和痛苦化为奋斗拼搏的动力。学习成绩在班里一直靠前。

或许因为小弟的病，父亲深深体会到了求医就诊的难处罢！家里能有个医生，是父亲多年来的愿望。我毕业后分配到了政府劳动人事部门工作，这个愿望自然落在小弟身上。2000年，小弟以优异的成绩考入了邯郸医专。在接到录取通知书的那一刻，小弟流泪了。然而兴奋之余，小弟又陷入了迷茫——这样的"残疾"学生，学校会收吗？为此，家人也很着急。后来，母亲带着小弟再次去了省二院。当医生帮小弟检查完毕，告诉他插管可以摘除时，小弟的心跳得好剧烈，仿佛要从胸膛里跳出来。

手术做得很成功。小弟只觉得生活充满希望，充满了阳光。他大声疾呼："别了，我多灾多难的童年！别了，陪伴我17个春秋的插管。我要大声地对每个人说——我不是残疾，我要做生活的强者！"

也许，这才是小弟生命的真正开始。

医专毕业后，小弟直接考入河北医科大学继续学习。2005年，小弟本科毕业后毅然决定放弃实习机会，选择考研深造。2006年，小弟以优异的成绩考入河北医科大学研究生院攻读神经外科。

多少次跌倒倔强爬起继续前行，多少次绝望后燃起希望执着追求。小弟常说："我们既然有幸来到这个世界，就要坦然面对这一切，别和上天谈论公平不公平。即便没有今天，我也无怨无悔，青春岁月里应该拥有那份坚韧、刻苦、拼搏和进取的精神。"

老屋和我的栀子花

我做事循规蹈矩，但不是一个思想守旧的人。住惯了老屋的我，心里时常笼罩着一股细若游丝的怀旧情绪，想挥却挥不掉。

我习惯了清晨在小商小贩嘈杂的叫卖吆喝声中起床，然后轻轻抚摸小女儿那胖嘟嘟的小脸蛋儿；习惯了搬来把藤条椅，坐在屋檐下悠闲地读书看报，或者静静地站在院中看那株高大挺立的毛白杨；习惯了在那间窄小简陋的书房里泡上一杯西湖龙井，再点上一支烟伏案疾书，开始我一天的文学创作。

我喜欢在一天当中天气晴朗的时候，把小女儿带到院门外的一块小草坪上玩耍儿，纤纤嫩嫩的小草在我们脚下低声吟唱。不远处，有几位老人正围坐在石墩上尽兴地聊天。我的思绪也随着天边时聚时散飘忽不定的浮云不断变化——我在想象着老屋的今天和明天！

"栀子花，有栀子花的卖！"随着叫卖声远远望去，一个卖花的乡下妹子蹬着脚踏板车驶了过来。

"好香的栀子花呀！"我在心里说着。花，的确是好花，很美，也很香。那股随风飘来的沁人肺腑的香气大老远就能嗅到，清新淡雅，令人心旷神怡。

"先生，您买盆栀子花吧！挺便宜的。这栀子花四季常青，夏季开花，花是白色的，非常好看，还很香呢！结的果子能入药，还可以做成黄色的染料，挺实用的。先生，您还是买一盆吧！放在您的房间里，很美的……"

卖花的乡下妹子有着一张清秀的脸庞。长长的睫毛下，一对大眼睛忽闪忽闪的，很是讨人喜欢。她说话声音甜甜的，温柔得就像城外郜河中的水，带着些许磁性，很好听，也很会说话。可我最终还是微笑着冲她摇了摇头。

当新生活小区还在建设的时候，我就去看了。

那里绿树成荫，幽雅别致。尤其是那里的草坪，绿茵茵的，修剪得平平整整，足足有半个足球场那么大。老屋院门前的那块巴掌大小的草坪简直就不能和它相比。

新楼房分下来了，三室两厅，很是宽绰。看着偌大的房间，四壁空空荡荡的。我突发奇想：买一盆栀子花吧！人们都说栀子花开花香，花开的季节也正是搬家的好季节。

栀子花买来了。我把买来的栀子花摆到新楼房的阳台上，让它每天都能沐浴到早晨那温柔和煦的阳光，还经常用清凉甘洌的水来喷洒栀子花的全身，好让它痛痛快快地饱餐一顿。看着栀子花那绿油油的叶子，禁不住要用手小心地触摸起它那刚刚抽出的嫩芽来。每每此时我便能体会到一种新生命的开始。环顾四周，空荡荡的新房多多少少有点儿让我想念老屋了。

老屋位于这个城市——说城市到底有些夸张，但它毕竟是边远地区一个不小的市，尽管是一个县级市——顺城街的玉仙桥一带，那里是典型的城中村。打从我记事儿时起，老屋附近好像就有一个不小的集市，到后来逐渐演变成了一个小型的集贸市场。水果摊、小吃店、五金门市、杂货铺子等等，沿街都是。每天一大早，摆地摊的、卖蔬菜的、卖茶点的、卖鸡鸭鱼肉以及各种日用百货的小商小贩们，都放开喉咙大声吆喝着招揽顾客。就连那些蹬着三轮车走街串巷收破烂的，也都摇起用废旧塑料瓶子蒙的拨浪鼓，开始他们一天的活计。远处时不时地传来几声沙哑的吆喝：收杂铜废铝、破锅烂铁、尼龙袋子旧凉鞋，收啤酒瓶、玻璃瓶、罐头瓶，收旧书旧报纸……

老屋五十多年前就存在了。原本砖青色的外衣经过数十年的风吹雨打，日渐陈旧。在周围众多高大的楼群中，它和其他一些低矮破旧的建筑物构成了一道蹩脚的风景线。

早在两年前就听说区规划办要进行城中村改造，玉仙桥一带的居民住宅都要拆除，统一搬迁到新建的小区内。看来，老屋是难逃被铲平的命运了。有一段时间，我的心情十分低落，仿佛要和什么至亲好友生离死别似的。毕竟老屋、书房、藤条椅子还有院中那株毛白杨，曾经陪伴我在孤寂的灯光下度过了那么长的岁月，见证了我那么多作品的诞生啊！

母亲可不这样认为，她恨不得现在就让区规划办把这破不溜丢的老屋给拆除。当时她还高兴地为将来的新楼房做过很好的装修设计。

可是，老屋依然在流水般平静的生活中存在。人们也渐渐淡忘了那些捕风捉影的无聊话题。

岳母也是不喜欢老屋的。来看望外孙女时，她不喜欢待在屋里，还说出些诸如光线昏暗、周围不安静等好多理由来。还说，这么旧的老屋了，有什么值得你留恋。

她来几回，就抱怨了几回。最后一回，她干脆把那串新房的钥匙交到我的手里，并声称等搬家之后她再来。

一提到搬家，我这才想起那盆还在新房阳台上的栀子花。我好几天没去过新房了。那盆栀子花静静地待在阳台上。它在吸收新房那新鲜空气的同时，仿佛也切身体验到了当新房主人的滋味。

浓浓的春意悄然临近，柳枝上的叶子长到一寸多了。猫了一个冬天的各种花草，也被人们转移到了户外。

花坛里突然多了许多不知名的花。我注意到长得最高、叶子最绿的还是摆放在犄角旮旯里的那盆栀子花。

小女儿在旁边轻轻拽着我的衣襟，不断地提醒："爸爸，咱家也有栀子花，你不是说等到栀子花一开，咱们就搬家吗？"

"栀子花！栀子花！"我在心里默默地念叨着，意识到那盆新房里备受冷落的栀子花。

搬家！我想起了放在书房抽屉里的那串新房钥匙，还有那盆栀子花。我蹲下身子轻轻攥住了小女儿的嫩手，非常肯定地说："对，搬家！栀子花开的时候，咱们就搬家！"

小女儿快意地笑了。

半年之后的某一天，老屋在一片机械的轰鸣中被铲平了，也是栀子花开得最艳、最香的时候。

清贫之乐

或许，人活在这个世上，最害怕的就是没钱了。

小时候我家里的日子拮据。大学毕业后，我的第一份工作每月也就五六百元，省吃俭用，也能维持收支平衡，还可以给家里寄钱供兄弟读书。后来到了县里的事业单位工作，收入虽然不多但很稳定，我很知足。工作之余，我还写点东西，时常换来微薄的稿酬作为生活补贴。

经人介绍，认识了我现在的妻子。我坦白告诉她，我没楼房、没高薪、没存折，而且老家还有三四万元的外债。她微笑着对我说："你不是还有一双健全的手吗？你不是还有一支写文章的笔杆子吗？这些就够了。"和妻谈恋爱最奢侈的一次消费是看了一场电影。后来，我们在农村老家结的婚，在并在一起的两张单人床上，开始了甜蜜的生活。

婚后第一要务，是要赶快把借的债还清。我们工资加起来还不到一千六百元，三四万元的债务，要还三年多，且每月必须攒够一千多元。我把工资卡上交给妻子，每月全家只留二百元作为生活费。这二百元，扣除电费、水费、燃气费、电话费，所剩无几。我改了贪杯的毛病，馋极之时，就狠狠地拧自己的嘴巴。每天买菜都是先问好哪样最便宜，在最便宜的基础上，继续仔细询问价格。常常为了3毛钱一斤还是2毛5一斤，我和她在菜市场要走上两个来回。但买到便宜菜后，骑车驮着妻唱着歌回家，一路都是好心情。

"一分钱难倒英雄汉"。很多时候，我衣兜里连5元理发的钱都没有。妻平时工作很忙，即便是空闲了，做的菜也很少有合我口味的时候，嘴馋了，想打打牙祭，也只能花两元钱买一斤皮肠。那肠的皮，平时嚼不动就吐了，这时却囫囵着咽了。朋友们请客，我很开心，可是想到光吃别人的，也实在不好意思，但摸摸兜里，又只好借酒盖住自己的大红脸。

我的老家在农村，父母经常捎东西过来，家里有米有面有菜，饿不着冻不着的，也没有"家无隔夜粮"的后顾之忧。但婚后一年，我们添了女儿，我这才深深体会到"钱虽然不是万能的，但没钱却是万万不能的"。日常生活中，柴米油盐酱醋茶要钱，女儿的玩具、零食要钱，请保姆要钱。生活中这也要钱，那也要钱，并且都是每月不可少的开支。我和妻微薄的薪水，正常情况下清贫点、紧凑点，月初和月末还能相接。如果某月有两三个熟人逢喜事派来了请帖的话，红包过后便捉襟见肘了。

有时我常想，没钱其实也是一种清福。穿不起高档的服装，闲散时刻则可无所顾忌地席地而坐而不怕弄脏衣服；吃不上珍馐美味，毋须因担心体态变形而忐忑不安；进不了高消费的娱乐场所，则可更多地在林中散步，或面湖而坐，让心灵得以净化。因为常常受到没钱的困扰，所以我也就常常想钱的问题。人说"人为财死，鸟为食亡"，应该不错，因为人无财、鸟无食就不能生存。

困难的日子，工资都存进银行，积攒着等到年底还债。没钱的日子，心中想起一连串的名字——马克思、伦勃朗、凡高……想起捧着粥碗的曹雪芹，想到他们在物质世界里的窘迫和在精神世界里的伟岸。没钱的日子，我学会了精打细算。往往手攥着几张零钱出门，一路上暗暗地计算该买的东西，从街头到巷尾，几经周折，细细思量。

没钱的日子，妻从不羡慕别人身上的高档时装，名贵首饰。买几团色彩柔和、质地稍好的毛线，就着书上的图案慢慢地编织，织成一套衣裙，一样可以穿出自己的风采。没钱的日子，对生活的体验更加本真。生活在没钱的日子，为了那个不清晰但一定充满希望的未来，我和妻，手挽手，唱着歌，大步朝前走。

两个人，一双手

在这个北方的县级小城镇，我和妻并没有多少无忧无虑的闲暇和自由。但这些年来，我却一直喜欢和妻手牵着手，在大街小巷悠闲地散步。

我们两个人的手里都有一大堆的东西要拎，但我还是空出我的右手，妻还是空出她的左手，将两只温暖的手紧紧握在一起，根本不管另外两只手是不是已经酸痛。好像我们两个人只有一双手可以用，而另外一双手则必须紧紧地互相握着。

我想牵手应该是最朴实，亦是最令人感动的事。每当此时，我们便回想起初恋的日子。初识时，牵手是激情冲动后的火热。而以后，十指相扣的温暖，渐细如春雨，润物无声却温暖持久。"嫁给我吧！"我伸出了手，而她则把手放进我的掌心。从此，妻便将她托付给了我。

结婚以后，我和妻还一直保持着饭后在小区里或街道上散步的习惯。我们住的生活小区紧挨着集贸市场，市场内喧闹连连，街道上的嘈杂声不断。晚餐后，我们手牵着手，慢慢地徜徉在大街上，一边散步一边聊天。聊单位的同事，聊琐碎的工作，有时我还会讲一些在网上看到的小故事。

有一次是在回家的路上，夜色不是太深。出租车在我们身边按着喇叭慢慢驶过，我没有去理会，不是小气，是我想一直牵着妻的手。橘黄的街灯映着街道，把我们的背影拖得长长的。偶尔有风吹来，妻就会将我握得更紧一点。路直直的，也很平，妻说凉鞋的后跟太高，便索性脱下鞋光起了小脚丫，咬着嘴唇和我一起走。

我就是喜欢和妻一起散步回家，因为能一直牵着她的手。妻说我的手大而有力，握着很舒服。我拙于言辞，也因太欢喜而说不出话来。

有了女儿以后，总是我抱着小女儿，她用手挽着我的胳膊，我们一家在夕阳西下的街道上散步。这未来不论是好是坏，我都注定与她牵着手一起走，不舍得也不愿放弃。

女儿的星星

女儿七岁了，在县城一家私立小学读一年级。

冬季来临，朔风瑟瑟，路旁的一排毛白杨叶子业已落尽，天很冷了。每次送女儿上学，除了让她穿好羽绒服戴上口罩外，妻总是再拿围巾和棉衣将她裹得严严实实，并叮嘱我到了学校后，再脱下来带回家。

一天早晨，东方刚刚露出鱼肚白，我照例骑着自行车送女儿去学校。到了校门口，就在我低头给女儿脱棉衣和围巾的时候，她却眨巴着眼睛，神秘地对我说："爸爸，你看……"

"怎么了？怪神秘的！"我拍了拍她的小红脸蛋，轻声问道。

"你看——"女儿用手指了指天空，微微笑着，"就剩一颗星星了，我选了它！"

我顺着女儿手指的方向看了看。太阳还没出来，空旷的天空中确实仅剩一颗若隐若现的星星了。

女儿奇怪的话语让我倍感吃惊，看着天真烂漫的女儿，竟愣愣地呆站着不知该说什么，只是感觉内心深处翻腾着一种莫名的冲动。

"冰冰，你怎么有这种想法呢？"我看着笑嘻嘻的女儿，喃喃地说着。

"别的星星都不见了啊，就剩下这一颗，我不选它，别的小朋友也会要的，我就选它了！一闪一闪的好可爱，爸爸不想要吗？"女儿好奇地问我。

童言无忌，我一时真不知该如何回答她了，只是用手捂着她的小脸，亲昵地说："你在学校觉得冷吗？回头让你妈妈多给你穿件衣服。"

"我不冷！"女儿摇了摇头，随后朝我摆摆手说，"爸爸，再见——"

"一闪一闪亮晶晶，满天都是小星星。挂在天空放光明，好像许多小眼睛……"女儿哼着儿歌，蹦蹦跳跳地走进了校园。

看着女儿远去的背影，我不由得陷入沉思。在成年人眼里，女儿选定的那颗所谓"可爱"的小星星，只是我们平时司空见惯的启明星而已，不足为奇，也没什么特别之处。即便是满天星光闪烁，我们也从未动过想要将一颗星星据为己有的哪怕是一丝闪念！对孩子们那些突如其来天真幼稚的"无稽之谈"，往往也是一笑了之。

王燕安在《留住"天真的眼睛"》一文中谈到："儿童们原本依靠自己那双特有的'天真的眼睛'来观察世界，凭着自己无拘无束的想象力来表现世界，伴随着年龄增加，伴随着教育训练，那双'天真的眼睛'逐渐变成了别人的眼睛、世故的眼睛，那一双'想象的翅膀'也被一根根地拔掉了羽毛，再也难展翅飞翔了。"孩子那纯真的童心是不会懂得世事的沧桑与变迁的，就像我们小时候一样，永远用天真无邪的眼睛去寻找人世间最美好的东西。

缺乏童真童趣，缺少一颗善于发现的"童心"，这或许就是成人和儿童的区别了。为生活所累为经济所迫，巨大的生存压力往往会使我们成年人的眼睛蒙上灰尘，留住"为自己选一颗星星"的童真，真的很难得，也很重要。

女儿的"眼睛树"

在我居住的小城镇里，白杨树大多栽植在街道两侧。她们的树冠像一把撑开的巨伞，盛夏时节，枝繁叶茂，为行人遮阳挡雨。秋天来临，树叶落尽，苍劲的枝干挺立在萧瑟的秋风中，为人们抵御风寒。

送女儿上学的路上，就有这么一排白杨树。每次我都是熟视无睹地路过，好像她们根本不存在。想不到就是这么几株白杨树，无意间竟变成了女儿的"眼睛树"。

记得那是初冬时节，去接正读小学一年级的女儿放学回家时，她坐在自行车后座上，摇晃着我的胳膊说："爸爸，眼睛……你看树上有好多大眼睛！"

"在哪里呀？"我愕然地回头看着她。

"树上都长着眼睛呢，你看……你看呀！"女儿指着路旁的白杨树，好奇地对我说。

"哦！那是白杨树，你奶奶家的村里多得很哩！"我拿眼角的余光扫了她一眼，喃喃地说。

"怎么都长着眼睛呀？她们会看见我吗？树怎么还能长眼睛？真是奇怪，三角眼，圆圆的黑眼珠，你看……那些眼睛也在看你呢！"女儿越发惊奇了，一连串的问题脱口而出。

我愣住了，暗暗叹服孩子敏锐的观察力，小孩子的童真可以随时捕捉周围的变化，而大人却变得迟钝麻木了许多。

"会呀！当然会看到了！"我回过头来，郑重地对她说，"白杨树用她们的眼睛看世界。你想，一年四季，不管春夏秋冬，无论白天黑夜，她们都睁着眼睛，从不眨眼。这世间的真善美与假恶丑，都让她们看得清清楚楚明明白白！"

"爸爸，我最喜欢那些可爱的眼睛了，我可不可以叫她们'眼睛树'呀？"

我轻轻抚摸着女儿的小脑袋说："可以啊，只要你愿意！"

此后，女儿每次路过这里，都会看一看这些"眼睛树"。在"眼睛树"的注视和监督下，她开始规范自己的行为，写作业变得认真起来，回到家里帮妈妈干力所能及的家务活，和弟弟打闹也慢慢变少了……这些白杨树的大眼睛，无意中成了照亮孩子心灵的镜子。

白杨树在老家到处都有，对我来说简直太熟悉了，以前根本没有好好观察过她们。在女儿的影响下，我也留心观察起那些被我忽略的"眼睛"来。这些"眼睛"还长得不一样，带着各种表情：有的慈爱、有的刚毅、有的俏皮、有的惊恐、有的哀怨……真是惟妙惟肖，好像都在看着我，想要对我倾诉什么似的。

白杨树与凛冽的北风抗衡，高傲地挺直了脊背。树干上，那疤痕如目，安详而又庄严地注视着沉寂的冰天雪地。我不得不承认，自己根本无法回避这种特殊目光的注视。树是有生命的，有着自己的灵魂和喜怒哀乐。眼睛是心灵的窗户，当人类用刀斧砍向树木的时候，树也会疼痛，也会伤心，她们只能用"眼睛"表达她们的无奈。

据了解，白杨树身上大大小小的眼睛并不是与生俱来的。在幼小之初，她们的枝干平滑光洁，但当最初的树叶开始脱落时，叶蒂与枝干结合处便会留下一道伤痕，随着枝干长大变粗，伤痕非但没有消失，反而愈加清晰可见，于是便形成了各式各样的眼睛；也有的是由于主干枝杈被损坏折断留下的痕迹。那些被毁坏枝杈的树皮便形成了眼睑，髓心部分就变成了形态各异的眸子。

顾城在《杨树》一诗中写到："我失去了一只臂膀，就睁开了一只眼睛。"当我们凝视这些"眼睛"时，又会作何感想呢？

　　我知道了白杨树"眼睛"的由来，如今和某只"眼睛"对视的瞬间，我突然明白了很多。我宁愿相信神话是真的，树木是有思想、有灵魂的，不然那棵老槐树怎么可以给董永做了那么大的媒，那棵杏树为什么一直纠缠着唐三藏想和他拜堂成亲，那棵老柳树为什么可以控制聂小倩，让她违背善良的本性去害人呢？我相信，白杨树知道面前发生的一切，在某年某月，曾经有一个天真活泼的小女孩给她们取了一个好听的名字——眼睛树。她们其实什么都知道的，只是不会说罢了！

　　有这样一个故事：在一个风景区内，工匠雕刻了一尊佛像，后来又用同一块石头上凿刻下来的边角料砌成了台阶。佛像落成后，游客们踩着台阶到佛像面前烧香跪拜，天长日久，被游客踩在脚下的台阶开始抱怨："我们本是同一块石头，为何你被人顶礼膜拜，而我却被踩在脚下？"佛像回答说："因为你只挨过一刀，而我经历了千刀万剐啊！"人们常常用"眼睛会说话"来形容一个人精明，而白杨树不正是用她们深邃的目光在默默地倾诉吗？长满眼睛的白杨树，经历过一次又一次"千刀万剐"的刻骨伤痛，每一次的痛苦都要给人类一只"眼睛"……

　　白杨树总是静静地挺立在那里，用各种各样的"眼神"审视着这个忙忙碌碌的世界，审视着这个世界上形形色色的生命，同时也在审视着我们的双眸。只不过，这种审视是凝滞而沉默的，但也是睿智的。

希波克拉底誓言的召唤

　　"仰赖医神阿波罗·埃斯克雷波斯及天地诸神为证，鄙人敬谨致誓愿以自身能力及判断力所及，遵守此约。我愿尽余之能力与判断力所及，遵守为病家谋利益之信条，并抵制一切堕落和害人行为，我不得将危害药品给与他人，并不作该项之指导，虽有人请求亦必不与之。我愿以此纯洁与神圣之精神，终身执行我职务。凡患结石者，我不施手术，此则有待于专家为之。无论至于何处，遇男或女，贵人及奴婢，我之唯一目的，为病家谋幸福，并检点吾身，不作各种害人及恶劣行为，尤不作诱奸之事。凡我所见所闻，无论有无业务关系，我认为应守秘密者，我愿保守秘密。尚使我严守上述誓言时，请求神祇让我生命与医术能得无上光荣，我苟违誓，天地鬼神实共殛之！"

　　两千多年前，一位古希腊医生要求他的弟子在行医前，必须铭记此誓言，且一生践行之。两千多年来，不计其数的医生们，都用自己的行动信守着誓言。直到今日，许多国家医生就业时，还必须按此誓言宣誓。

　　这，就是医学界赫赫有名的"希波克拉底誓言"，而这位希波克拉底，正是现代医学之父。

　　小弟对我说过，他读高中时，曾在一本英语杂志上看到过这段誓言，当时一阵突如其来的感动涌上心头，过后则是深深的困惑——这位创立了现代医学的人为什么会对自己庄重地立下这些誓言，而这誓言为何只是医务工作者们专有的？为什么木匠、铁匠、教师和其他行业就没有流传同样的誓言？医务工作者的特殊性究竟在哪里？说实话，小弟当时被这个问题困惑了很久，直到接触到医学领域。当他读完医大研究生，开始真正从事医务工作后，这才找到了答案，且这个答案深深震撼了他，激励着他。

新中国成立前，我国的医疗卫生水平有限，"人命如草芥"是当时的普遍现象。那时，一个母亲总要生十胎八胎，能够成活下来的却只有二三人。俗话更有"十月怀胎一朝分娩，儿奔生，娘奔死""人生人，吓死人"之说，短短几个字表达出作为母亲，所要经历的痛苦与危险……

听年长的人讲，那时在农村，生孩子的条件极为简陋。妇女生孩子时要坐谷草，垫炉灰渣，由村里的中老年妇女来接生。顺产的，接生婆就用篾片或旧剪刀、破碗片割断脐带，由于不消毒，很容易引发产褥感染，同时新生儿得破伤风的概率也非常高。如果遇到难产的情况，接生婆有经验的话，还有可能化险为夷，否则产妇婴儿只能保一个，更严重的时候母亲和孩子都保不住，全家人的希望瞬间成为泡影，剩下的只有痛苦和无奈。有些顺产的孩子，往往因为外在疾病的侵害，使孩子夭折。孩子死后大都被放进竹篮或畚箕内，送到乱葬岗或河滩，用铁锹挖坑掩埋了事。

在缺医少药的年代，能够活下来是非常幸运的。多数老百姓看不起病，生病时，小病就用一些土法子自己治疗，或者就挺一挺，但凡能扛过去的病都算小病。也有从小病扛成大病的，等到去药铺抓药时，人已病入膏肓，没有治疗的希望了。

古希腊学者阿基米德曾经说过："给我一个支点，我可以撬动地球。"千百年过去了，阿基米德没有找到这样的支点，他也没有撬动地球。然而苦难的中国找到了拯救国民的"支点"，这就是伟大的中国共产党。

中国共产党自成立以来，走过了90年的光辉历程。新中国成立后，改善医疗卫生状况成为党和政府的首要工作。经过几十年的努力，建立了执业医师、注册护士和乡村医生制度。

时光如水，岁月如梭，90年的风风雨雨，一路走来。曾经的"东亚病夫"早已不复存在，展现在世人眼前的是健康、积极、乐观的中国人。正因为如此，做一名救死扶伤、悬壶济世的医务工作者，成了小弟童年时期的梦想。或许，他真的听到了希波克拉底誓言的召唤。

小弟如愿走上了医疗岗位，成为一名医务工作者，实现了家人夙愿，也圆了他童年的从医之梦。

小弟说，在解放军二五一医院这个大家庭中，他只是一株小草，默默地成长着。

小弟的工作普普通通，但它却维系着部队和地方千家万户的幸福和安康；他的工作简简单单，可它会拂去患者心头的阴霾，给他们带来关爱和温暖。小弟和弟媳都是平凡的医务工作者，时刻心系病人疾苦，时刻牵挂病人安康，扎根基层一线，始终秉承赤子之心而生息脉动，在一个个紧张忙碌的日子里不断品味人生，在一番番与死神的较量中收获快乐，在一次次争分夺秒的抢救生命中升华理想与信念。

生命所系，健康所托，患者永远是医疗工作的中心，服务永远是医疗工作的核心。看到患者痊愈出院喜笑颜开的一瞬，小弟也会报以微笑和祝福。那一声声的"谢谢"，让他觉得医务工作者所有付出都是值得的。没有锦旗，没有表扬信，没有鲜花，也没有掌声……但他得到了患者和家属的信任，得到了他们的理解与支持，得到了为医者的最好回报——他知足了！

医务工作者承担着为人民健康保驾护航的神圣使命，救死扶伤是天职，排忧解病是义不容辞的责任。当小弟真正成为一名医务工作者时，他说，自己终于找到了希波克拉底誓言的答案，体会到了医务工作者的价值，也体会到了医务工作的神圣。

第三辑　柳色青青

别和上天谈公平

作家刘墉在写给女儿的《靠自己去成功》一书中，是这样谈论公平的："你可以化悲愤为力量。但你不能怨恨，因为怨恨只可能使你更偏激、更不理智，甚至造成更大的失败。"

在书中，他还记载了一个亲身经历的故事：有个小女生对他哭，说她毕业应该可以得到市长奖，但是因为每个学校有一定的名额，其中一个给了家长会长的孩子，另一个给了有脑瘤的小孩，结果把她挤了下来。颁奖时，小女生在乐队里演奏，看着成绩不如她的同学领了奖，眼泪直往肚里吞，她觉得太不公平了。刘墉一边听，一边眼泪也要掉下来。但是，他听完之后，却对小女生说："你要想想那个得脑瘤的孩子多可怜！他得那么重的病，动了那么多次手术，还能有不错的成绩，真是不简单。就成绩而论，他比你差却列在你前面，确实不公平。但是从另一个角度想，一个才十二岁的孩子，就长了脑瘤，上天不是也不公平吗？你怎不想想自己幸运的地方，而感恩呢？"

想想人的一生其实也不过如此。艰难困苦可能压得我们暂时喘不上气来，失败渺茫可能时常伴随我们左右。但这些只是暂时的，相对于那些被夺走一生幸福的人，上天对你我已经是特别眷顾了。每个人都有自己的生活方式，如果老是以自己的方式和标准去衡量别人，那这个世界对他来说永远都是不公平的。

社会中，许多人都认为公平合理是人际关系应有的，认为生活应该是公平的，或者终会有一天是公平的。我们也时常听人抱怨："这不公平！"或者说："因为我没有那样做，你也没有权力那样做！"等等。在这些人眼里，事情的发生及处理过程合情合理，没有偏袒，即为公平，否则就是不公平。然而，这个世界上真的是样样都公平吗？为什么有些人漂亮，有些人丑；有些人高，有些人矮；有些人家财万贯，有些人家贫如洗；有些人生在贫穷战乱的地区，有些人生在富裕安定的国家……这世界本来就是不公平的。

人人都有感到上当受骗或是受到不公平对待的时候。让所有事情都完美无缺并非生活本身，而是对我们自己的挑战。生活在充满竞争的时代，当他人超越我们的时候，便从内心感到自己受了冷落，受到了不公平的待遇。其实，公平是相对人们的心理承受能力而言的。一个心胸开阔的人，能够正确看待自身与他人的差别，既不会自轻自贱、过分地崇拜英雄或偶像，把任何人都看得比自己优越，也不会盲目自信、无谓地贬低他人，更不会因别人的权力、财富、地位而愤愤不平。

"这不公平！"其实是一句很糟糕的话。既然认为自己受到了不公平的待遇，一定是把自己与别人相比较了。这样思考的结果，必然让别人支配了自己的情绪，造成自己不愉快。

如果我们陷入了困境，不要只是埋头抱怨，要从中吸取经验教训。短暂的生命中如果积聚了太多的悲愤和怨恨，只会增加自己人生路上的负担，使自己走得艰辛，且速度变慢。

我们应该学会放下不必要的思想包袱，轻松上阵，轻松前进，轻松面对人生。

直面缺陷

从前，有一个圆圈缺了一块锲子。他想恢复完整，便四处寻找那块锲子。由于不完整，所以他只能慢慢滚动。一路上，他对花儿露出羡慕之色；他与蠕虫谈天论地；他还欣赏到了阳光之美。终有一天，他找到了一个完美的配件。圆圈是那样的高兴，现在他可以说是完美无缺的了。他装好配件，快速滚动起来，以至于难以欣赏花儿，也无暇与蠕虫倾诉心声。于是他停了下来，将找到的配件弃置路旁。

人的一生就如同这个不完美的圆圈。换句话说，世界上不可能有人是完美的，他们或多或少都会存在缺陷。在当今这个讲究包装的社会里，我们常禁不住羡慕别人光鲜华丽的外表，而对自己的欠缺耿耿于怀。其实没有一个人的生命是完整无缺的，我们总是会有许多先天的不足。我们的人生中总是有这样那样的不完美。在缺陷面前，我们是极力掩饰，还是坦然面对呢？如果你害怕去面对自己的缺陷，并努力地掩饰它，这个缺陷不会因此变小，反而有可能在你心里越来越大。

缺陷往往可以激发出巨大的潜力。无手者，则以足代手，其灵活程度并不亚于拥有双手的正常人；聋哑者，则以手代言，可以使善论者悄然无声。这样的人可以说是顽强而坚韧的，甚至可以说是超越了特定范畴的成功者。英国人安迪的左手只有四个手指，他梦想着成为一名电视节目主持人，被一次次拒绝后，他终于被一家电视台录用了。在试镜时他戴着仿真手指，但总觉得不自然，于是，在正式主持时，他摘掉了手套，以最自然的态度去面对观众和自身的缺陷。最终他得到了赞美。这不单单是对他主持的赞美，更是对他坦然面对缺陷的赞美。霍金萎缩的身躯，松散地依在轮椅里，歪歪的脖子支撑着他智慧的头颅。霍金就是用这唯一一件灵活的器官——大脑，来继续他的物理研究的。谁能不油然升起一股敬意呢？霍金是瘫痪的，可他却攀上了连正常人都难以达到的科学巅峰。他直面缺陷，成功地逾越了缺陷。而这些也正应了一句古老的英国谚语："不幸带来的不一定是灾祸和危机。"

其实，缺陷对于一个人来说未必就是坏事。这就看你怎么去看待它了。如果你把它当成前进的动力，那么我相信你最终会得到圆满。缺陷并不是一道不可逾越的鸿沟，它的可怕在于你的不敢直面；缺陷并不是一个不可正视的巨人，它的可怕在于你被吓倒，跪倒在它的脚下，胆怯得不敢直视它。

世人都嘲笑"猪八戒照镜子"，我却认为猪八戒是可敬的，毕竟它有勇气面对。人生既然不能十全十美，那就不要去追求完美，有一点儿缺陷又何妨？每个人都是被上帝咬过一口的苹果。有一个缺口，让福气流向别人也是很美好的事。敢于直面缺陷，你就会发现缺陷并不可怕，甚至可以坦然一笑：缺陷只不过是美人眉间的一颗痣罢了。

不要去羡慕别人所拥有的，好好珍视上帝给你的恩典。只要你接受它并善待它，你的人生就会快乐豁达许多。

守住人生的心锁

单位门口有个小小的修车摊，修车师傅姓张，脸上整天挂着憨憨的笑容，人们都叫他大老张。大老张原本在某国企上班，后来下岗了，主要靠修锁、配钥匙和修车补胎养家糊口。

一天，我不小心将自行车的钥匙弄丢了。车锁是原装的，经销商说它是精钢所制，具有防盗功能。能不能防盗我不甚了解，不过看上去如此厚重结实的车锁，倒真给了我一种安全感。如今没有了钥匙，要想打开如此坚固的车锁，除非用钢锯直接把车锁锯断。可眼下又找不到锯车锁的工具，不得已只好将自行车后座拎起，推着来到大老张的修车摊。

大老张此时正忙着补自行车胎，看到我狼狈地推着自行车走过来，憨憨地笑了笑，示意我稍等。车胎很快补好了，大老张拿起改锥和小锤子，径直走到我的自行车前，将改锥冲着锁孔，拿起小锤子使劲敲着改锥，三两下就将锁芯撬了个粉碎，车锁内部的各种小配件散落一地。大老张顺势用改锥轻轻拨动锁芯，毫不费劲就将车锁打开了，整个开锁过程不到半分钟，看得我目瞪口呆。

看到我惊讶的神态，大老张笑着说："用不着吃惊，给车子上锁本来就是防君子的，对于那些惯偷来说，要想偷你的车子，车锁根本就是个摆设。别看车锁外形挺结实，其实锁芯部分是硬塑料的，这才是它最脆弱的地方。一些锁芯甚至拿把改锥就能撬开。你想，这锁芯一旦被撬开了，打开车锁还不是轻而易举的事吗？"

　　大老张一边上着新车锁，一边乐呵呵地说着："人常说'大丈夫处事不拘小节'，怎么能不拘小节呢？人生就好比一把锁，锁芯不坚固，再强大的外表都没有用。"

　　千里长堤虽然看似十分牢固，却会因为一个小小蚁穴而崩溃的道理，一直警示着世人。事情的发展是一个由小到大的过程，微小的隐患，如不给予足够的重视和正确及时的处理，就会留下无穷的后患。如果把人生比作长堤，"心锁"意识的淡薄就是生命长堤中的一个个蚁穴。

有一种美德叫宽容

　　宽容是一种美德，更是一种境界。宽容自己的家人、朋友、熟人较为容易，因为他们是我们所爱的人，最为难能可贵的是，宽容那些曾经深深伤害过自己的人，或者自己的敌人。

　　二战时期，一支部队在森林中与敌军相遇。惨烈的遭遇战后，有两名战士与部队失去了联系，他们是同乡，且来自同一个小镇。他们互相鼓励、互相安慰着在森林中艰难跋涉。十多天过去了，他们饥渴难耐，却一直未能与部队联系上。后来，他们打死了一头鹿，依靠着鹿肉又艰难地度过了几天。也许是战争的残酷使动物四散奔逃，抑或是被杀光了。此后，他们再也没有看到过任何动物。仅剩下一点儿鹿肉，背在年轻战士的身上。

　　这一天，他们在森林中又一次与敌人相遇。经过激战，他们巧妙地避开了敌人。就在自以为已经安全时，只听一声清脆的枪响，背着鹿肉走在前面的年轻战士中枪倒下了——幸亏只是伤到了肩膀。后面的战士惶恐地跑了过来。他语无伦次，抱着战友的身体泪流满面，并赶紧把自己的衬衣撕开包扎战友的伤口。晚上，未受伤的战士两眼直勾勾的，一直念叨着母亲的名字。他们俩都以为熬不过这一关了。尽管饥饿难挨，可他们谁也没有动身边的鹿肉。幸运的是，第二天，部队救出了他们。

　　事隔30年，那名受伤的战士安德森说："我知道谁开的那一枪，他就是我的战友。他去年去世了。在他抱住我时，我碰到了他发热的枪管，但当晚我就宽恕了他。我知道他想独吞我身上带的鹿肉活下来，但我也知道，他活下来是为了他的母亲。此后的30年里，我假装不知道此事，从未提及过。战争太残酷了，他母亲还是没能等到他回来，我和他一起祭奠了老人家。那一天，他跪下来请求我原谅他，我没让他继续说下去。我们又做了几十年的朋友，我宽容了他！"

宽容别人，不是懦弱，更不是无奈的举措，它是理智的抉择，也是成熟的表现，反映了一个人的心胸和气度。

两个好朋友在沙漠中旅行，因为一点儿分歧，两人吵架了，一个还给了另一个一记耳光。被打的人觉得受辱，就一言不发，在沙子上写下：今天我的好朋友打了我一巴掌。他们继续往前走，终于走出沙漠，来到了沃野。在过一条河的时候，被打巴掌的那人差点被淹死，幸好被朋友救了起来。被救之后，他拿出一把小剑在石头上刻下：今天我的好朋友救了我一命。朋友好奇地问："为什么我打了你以后，你要写在沙子上，而现在又刻在石头上呢?"另一个人笑着回答说："被朋友伤害时，要写在易忘的地方，风很快就会抹去它；相反，如果被帮助，我们要把它像刻在石头上一样刻在心灵深处，任何风都不能磨灭它。"

"唐宋八大家"之一的苏洵曾经说过："一忍可以制百辱，一静可以制百动。"生活在复杂的世界中，我们不可能不遇到让人生气和愤怒的事情，越是这个时候，越要做一个冷静和理智的人。

一个人如果养成了宽容忍让的品质，那么他就会获得别人的钦佩和尊敬，同时也能让自己得到最大的心灵安慰。

信念，支撑人生的力量

　　人的行为是受信念支配的。也可以这样说，有什么样的信念，就会导致什么样的结果。

　　"信念"两个字从字面上去理解，很有意思。所谓"信"就是"人言"——人说的话；所谓"念"就是今天的心。"信念"二字合起来，就是"今天我的心对自己说的话"。

　　读过这样一则故事：一支英国探险队来到了撒哈拉沙漠的某个地区。他们在茫茫的沙海里负重跋涉，阳光下，漫天飞舞的风沙就像烧红的铁砂一般，扑打着探险队员的面孔。他们口渴似炙，心急如焚——大家都没有水了。这时，探险队队长拿出一只水壶，说："这里还有一壶水。但穿越沙漠前，谁也不能喝。"

　　于是，一壶水，成了求生的寄托。水壶在队员手中传递，那沉甸甸的感觉，使队员们濒临绝望的脸上显露出坚定的神色。最终，探险队顽强地走出了沙漠，挣脱了死神之手。大家喜极而泣，用颤抖的手，拧开了那壶支撑他们精神和信念的水——但缓缓流出来的，却是满满一壶沙子。

　　在美国纽约，有位年轻的警察叫亚瑟尔，在一次追捕行动中，他被歹徒用冲锋枪射中左眼和右腿膝盖。3个月后，当他从医院里出来时，完全变了样：一个曾经高大魁梧、双目炯炯有神的小伙，现已成了一个又跛又瞎的残疾人。然而，亚瑟尔不顾任何人的劝阻，参与了抓捕那个歹徒的行动。为此，他几乎跑遍了整个美国，甚至独自一人去了欧洲。

九年后，那个歹徒终于落网。当然，亚瑟尔起了非常关键的作用。在庆功会上，亚瑟尔再次成为焦点，许多媒体称赞他是全美最坚强最勇敢的人。然而半年后，亚瑟尔却在卧室里割腕自杀了。

在他的遗书中，人们读到了他自杀的原因："这些年来，让我活下去的信念就是抓住凶手……现在，伤害我的凶手被判刑了，生存的信念也随之消失了。面对自己的伤残，我从来没有这样绝望过……"

一般说来，有信念的人，也是个懂得取舍的人。

信念是人生征途中的一颗璀璨明珠，既能在阳光下熠熠发亮，也能在黑夜里闪闪发光。当你行走在阳关大道时，切勿忘记道路上还有泥泞。有时候不是一些事情做不到失去自信，而是因为失去自信，沉浸在逆境中无法自拔，事情才显得难以做到。

人生需要信念，人的一切追求又何尝不是如此呢？人生的旅程是遥远的，只要双脚不停地前行，道路就会向远方延伸。

从"许由巢父"故事镜谈起

　　曾有幸见过一面宋金时期的"许由巢父"故事镜。整面铜镜为圆形高沿，背面中央位置有一凸起提钮。镜面人物形象栩栩如生，让人爱不释手。在高山垂柳的小溪旁，许由掬水洗耳，他的朋友巢父牵牛犊在下游欲饮之。铜镜古朴典雅，制作精良，紧紧抓住了许由洗耳、巢父牵牛张嘴问话这一精彩瞬间。

　　上古时，先民们多以水照面，即用盆盛清水观水面梳妆打扮。那时，人们整理自己的面容，经常面对一盆水，或者站在平静的河边、水边整理一番。所以，古籍上把这种"照镜子"，叫"鉴于水"，并将专为照面盛水的盆称作"鉴"。

　　我国青铜镜起源很早，传说轩辕氏部落首领黄帝，就曾做过神镜宝镜，饶州现存有黄帝制镜时留下的"轩辕磨镜石"。《轩辕内传》记载："帝会王母，铸镜十二，随用而用。"《述异》中也提到："饶州旧传轩辕氏铸镜于湖边，今有轩辕磨镜石。"铜镜在各朝各代均有制作。秦汉以后，铜镜制造水平已闻名中外。

　　铜镜既是梳妆、整容的用具，又是造型精美的工艺品。铜镜之所以为人们所喜爱，因它不但光面能照出影像，而且背面的纹饰更具有艺术感染力。今人鉴赏古时铜镜，主要看制作工艺和装饰纹饰。而古代铜镜上的纹饰寓意与配置，至今仍有许多难解之谜，如战国山字纹镜、汉代的规矩纹镜和唐代的海兽葡萄镜等。

　　"许由巢父"故事镜背面的纹饰描述的是许由"拒受尧禅"的故事。相传上古高士许由，字武仲，阳城槐里人，寓居箕山颍水（今河北省行唐县）一带，靠农耕而食。尧在禅让帝位于舜之前，遍访圣贤，想将天下让给比自己更有才能的人来治理。他寻访到许由，认为他有治理天下的能力和德行，想把天下让给他，可是许由不接受。唐尧又想召许由为"九州长"来辅佐朝政，许由竟然觉得这句话很污浊，跑到小溪边洗起耳朵来。许由正洗耳朵，恰遇巢父牵着黄犊前来饮水。巢父得知许由洗耳的缘由后，说："这个都是你自己不好，你如果诚心避世，何不深藏起来呢？现在你的两耳已经污浊了，洗过的水也是污浊的，我这只洁净的牛犊，不来饮这污浊的水。"说完，把牛犊牵到上游去饮水了……

　　在我国浩如烟海的古代典籍中，有关许由的记载，虽非汗牛充栋，却也蔚为大观。晋·皇甫谧《高士传·许由》载："许由，字武仲，阳城槐里人也。为人据义履方，邪席不坐，邪膳不食"，"尧让天下于许由……（不爱而逃去）尧又召为九州长，由不欲闻之，洗耳于颍水滨"，"许由没，葬箕山之巅，……尧因就其墓，号曰箕山公神，以配食五岳，世世奉祀，至今不绝也"。《庄子·逍遥游》里记载了许由"拒受尧禅"时的一番对话。尧让天下于许由，曰："日月出矣，而爝火不息，其于光也，不亦难乎！时雨降矣，而犹浸灌，其于泽也，不亦劳乎！夫子立而天下治，而我犹尸之，我自视缺然。请致天下。"许由曰："子治天下，天下即已治也，而我犹代子，吾将为名乎？名者，实之宾也，吾将为宾乎？鹪鹩巢于深林，不过一枝；偃鼠饮河，不过满腹。归休乎君，予无所用天下为！庖人虽不治庖，尸祝不越樽俎而代之矣。"

　　在繁浩的史籍中，关于许由的记述，难免有零散支离、错乱抵牾之处。然而，许由拒受尧禅、避而不仕、躬耕自食、怡然自乐的高洁形象，始终屹立于高士之林，为世人所仰慕，至今不衰，以致被后人奉为隐士的鼻祖。战国时代的思想家荀子就曾称赞说："许由善卷，重义轻利行显明。"

　　现在，一些学者对"尧舜禅让"提出了另一种说法——"畏劳说"。他们认为，"尧舜禅让"没有那么高尚和神圣，不过是许由不想承担这份辛苦罢了。先不说这种说法有无考证，身为天下领袖的唐尧辛劳贫苦，确实是有史为证的。尧在位时，吃、住都很简陋，丝毫没有因为自己是帝王而过着奢侈的生活。他屋顶的茅草不整齐，房子的椽梁不雕饰，吃的是粗粮，咽的是野菜，冬天裹兽皮，夏天披葛布。禹在位之时，也没有因为自己是帝王而高高在上。相反，他经常亲自背着犁耙参加劳动，由于辛劳，大腿上没有成块的肌肉，小腿上没有汗毛。

乍看起来，他们分析得不无道理。然而，子非鱼焉知鱼之乐！我们没有生活在当时的环境中，又怎么能够真正去设身处地地站在他们的角度上考虑问题呢？或许，我们不应该用现在这种极其现实的思维和标尺，去想象、去衡量上古时期那种原始、质朴的社会民风。姑且不去辩解这种说法的正确与否吧，我也不屑去争辩。

随着当今市场经济的发展，人们越来越多地关注物质享受。人人张口利益，闭口金钱，把曾经很纯洁的亲情、友情、爱情都建立在了金钱利益之上，人与人的交往也是限于有所求之中。

最近，常听到人们说到"世风日下，人心不古"。对照上古许由那个时代，让人不得不怀疑如今这种高官厚禄的"官本位"内容和实质，不得不对"高薪养廉"的可行性提出疑问。现在，离高洁的圣人已经十分遥远了。我们的耳朵久闻虚浮之语，奢靡之音，在滚滚红尘中无可奈何地布满了灰尘，蛛网遍结。杜甫曾在《奉赠韦左丞丈二十二韵》中说："致君尧舜上，再使风俗淳"，如今"河水"已被污染，我们又该去哪里找"清水"洗耳？

古人云："以铜为鉴，可正衣冠；以古为鉴，可知兴替；以人为鉴，可明得失。"感慨之余，换位思考，什么时候，有人像许由那样"怕"当官了，那么，这些官位才真正是国家所要社会所需的实实在在的岗位。同时，得有许多像尧、舜、禹时代那样的"官"，知难而上，恪尽职守，无私奉献，那才是真正的人民公仆啊！

常胜将军的憾事

三国时期，西蜀"五虎上将"之首关羽，从温酒斩华雄到诛文丑、斩颜良，从过五关、斩六将到单刀赴会、水淹七军，可谓驰骋疆场，身经百战，真称得上是一位"常胜将军"。然而，他最后败走麦城，留下终生憾事。直到今天，人们为克服骄傲情绪，还常拿关羽引以为戒："不要只讲'过五关，斩六将'，也要想想'走麦城'"。

常胜将军为何会有这样的历史悲剧呢？战场瞬息万变，在一定条件下互相易位、相互转化，正如古代哲学家老子说的"福兮祸所伏，祸兮福所倚"。胜利固然是件好事，但倘若由此变得骄傲轻敌、刚愎自用，这就埋下了祸根。

祸莫大于轻敌。在一系列胜利中，关羽变得越来越目空一切，自以为仅凭他的青龙偃月刀，就可以东震吴兵、北平曹魏。正因为狂傲自大、逞强好胜，他才看不到别人的价值和力量所在。关羽败走麦城后，东吴继续用攻心战术瓦解蜀军，造成部队减员，战斗力一天天削弱。然而，关羽在这种被动不利的局面下，不去巩固部队、稳定军心，仍凭着自己的一腔孤勇顽抗。直到他率关平等二百余骑，于麦城北门突围，部将王甫提醒他"小心有埋伏，可走大路"时，这位英雄还骄横地说："虽有埋伏，吾何惧哉！"结果，他没走出多远，遇东吴伏兵四面杀来，苦战一夜，虽闯过几道难关，最后还是在临沮被吴将马忠生擒活捉，将父子一同斩首，让人不胜唏嘘。

关羽一生忠义无双，被国人称为关公，奉为武圣，文武庙中与孔子并祀，可见他在人们心中留下了多么完美的形象。诚然，关羽这个人自有许多长处：熟读《春秋》，颇有文韬武略；英勇善战，以致万夫莫当；义薄云天，决不朝三暮四。可是，关羽也有他个人英雄主义的致命伤：他居功自傲，违背诸葛亮制定的"北拒曹操，南和孙权"的外交路线；他擅自专行，破坏了联合战线。东吴的孙权、吕蒙与陆逊，之所以能够打败关羽，就是点中了他的这个"死穴"。

人或许都会有"走麦城"的时候，一部三国，未曾走过"麦城"的又有几人？

白帝城是刘备的麦城，逍遥津是孙权的麦城，就连一代枭雄曹操，不也在华容道走过麦城吗？倘若不是关羽刀下留情，曹操这颗项上人头，恐怕早就挂在赤兔马的脖子上，去见刘玄德和诸葛亮了。对于关羽这样一个性格复杂而个性鲜明的人物形象，我们不能一味赞誉他，也不能一味诋毁他，应该用发展的眼光看待他。他的悲剧命运，不但不影响英雄形象的神威，反而使之更加真实可信。

即便是强如关羽这样的武圣，也会有败走麦城的一天。《尚书·大禹谟》云："满招损，谦受益。"我们应该牢牢记住这句话，为人更谦虚、谨慎一些。对于那些初入职场、涉世未深的人来说，更应该认识到"人外有人，山外有山""学海无涯，艺无止境"的道理，应该清醒地看到个人作用的有限性，对别人的规劝和忠告，要能耐心听取，充分理解他人的诚意，克制自己的冲动，时刻进行自我反省。

永远不能高估自己的实力、小看自己的对手，对自己的弱点多一分了解和警惕，对别人的过失就会多一分谅解和宽容。

漫谈中国"和文化"

2008年8月8日的北京奥运会开幕式上，从色彩、灯光、舞蹈到大型表演等，无不体现着"同一个世界、同一个梦想"的"和文化"主题。在这个据说有四十亿观众观看的开幕式上，中国人想说的话，精简为一个"和"字。

北京奥运会开幕式不仅仅是声、光、电的狂欢，也是中国人心声的淋漓倾诉，一个"和"字把我们的哲学理念和我们的愿望都包容进来。在一幅让世界惊艳的中国画卷中，由传统活字印刷术刻出的三种字体的"和"字，尽显中国传统文化，说出了千百年来中华民族不变的信念，向全世界传达出中国人从古到今的人生观和世界观，表达出了中国作为东道主，对来自五湖四海的宾客"不亦乐乎"的善意。"和"是中国思想文化的根，从春秋时期传承至今，凸显于2008年的奥运会当中，最大限度地降低了发展的成本，提升中国的国际形象。

和者，和睦也，有和衷共济之意。"和"作为中国传统文化的精神内涵和显著特征，是中华民族不懈追求的理想境界。"和"又是一种哲学理想与人际交往指针，不管中国历史上演了多少争斗，中国人推崇的最好姿态仍是"和"。中国"和文化"中关于"民胞物与""上善若水""四海之内皆兄弟"的思想和情怀，是中华民族凝聚力、向心力的体现，使中华民族成为一个统一的不可分的整体。"以和为贵""保合太和""和而不同""和实生物""和气生财""家和万事兴"……体现了中华民族对"和"的本质的追求和实践，并凝练成一种"和文化"。在构建和谐社会成为主旋律的当今中国，作为和谐理念哲学基石的"和文化",引起了前所未有的关注,也展现了巨大的文化魅力。

中国传统文化中有着非常丰富的关于融合、和谐、和睦、平和的思想和观念。千百年以来,"和"在人们心中一直是一种美好的意象,它是举案齐眉的包容,是君臣有礼的敬重,是一种海阔天空的平静。文人士大夫莫不"以和为贵",君主帝王莫不以"和"治国。"和",可以在我们出现误会、产生分歧、发生矛盾时,充当调停人,化一场既恼人难堪又剑拔弩张的干戈为玉帛。

司马迁在《史记·廉颇蔺相如列传》中,讲述了一个"将相和"的故事。战国时赵国舍人蔺相如奉命出使秦国,不辱使命,完璧归赵,所以封了上大夫;又陪同赵王赴秦王设下的渑池宴会,使赵王免受侮辱。为表彰蔺相如的功劳,赵王封蔺相如为上卿。老将廉颇居功自傲,对此不服屡次挑衅,蔺相如以国家大事为重,始终忍让。最后廉颇终于醒悟,向蔺相如负荆请罪。将相和好,共同辅国,国家无恙。"将相和好"的表面原因是蔺相如的宽阔胸襟和廉颇勇于认错、知错就改、负荆请罪。实际上,是缘于他们共同的爱国思想,缘于他们共同的认识:将相不和,赵国危矣!也正是因为这一点,"将相和"的故事才成为历史上一段光辉不灭的佳话。

两千多年前,先秦思想家孔子就提出了"君子和而不同,小人同而不和"的思想,何晏在《论语集解》中对这句话的解释是:"君子心和然其所见各异,故曰不同;小人所嗜好者同,然各争利,故曰不和。"就是说,君子内心所见略同,但其外在表现未必都一样,比如都为天下谋,有些人出仕做官,有些人则教书育人,这种"不同"可以致"和";小人虽然嗜好相同,但因为各争私利,必然互起冲突,这种"同"反而导致了"不和"。《国语·郑语》记述了史伯关于"和"的论述:"夫和实生物,同则不继。……若以同裨同,尽乃弃矣。"认为阴阳和而万物生,完全相同的东西则无所生。可见,"和"中包含了不同事物之间的差异。正如《中庸》中所讲的,万物并育而不相害,道并行而不相悖。中国人的民族性是外圆内方,宽以待人,保留自己的个性,容许他人的不同。历史留给中国人的是"和而不同"的哲学思维,历史也证明了它生命力的长久。这是中国对世界文化的贡献,也和世界普遍认同的"多样性"有着异曲同工之妙。

在人与人、人与自然的关系上，中国传统文化历来主张平衡和谐，"以和为贵"是中国文化的根本特征和基本价值取向。有子曰："礼之用，和为贵；先王之道，斯为美。"有子的意思是说，礼的功用主要是调和，先王之道是以和谐为美，即俗话说的"和为贵"。长期以来，在中国人心中，"和为贵"这个主题思想，时强时弱，时隐时现，但从未消泯。"不喜与人争"仿佛是中国人的标签之一，"谦让"在中国传统文化里，是一种难能可贵的美德。中国人的"和"是在群体中体现的，为了实现"和"，就要把"群"放在首位，强调"群在先，人在后，没有群，就没有人"。为了保证群体利益，就要"中庸"，所以说"中庸"也算是"和"的一种形式。很多人想成功，又怕成功，怕太出头，就是怕破坏了"和气"，这在一定程度上导致中国人包容非主流文化能力的薄弱，进而抑制了创新。大凡创新，在开始都是以一种和旁人不同的形式出现，正因为不同，才是"新"，而传统"和文化"中所要求的"中庸"，在很大程度上会扼杀这种创新意识。"以和为贵"切近中国人的天性，"以和为贵"也意味着退一步海阔天空。

"和"是中国人思想的结晶，是我们的民族性格。2008年3月27日，北京奥运会奖牌式样对外公布，由象征尊贵和美德的"金""玉"材质"复合"而成的"金镶玉"设计，让玉这种具有中国特色，堪称中国符号的特殊物品，一下子由"温润"变得耀眼起来。

金的耀眼尊贵、玉的温润莹透，在外国人眼中可能是天南地北、风马牛不相及的，而我们中国人却将两者完美结合，共铸2008年的奥运"金镶玉"奖牌，喻示中国传统文化中的"金玉良缘"，体现了中国人对奥林匹克精神的礼赞和对运动员的褒奖，其中一定也寄托着华夏儿女的心愿——人和、物和、天地和。

遭遇"鬼压身"

噩梦是可怕的，比噩梦更可怕的是梦魇，也就是人们常说的"鬼压身"。做噩梦时，最起码还能在梦境中挣扎反抗，而梦魇则是明明感到恐惧逼近，你却根本无法动弹和喊叫。

某天晚上，校对书稿至深夜，感到身心疲惫，困意频袭，遂关灯上床睡觉。似醒非醒，似睡非睡中，我看到一个深蓝色模模糊糊的东西出现。后来，它幻化成人的形状，慢慢靠近我，站在床前死死盯着我的脸。我想赶它走，却发现四肢根本无法动弹，想喊又喊不出，只能听见自己沉重的呼吸声。一时间，我感到无法呼喊、无法移动肢体。此时，我是多么希望有人能喊醒我啊！

妻子此时就睡在旁边，我便想使劲喊她的名字，可始终张不开口。后来，我感到自己能打呼噜发出声音，就开始拼命地打起呼噜，希望睡在旁边的妻子能够觉察到我的异常。可惜，妻子根本没有任何反应。我感到莫名的恐惧，不断安慰着自己：别怕，这是幻觉，再坚持一下，身体能动了就好了……可是，那个可怕的"恶魔"始终站在我面前，挥之不去。我万念俱灰，心想要是就这么狼狈地结束了本不该结束的生命，死得也忒冤枉了。

三四分钟后，我感到僵硬的躯体忽然能动了。这种从梦魇到清醒的过渡，应该算是平缓的，就像把一块布的一端放到水里，水慢慢被吸收上去一样。我没有突然坐起，也没有从空中跌落到地面，甚至连眼睛都没有眨一眨。回想起刚才可怕的"鬼压身"，我再也不敢仰着睡觉了，本能地依靠在床头上，看着黑漆漆的房间愣神。看着睡在旁边的妻子和女儿，一股温暖的亲切感涌上心头，不由自主地轻轻抓住妻子的手：活着真好，有亲人在身边的感觉真好啊！我不愿吵醒她们，不愿让她们娘俩为我遭遇"鬼压身"而担惊受怕，就这么一直坐着，脑海里秋千般荡来荡去，荡着荡着又睡着了。

其实，人生在世，苦辣酸甜样样都有。现实生活中，难免会遇到各种突如其来的变故，考试落榜、职场失利、痛失亲人……一件件、一桩桩，犹如不期而至的梦魇般，沉重地压在心头，阴霾笼罩，挥之不去。"梦魇"并不可怕，真正可怕的是沉浸在梦魇中，再也走不出来，以致浑浑噩噩、意志消沉、丧失自我。

拨开云雾见晴天，乌云是遮挡不住阳光的。走出"梦魇"的阴霾，或许你会意外地发现，人生其实还是很美好的。

倒骑驴的张果老

在千年古县行唐，民间流传着一首《七十二古人歌》。大凡上了些岁数的人，都会随口背出几句"行唐古人出得全，也有神来也有仙……"在这首六百多字的歌谣中，提到过这么几人："许由出了仙五位，有个巢父他为先。哑口观音捻佛珠，顾真人把碑文宣。三洞神仙张果老，他的毛驴也成仙……"

相传，道教神仙张果老就生在行唐县的许由村。

张果老是八仙中年龄最大的仙翁，真名"张果"，因在八仙之中年事最高，人们在他的名字上加一个"老"字，以示尊敬。据《唐书》记载，历史上确有其人。据说，他久隐中条山，往来汾晋间，自言生于尧时，有长生不老之法。后来皇帝听说了他，就派人去请他来会面，都被他婉拒了。因他须眉皆白，常倒骑毛驴巡游天下，手中一直拿着竹子做的说唱用具，所以后人把他看作是"道情"的祖师。

在我国民间传说中，张果老留给人们最深刻的印象，便是他的坐骑和他的骑法。他骑的是一头纸驴，而且他是面朝后倒骑在驴背上。且此驴非普通的驴，它能日行数万里，休息时，还可以将它像纸一样折叠起来，放在皮囊里。

张果老为什么要倒骑驴？民间说法有多种。流传在行唐一带的传说讲的是张果老成仙后，因为故土难离，就倒骑在驴背上，眼望着养育他的村庄渐行渐远，后来就一直倒骑着毛驴。在《东游记》中，写他倒骑驴的四句白话诗让人茅塞顿开：举世多少人，无如这老汉。不是倒骑驴，万事回头看。

原来，张果老倒骑驴是为了"回头看"。我们当然是要"向前看"的，但很多时候需要"回头看"，回头看是为了更好地往前走。

庄子的"不材"与"无用"

不知何时，身边那些为人父母的朋友，训斥孩子时多了句口头禅："你看别人家的孩子，再看看你自己，真是不争气，长大了也成不了材！""不成材""没有用"不只是父母们的焦虑，也是绝大多数现代人为之的担忧。其实对于"成材"的话题，早在两千多年前，庄子就用两棵大树的故事，揭示了其中的道理：不材之木，自有成材之道；无用之人，亦有致用之途。

第一棵大树的故事，出自庄子的《逍遥游》。惠子对庄子抱怨说："我家有棵树，人们叫它樗。樗树疙疙瘩瘩的很粗糙，就连树枝也是歪歪扭扭的。它就长在路边，可路过的木匠却都不感兴趣，大而无用，不能成材，人们都嫌弃它。"庄子宽慰惠子说："看来先生不善于利用东西啊！宋国有户人家，世代以漂洗丝絮为生，擅长调制保护双手的药物。有人听说后，出高价买走了他们的药方。当时吴国和越国正在水上交战，此人购得药方后献给了吴王。吴军正是因为得到了这种秘方，冬天水战也不用担心手脚皲裂，这个人也因此得到了丰厚的赏赐。同样的一种药方，有的人只能靠它做漂洗丝絮的小生意，有的人却利用它改变了命运。现如今先生拥有这样一棵大树，又怎么会担心它没有用处呢？可以把它移栽到旷野上，然后悠闲自得地在树荫里躺下，这不是挺好吗？"

在《庄子·人间世》中，记载着第二棵大树的故事。有个木匠要去齐国，在路过曲辕的时候，看到一棵被当地人当作神树祭拜的栎树，树干粗大、枝梢高耸，引得众人驻足围观。木匠却满不在乎，直接从栎树旁走开了。木匠的徒弟也被这神树吸引了，他好奇地问师父："您为什么对这么壮观的树木，一点兴趣都没有呢？"木匠告诉他："这只是一棵什么用处也没有的散木罢了。用来造船，会沉没；拿去做棺材，很快就会烂掉；做器皿的话，又不牢固；用它做门户，会流出污浆；用来做柱子，则容易被虫蛀空，实在是无用之材。正因为它无用，所以才会有如此长久的寿命。"当晚木匠睡觉时，梦到了这棵神树。神树对木匠说："那在你看来，什么样的树才是有用的呢？像梨、橘这样的果树，果实成熟后就会被人摘除，自己也会因此受到伤害，大枝干被砍断，小枝丫被拽折。而像楸、柏这些乔木，树干长到一两把粗，就会被耍猴的人砍掉做成木桩；长到三四围粗时，又会被富人砍掉做成房梁；长到七八围粗的时候，还会被贵族砍去做棺木。果树可以结出美味的果子，柏树和楸树可以做成木器，所以经常被木匠盯上，饱受刀斧之苦，不能终享天年。而我虽然没法做成木器，却因此免去了被人砍伐的厄运得以长命百岁，受人祭拜，终成大用！"

不材之木，看似对人毫无用处，可正因"不材"，它才能得以长久生存。车毂中空处本为无，正因合理利用，才使其化无为有。由此看来，"有用"与"无用"，并不是固定不变的。高大挺拔的树木，对于人类来说可建房造屋、做燃料，其坚硬挺拔或许非常有用，而芥草看似微小、柔软易倒伏，承担不起建房造屋的重任，然而风雨袭来时，其柔软的身躯是它得以生存的有力保障。"蚓无爪牙之利，筋骨之强"，柔软无躯壳保护的身体，似乎极易受到破坏，看似是"无用"，但它可"上食埃土，下饮黄泉"。

古人有两句老话：一句是"自古才命两相妨"；另一句叫作"庸人多厚福"。越是才华横溢的人，就越容易招惹嫉恨遇到危险，而看起来平凡无奇、与世无争的人，往往能够获得成功。正如庄子所说，"人皆知有用之用，而莫知无用之用"，过度追求"有用"的人，最终也会被有用所牵累。有时我们会感到自己百无一用毫无价值，其实这只是因为没有找到更适合自己的位置，找对了位置，不材之木，亦可成材。无用之人，往往物欲更少，知足常乐；无用之事，更容易被坚持下来，静静等着瓜熟蒂落。无用之用，则终为大用。

第四辑　物华依依

文人笔下的茶

中国是茶的故乡，茶的历史源远流长。茶不仅仅是解渴饮料，更有着深厚的文化底蕴。

茶作为一种文化，是从品茗斗茶开始的。茶饮具有清新、雅逸的天然特性，能静心、静神，有助于陶冶情操、去除杂念、修炼身心，这与提倡"清静、恬淡"的东方哲学思想很合拍，也符合佛教、道教和儒家的"内省修行"思想。因此我国历代社会名流、文人骚客、商贾官吏、佛道人士都以崇茶为荣，特别喜好在品茗时吟诗议事、调琴歌唱、弈棋作画。

早在唐宋之前，茶已成为文人学者的描写对象，诸如借茶写人事，抒发胸怀，感悟人生。今天我们不仅可以读到茶圣陆羽的名著《茶经》，而且还可以读到如唐代杜甫、宋代苏东坡、元代耶律楚材、明代徐渭等著名诗词宗师们的咏茶佳句。仔细翻阅古代的文学艺术作品，我们还可以看到，茶还是画家、音乐舞蹈家，乃至宗教文化中永盛不衰的重要题材。

喝茶的雅名叫品茗。文人好茶，品茗斗茶是文人生活中一大雅事。古代文人多情而善感，喝茶喝到得意处，难免诗兴大发，留下许多佳句。宋代范仲淹《和章岷从事斗茶歌》曰："溪边奇茗冠天下，武夷仙人从古栽。"诗人对武夷茶推崇备至，把武夷茶比作仙茶，评为天下第一。"斗茶味兮轻醍醐，斗茶香兮薄兰芷。"他夸赞武夷茶的滋味胜过甘美无比的醍醐，香气胜过清幽高雅的兰芷。寓意深长，倍增茶韵。

文人学者中多品茗行家。清代著名学者袁枚在《随园食单》中，有一段谈到武夷岩茶的韵味："余游武夷，……僧道争以茶献，杯小如胡桃，壶小如香橼。每斟无一两，上口不忍遽咽。先嗅其香，再试其味，徐徐咀嚼而体贴之，果然清芬扑鼻，舌有余甘。一杯之后再试一二杯，令人释燥平矜，怡情悦性。始觉龙井虽清而味薄矣，阳羡虽佳而韵逊矣；颇有玉与水晶品格不同之故。"袁枚在浅酌慢饮中，把武夷岩茶比作美玉，把龙井和阳羡茶比作水晶，说明它们的韵味各有独到之处。

茶被文人这么一咏一颂一讲究，身价自然就高起来。久而久之，喝茶便成为一件很高雅的事情，还衍生出了专门的"茶道"，用好多人为的规矩跟普通大众拉开了距离。于是，茶不能"喝"了，得"品"，在烦琐的细节里品茶的人便有了资格自鸣得意地嘲笑起别人来，认为大众皆"牛饮"，不解茶中滋味。杜牧的"今日鬓丝禅榻畔，茶烟轻飏落花风"虽然是说到茶的烟气的，但我却很爱这个诗句，并因之常常想起喝茶的滋味。平生烟酒不沾，唯一的嗜好便是饮茶。而在众多的茶叶之中，却又偏好龙井。

西湖龙井茶是绿茶中最有特色的茶品之一，其外形扁平光滑，素有"色绿、香郁、味醇、形美"四绝佳茗之盛誉。用玻璃杯沏茶别有一番韵味。透过晶莹透明的杯体，可以享受到更多的茶趣。冲泡高档绿茶要用透明无花的玻璃杯，以便更好地欣赏茶叶在水中上下翻飞、翩翩起舞的仙姿，观赏碧绿的汤色、细嫩的茸毫，领略清新的茶香。冲泡龙井茶更应如此。

只要有空闲，便喜爱用玻璃杯沏一杯龙井茶。然后坐在一旁，静神观看杯中那沉浮的茶叶，放松一下劳累的身心。尤其下班之后，独处一室，沏上一杯龙井茶，静静地观望着眼前杯中的变化，你会发现其乐无穷。随着开水的注入，蜷曲的茶叶便很快撑开，一种特别的茶香四下溢散开来，渐飘渐远，顷刻间便充满了整个房间。那杯中的茶叶更是变幻莫测，朵朵嫩芽，缓缓舒展。其色澄清碧绿，其形或恰如雀舌；或旗（嫩叶）枪（芽尖）交错；摇曳沉浮，百态千姿。细心观察，那片片绿芽上竟能看出茸茸细毫，犹如勃勃生机的春天。

举杯品茗，香郁味醇，舌尖稍觉茶韵清苦，细细品尝，回味之中略有甘甜。这是一种能够冲开一切障碍直入人心的怡人茶香，如高山直泻而下的瀑布带来的清新气息，如晨曦的阳光让人昏沉的思想为之一振。正如清代茶人陆次之所说：龙井茶，真者甘香而不洌，啜之淡然，似乎无味，饮过后，觉有一种太和之气，弥沦于齿颊之间，此无味之味，乃至味也。为益于人不浅，故能疗疾，其贵如珍，不可多得也。

以佳人喻茶可谓心裁别出而富有雅韵。苏东坡在品茶上独有一道，其中最为后人激赏的就是《次韵曹辅寄壑源试焙新茶》诗中的"戏作小诗君勿笑，从来佳茗似佳人"一语，让人浮想联翩。这大概是历史上第一次明确将名茶比为美人的佳句了。林语堂先生说：严格地说起来，茶在第二泡时为最妙。第一泡譬如一个十二三岁的幼女，第二泡为年龄恰当的十六岁女郎，而第三泡则是少妇了。一上海女作家也曾说：茶其实是中国的传统美人，贵娇嫩、贵雅致、贵沉静，兼带着淡淡的忧郁。形美、色嫩、味香，看茶烟聚散，见茶汤嫩绿。徐徐咽下余香，慢慢迷醉半刻。一种难以言说的迷惘，一位气质迷人的梦中佳人，莫非有情影在茶烟轻袅的碧水中晃动？

茶的确是好东西。鲁迅先生经常是一边构思写作，一边悠然品茗，他说：有好茶喝，会喝好茶，是一种清福。不过要享这种清福，首先必须有工夫，其次是练出来的特别感觉。

十里梅坞蕴茶香

江南六七月正值梅雨时节，"雨打黄梅头，四十五日无日头"，天空连日阴沉，雨水时大时小，连绵不断。

初到杭州，几天来细雨蒙蒙，淅淅沥沥一直下个不停。虽然"乌花太阳"偶尔也会出现，可对于我这个北方的"旱鸭子"来说，还真有点吃不消。梅雨天气，人们的心情不免差些，喝茶倒是个非常不错的休闲方式。于是，约上几个同伴乘车来到梅家坞，一品当地久负盛名的西湖龙井茶。

梅家坞地处西湖风景区西部腹地，梅灵隧道以南，沿梅灵路两侧纵深长达十余里，有"十里梅坞"之称，与著名的宋城、钱塘江潮等景点一并名列杭州十大新景。"山不在高，有仙则名；水不在深，有龙则灵"，梅家坞的声名远播得益于杭州人引以为豪的西湖龙井茶。"不雨山长涧，无云山自阴"，梅家坞作为龙井茶的四大产地之一，其独特的地理环境孕育了它独特的韵味，色翠、香郁、味甘、形美成为西湖龙井的四大特色。

我们乘坐着舒适的旅游大巴，沿梅家坞蜿蜒的山路前行。细雨如丝，轻轻敲着车窗，形成一层薄薄的雨幕。途经灵隐寺，穿过梅灵隧道，片片茶田不间断地映入眼帘。

过了梅家坞的村牌坊，我们就下了车。梅家坞如今已建起了新村，两地相隔其实并不远。下车后，我们一路朝着"云栖竹径"的方向走去。由梅家坞到云栖竹径虽说距离有点远，不过信步徜徉绝对是游览"十里梅坞"的最佳方式。

梅雨给眼前这片景致平添了些许朦胧与空灵。从五云山淙淙而下的梅坞溪，映衬着一幢幢白墙青砖的乡村别墅，干净整洁的江南民居、秀丽精致的小桥流水、青葱油绿的茶树茶田……一路放眼望去，青山绵绵，溪涧潺潺，无际的竹林，来来往往的游客，偶尔还能看见一些身穿蓝色碎花小褂、头戴斗笠的采茶姑娘忙碌于茶田，如诗如画的江南美景尽收眼底，让人不得不对"上有天堂，下有苏杭"感到由衷的认可。

西湖龙井茶集中在狮峰山、梅家坞、翁家山、云栖、虎跑、灵隐等地，处处林木茂密、竹影婆娑，郁郁葱葱的茶田处在云雾缭绕、浓荫笼罩之中。这里气候温和、雨量充沛，具有得天独厚的自然条件，尤其是春茶时节，细雨蒙蒙，溪涧常流，优越的自然环境为龙井茶优良品质的形成提供了良好的先天条件。历史上向来有"狮、龙、云、虎"四个品类之别，狮字号为龙井村狮子峰一带所产，龙字号为龙井、翁家山一带所产，云字号为云栖、梅家坞一带所产，虎字号为虎跑、四眼井一带所产。后来，当地人根据茶叶的差异性，调整为"狮峰龙井""梅坞龙井""西湖龙井"三个品类。

我们的品茶地点在浙江省军区茶场。一踏进茶场大门，顿觉幽幽茶香扑鼻而来。走进大厅，轻柔舒缓的音乐让人感到非常惬意，一扫连日来的阴霾。橱窗里置有许多照片，其中有一幅珍贵的老照片，照片里那个和蔼可亲的老人是周恩来总理，与他一起喝茶的是英国首相。当年，周总理访问英国时，赠送了英国首相几盒西湖龙井，当首相喝上地道的西湖龙井后，被其绝伦的香醇所吸引。后来他作为贵宾访华时，提出要看看那名为西湖龙井的"树叶"到底长在什么树上。于是，就有了当地妇孺皆知的"周总理四进梅家坞"的故事。

"梅坞龙井"形如雀舌，扁平光滑，色泽翠绿，香郁味醇，虽无浓烈之感，却最宜细品慢啜，非下功夫不能领略其香味特点。我本身对茶道没什么研究，还真品不出茶与茶之间有何不同，其实我更喜欢这里浓厚的茶文化意境。在茶艺师的指点下，我和同伴小心翼翼地将茶叶放入玻璃杯中，沏上热水，尖尖的嫩芽浮萍般漂浮在水面上。待到叶芽舒展开来，碧绿鲜嫩，旗枪交错，透过汤色清冽的茶水，叶片上的细纹和绒毛清晰可见，茶香淡淡，沁人心脾，细细啜上一口，回味甘甜悠远……龙井茶的色、香、味，竟有如此诱人的魅力，难怪清代品茶名家赞誉："甘香如兰，幽而不冽，啜之淡然，似乎无味，饮过之后，觉有一种太和之气，弥沦齿颊之间，此无味之味，乃至味也！"

返回杭州城时，依依惜别之情一直在心里蔓延。梅家坞，若今生尚有机会再次亲密接触，我定还来亲身感受这浓浓的茶文化气息，尽享茶文化生态自然之美、农家风情之乐。

定园品茶听评弹

　　来到江南，第一个想游览的地方便是苏州。本来想去虎丘的，就为了苏东坡的一句"到苏州不游虎丘，乃憾事也！"到虎丘下车后，听导游介绍说："来虎丘一定要去定园，它是一座独具特色的江南传统园林，可以免费乘橹船，免费品花茶、听苏州评弹！"于是，我直奔定园。

　　定园位于"吴中第一名胜"虎丘山南麓的茶花古村，始建于明代初期，相传明代开国重臣刘伯温为远避政敌，退隐后在此定居，故称为"定园"。历史上的定园，曾数易其主，历经多次废弃与重修，新中国成立后归入茶花村，成为苏州的茉莉花茶基地。

　　走进定园，茶花、垂柳、小桥、流水、亭台、楼阁……一幅富含水乡情调和江南韵味的天然水墨画映入眼帘。一路走过，亭台楼阁相映成画，曲廊流水浑然天成，到处都有"塔影湖"的流水相伴，颇具灵性。

　　细雨蒙蒙，塔影湖一改往日的宁静，微风徐徐，碧波荡漾，令游人泛舟湖中的兴致油然而生。于是，我们穿过秋香亭，走下白兰桥，来到码头，迫不及待地钻进了江南摇橹船。年轻的船娘身披雨衣，戴上草帽，熟练地摇着橹，随口哼唱起江南小调。小船一路摇过去，留下"吱呀吱呀"的声音。坐于船头，一道道美丽的风景从身边越过，一座座蕴藏着姑苏特色的桥梁，造型各异，姿态万千……让人产生一种"舟行碧波上，人在画中游"的感觉。偶尔其他橹船经过，发出的"吱呀吱呀"声和流水声互相交织，宛如一支美妙动听的曲子。

　　对我而言，定园还有一个更为吸引人的特点，那就是它丰富的茶文化内涵。

　　早在一千多年前的宋代，这里就以产茶闻名，形成了以"茉莉花、玳玳花、白兰花"为主的"三花"产业和融植花、制茶、品茶于一体的地方特色文化。如今定园在茶花古村的遗址上，全面恢复了原有的建筑和景观，并增设了"茶艺苑""茶花苗圃"等景点，把培育、制作、品赏花茶的全过程直观地展示给人们，使这项当地传统的技艺得到了发扬和光大。定园也由此成为全面展示苏州"水文化、茶文化和吴文化"特色，集园林建筑、民俗表演、古玩鉴赏和娱乐休闲于一体的浓缩了姑苏水乡风情的民俗园。

　　穿过亭廊，经信风榭、众香亭、花神庙、观花亭来到西湖影湖。一个巨型茶壶正向湖中喷水，壶身上书"天下第一壶"。漫步走过湖上的曲桥，摸过天下第一壶的壶身，来到"茶艺苑"。

　　"茶艺苑"可是了解江南茶文化的重要场所，站在很远的地方就能听到茶楼上传来阵阵吟唱，也能隐约感受到楼里飘出的淡淡茶香。在这里，现场的茶道表演、制茶表演以及茶壶制作表演，吸引了众多好奇的游客驻足欣赏。

　　登上茶楼，找个靠窗可以观景的位置小憩。品一壶茉莉花茶，听一段苏州评弹，精致玲珑的湖光山色，万种风情的江南水乡，沁人心脾的花茶清香，还有一段段动人的传说，令人回味无穷。

　　人们都说"上有天堂，下有苏杭"，当你置身于"小桥流水人家"的江南水乡，感受着水乡独具特色的民俗风情，定会产生一种从未有过的轻松与惬意，令身心倍感舒畅。

雾里青茶事

挚友生性善茶，粗懂茶道，一次到安徽池州出差，特意带回一小青花瓷罐，外面礼盒包装考究，瓷罐精致典雅，古香古色，白蓝相间的纹饰显得华丽而尊贵。

几个伙伴如约来到挚友家中。挚友轻轻打开礼盒，取出青花瓷罐，拆开锡纸包封，取出里面的茶叶，笑着对我说："这就是皖系名茶'雾里青'，据说宋代叫'嫩蕊'，陆游写诗称赞'秋浦万里茶人到，笑说仙芝嫩蕊来'，今天也没外人，咱哥几个就品尝一下所谓的'仙寓香芽'吧！"

我的老家在华北平原，当地是不产茶的，再加上幼年家贫，也只能以几角钱一块的"砖茶"或者拿几颗红枣在炉子上烤焦了泡着当茶饮用。小时候，偶尔随着父母到姥姥家喝过几次廉价的茉莉花茶，对茶的初始印象无非就是咖啡样的颜色、如干红薯叶子般苦涩的味道，仅此而已。直到参加工作前，我也没有认真地品过茶，更别说什么极品名茶了，以往对所遇"名茶"，表达方式通常是烧开水冲泡，而后牛饮，这种方式相当解渴，最适合补充水分，却实在不够含蓄，用挚友的话说，就是"没有品位"！后来虽说略懂了点茶文化，也是近几年的事情了。这次能在挚友家得见皖南名茶"雾里青"，也算是难得的茶缘。

冲泡在杯中的雾里青，缕缕白色的雾气伴随着特殊的清香上升，飘浮于眼前，久久不散。其汤色浅黄明亮，叶底嫩绿完整，一根根饱满秀丽的茶芽，茸毫披露，竖立于杯中，上下浮动，宛如一群彩衣飞扬裙带飘飘的仙女，在缭绕的云雾中翩翩起舞……

公元1745年，当时瑞典最先进的远洋商船哥德堡号，历经种种磨难，满载着中国的茶叶、丝绸和瓷器，从广州启程回国，不幸触礁，沉没在离哥德堡港口800米的海底。二百多年后，瑞典海洋考古专家在深海底对这艘古船进行打捞。在打捞上来的青花瓷坛中，他们意外发现了许多青花小瓷罐，打开一看，里面装着的竟然是茶叶。令人啧啧称奇的是，这些被海水淹没了二百余年、用锡纸严密包装、在海底与空气隔绝的茶叶，仍然茶香飘逸。通过瓷罐上的标识和专家的严密考证，这些古茶被认为是产于中国安徽南部高山云雾之中的经典名茶"雾里青"。

雾里青产于皖南佛教圣地九华山和国家级自然保护区牯牛降及周边地域，主产区位于石台（古称"石埭"）县珂田、占大、大演一带。宋元时期，著名学者马端临在《文献通考》中记载，宋时全国名茶37个品目，其中"仙芝""嫩蕊"就产于皖南一带，尤以石台茶、仙寓山茶为之最。明代徐渭在《谢钟君惠石埭茶》一诗中写道："杭客矜龙井，苏人伐虎丘。小筐来石埭，太守赏池州……"可见明清时期，雾里青名气之盛、流通之广，绝不啻于西湖龙井，而文人骚客对仙芝、嫩蕊的喜爱，更在龙井、虎丘之上。

陆羽《茶经》开篇载："茶者，南方之嘉木也。一尺二尺乃至数十尺；其巴山峡川有两人合抱者，伐而掇之。"这"一尺二尺"应为培植的茶园，而数十尺及至合抱粗的茶树定非人力所为，而是天然的野生茶。不单蜀川峡，徽州石埭一带的深山中就有这种大片野生茶树群，都在海拔千米以上，终日云雾缭绕，雾里青青，所以当地人把这种茶唤为"雾里青"。

明朝中叶以来，徽州雾里青茶经京杭大运河销往俄国，明武宗正德三年（1508年），即被列为朝廷贡品；清乾隆年间，雾里青茶又由"哥德堡号"运往瑞典，再由瑞典分转到欧洲其他国家。据说，当年"雾里青"在欧洲被上流社会视为茶中珍品，价格十分昂贵，贵族们有时为得到一罐"雾里青"茶叶，往往不惜以珠宝去交换。直到哥德堡号商船触礁，在历史上辉煌一时的极品名茶雾里青，随着岁月的流逝而湮没。而今，新任哥德堡号船长彼得·卡令，将相隔二百六十余年的历史拉回到了眼前。按传统工艺打造的仿古商船哥德堡号，重走当年的"海上丝绸之路"，踏上了复航中国的旅程。2006年9月，雾里青在上海登上哥德堡号，经过十个多月的环球旅行，在瑞典哥德堡港登陆，再次走进了瑞典皇宫……

中国是世界上栽茶、制茶和饮茶最早的国家，也是茶文化的发源地。如今，喝茶成为许多国人生活中的日常，当数"寻常日用"之列，如果只是为了生津止渴，当然也是可以的，倘若在喝茶的同时能有那么一点别的收获，岂不更值得高兴。茶作为国饮，是最为普及、最为国人所喜爱的，千百年来，随着饮茶风习不断深入国人生活，茶文化在悠久的民族文化长河中不断丰富和发展起来，成为东方传统文化的瑰宝。

品茶，要有闲情逸致的，不仅仅是一种恬淡心情，更需要一种境界和体味。"名茶如美色，未饮已倾城"，凝视着手中的茶杯，发现茶叶已经完全舒展开了，纷纷沉到了杯底。一杯清茶在手，"雾里青"茶事与传奇也就深深地镌刻进了脑海。

此时，我才蓦然发现，手中握着的，原来正是世间最美好的东西。

难忘"苦累"饭

提起"苦累"饭，怀旧之人有的还吃，现在多数人都已不吃了，有的可能连听也没听说过。"苦累"并非生活中的"苦与累"，它是北方农村流传至今的一道特色小吃。"苦累"介于主食和菜之间，说它是不入流的饭，亦不为过。然而，从二十世纪"三年困难时期"，一直延续到八十年代初，在冀西南农村一带，"苦累"是当时常见的食物。

那时，人们之所以常吃"苦累"饭，主要是因为当时粮食紧缺。为了节粮省食，把仅有的一点儿存粮吃到来年，就变着法儿地吃糠咽菜。所以，也就有了"瓜菜代"这一特定的历史称谓。瓜菜代，说的是"三年困难时期"，在粮食严重不足的情况下，以瓜或菜作为代食品。那时，人们也只能用这种"不是办法的办法"求生存。苦累饭，菜多面少，缺粮时人们喜欢吃。"擀面省，烙饼费，蒸干粮不如馏苦累"，老百姓当年总结的顺口溜，至今广为流传。

我生长在农村，小时候家庭条件差，全靠父母在几亩薄田里劳作，才能勉强维持一家人的生活。当年，虽然没钱买大鱼大肉，但母亲经常变着法给我们改善口味，做得最多的，就是"苦累"饭。为了能吃到夏季的新粮，母亲经常让我和弟弟，把刚长出来的榆钱、槐花、柳芽儿、猪毛菜、扫帚苗、马齿苋等嫩树叶、嫩野菜采回家。拣去杂草，洗净后掺上点儿玉米面或高粱面，拿细盐搅拌均匀，或上笼屉蒸、或在锅里焯，出锅后趁热拌上蒜末、淋上香油，做成"苦累"饭吃。到了夏季，多以村南菜园里的老豆角、老茄子、萝卜缨、蔓菁叶等作为"苦累"的原料。

后来，我上了小学。课余空闲的时候，经常和弟弟一起到村外的山坡上放牛、割草，顺便扢上篮子挖野菜。什么荠菜、马齿苋、小根蒜、灰灰菜、猪毛菜、扫帚苗……统统装进篮子里，回来后就可以作为家人的一顿饭。当然了，最理想的"苦累"原料，要属榆钱。

小时候，我算是家里最会扢榆钱的野孩子。下午放学后，拽着弟弟的胳膊，沐着斜阳的余晖，蹦蹦跳跳地往村外的榆树沟里跑，扢在胳膊肘下的荆条篮子，随着跑步的节奏悠来荡去。来到沟岸边，选好一棵老榆树，篮子叼在嘴里，手扒脚蹬，几下就爬到树上，坐在树杈间，大把大把地扢着榆钱。最初扢下来的榆钱，当然要先满足自己的馋虫。吃到嘴里，甜甜嫩嫩的，带着清香味，令人百吃不厌。榆钱"苦累"吃起来粘粘的，有一股甜丝丝的味道，口感特别好，也没有其他怪味。可榆钱不是经常有的，一年中也就那么几天，况且每家都要扢，能扢到手的，自然少之又少。其实，槐花"苦累"也是不错的。趁着花苞欲开未开，从树枝上折下几枝，去掉叶柄，用水洗净，与少许玉米面拌匀，上屉蒸熟。刚出锅的槐花"苦累"，散发着一股淡淡的幽香，白色的花，黄色的面，有色有味有嚼劲儿，吃起来唇齿留香。可是，槐花"苦累"不能多吃。家里老人都说，槐花有毒，吃多了脸会肿，不知道是不是真的。也许是怕小孩子们贪吃，说出来故意吓唬人的吧。

上小学前，我是在外祖母家生活的，我都能吃上外祖母做的"苦累"饭。那时候，最好吃又最省粮的饭，莫过于"苦累"。经济落后的年代，即使拿着"苦累"当主食，心里也并不缺少快乐。然而，在外祖母病故后的这些年里，我一直都没再吃过"苦累"饭。参加工作后，经济条件宽裕了，鸡鸭鱼肉时常可以吃到。当年糊口的"苦累"饭，也已成为人们忆苦思甜的"特色菜"，摆上饭店的餐桌，摇身变成一道价格不菲的美味佳肴。那些做"苦累"的原料，也扩展到了胡萝卜、茼蒿、蒜薹等高价菜蔬。如今的"苦累"饭，香甜适口，味道越来越好，可我再也找不到当年那种特有的感觉和滋味。

每当桃红柳绿莺飞草长的季节来临，能包一顿荠菜饺子、炒一盘香椿鸡蛋、吃一回野菜"苦累"，成了我内心深处强烈的愿望。那种苦苦涩涩，又带着几分独特香气的味道，至今使我难以忘怀。

软韧甜糯"牛筋干"

红薯，又名甘薯、番薯等，俗称地瓜、山芋，在行唐当地则叫"山药"。

红薯的吃法很多：一是直接煮熟，旧时农村早饭多食用；二是煮生红薯干，即先晒干后煮食，也是过去农村人的主食；三是红薯面汤，即用红薯面（有时掺面粉或榆皮面）擀面条或压饸饹，入沸水锅内煮熟，浇以"四喜"卤汁，滑腴甜美；四是熟红薯干，即先煮熟，再切片晾干，食时可煮可不煮，但一般皆入笼屉蒸至回软食用。

在行唐，尤其是口头镇牛下口一带，每年秋收过后，村民们便将红薯煮熟后切片，自然晾晒成风味独特的"牛筋干"。

"牛筋干"可谓是"70后"童年记忆中，最难以磨灭的"零嘴"了。它虽朴实无华，但那软韧中充满甜糯的味道，却曾在上个世纪风靡全国，更是陪伴着无数"70后"，度过了那难以忘怀的童年岁月，也难怪有人说"红薯干是一道乡愁"了！

记得儿时，母亲每年都会或多或少在岗坡地里栽上些红薯，除却少部分送人或换钱外，大部分留着自家食用。一到冬天，她总会将煮熟的红薯切成片，用簸箕端到房顶上晾晒，那嚼劲儿十足的美味，足够全家人吃上一个冬天了。母亲是喜欢做"牛筋干"的，因为小时候，家里没什么零食，而"牛筋干"则能够满足孩子们对于"零嘴"的需求。

秋天收获的红薯，不能立即就拿来做"牛筋干"，鲜红薯淀粉含量高，做出来的比较面味道差。红薯需要窖藏一段时间，在窖藏过程中，其内部的淀粉会转化成"多糖"，这样的红薯无论煮着吃还是烤着吃，都非常绵软香甜，尤以后者更甚，口味甜糯，并常伴有"糖稀"溢出。红薯外观有红皮、白皮、紫皮之分，其瓤又有黄、红、白之别，而做"牛筋干"则以黄瓤为最好。

　　窖藏一段时间后，就可以加工了。洗净去皮蒸煮，这都是最基本的工序。以前也有不去皮直接煮，煮好后再剥皮的。蒸煮的火候是个学问，火候太小就泛生，太大则稀软，不好切片。煮好的红薯切片或者切条，然后晾晒。过去有用树枝穿起来挂在树上的，也有到房顶上直接摊晒的，现在很少有人这么晒了，都是放在网架或者竹匾上摊开晾晒。这种晒法，最适合大批量的加工。晒几天就要翻个个儿，反复晾晒。若遇大风扬尘天气，需用塑料布或纱布罩住，以免风沙落到上面，难以清除。"牛筋干"的晒制过程不宜太长，但也不宜过短，应在煮好切片后晾晒一个半月左右最为适宜。

　　"牛筋干"晒至半干时，也可放在瓷坛或瓮缸里捂着。捂上一段时间后，其表面就会泛起一层白霜，很甜的，跟柿饼上的柿霜有点儿相似，这层白霜就叫"薯霜"，据说是葡萄糖的结晶。只要有温差，"牛筋干"是很容易上霜的，如果"牛筋干"晒制成型采用恒温保存，就很少出霜了。由此看来，要做一点儿也不上霜的"牛筋干"，反而更不容易。接近冬至时节，做"牛筋干"是最好的。这种"牛筋干"保留着自然的色泽和品质，颜色黄中透红，味道清香甜美，质地筋道耐嚼。这时做的"牛筋干"也最好吃，香甜可口软硬适中，咬一口，里面的肉或红或黄，筋道而甜糯。

　　以前，由于"牛筋干"完全采用手工制作，在加工质量、安全卫生等方面得不到有效保证，且年产量十分有限。现如今，在无菌环境中采用传统工艺生产，不仅质量得到了提高，因是量产，价格也远较传统手工便宜，加之冷库与真空杀菌包装技术的应用，"牛筋干"可以得到很好的贮藏，甚至存放一年都不成问题。

长忆腊八糜

"小孩小孩你别馋，过了腊八就是年。"腊月初八，即民间传统的"腊八节"，在我的家乡行唐，这一天俗称为"腊八日"。"腊七腊八，出门冻傻"，每年的"腊八"，往往是天气最为寒冷的时候，过了腊八日，"年"的气氛一天浓过一天。

在北方农村，每年的农历十二月，人们习惯称之为"腊月"，究其原因，《祀记·郊特牲》解释："蜡者，索也，岁十二月，合聚万物而索飨之也。"祭祀祖先称为"腊"，祭祀百神称为"蜡"，故"腊"与"蜡"，皆指一种祭祀活动，而祭祀活动多在农历十二月进行，这或许便是"腊月"的来历。

按照北方民间的传统风俗，腊八这天要吃"腊八粥"。腊八粥和腊八饭一样，同是古代"蜡祭"的遗存。而"祷祝"则是"腊祭"的一个重要方面，内容是祈求来年风调雨顺，确保农业丰收，于每年的腊月初八日，用干物祭祀八谷星神，进行祷祝，称为"腊八祝"或"蜡八祝"。因"祝"与"粥"同音，后来就于每年的腊月初八，将蔬果干物搅合在一起，煮熟成粥，敬献农神，以表示庆祝丰收之意，并进行祷祝。

在古时，腊八粥是用红小豆、糯米煮成，后来材料逐渐增多，正如《燕京岁时记·腊八粥》载："腊八粥者，用黄米、白米、江米、小米、菱角米、栗子、红豇豆、去皮枣泥等，合水煮熟，外用染红桃仁、杏仁、瓜子、花生、榛穰、松子及白糖、红糖、琐琐葡萄，以作点染。"腊八粥以八种食物合在一块，和米共煮一锅，是合聚万物、调和千灵之意。寒冷的冬季，吃上一碗热气腾腾的腊八粥，既可口又营养，确实能增福增寿。

在行唐北部山区，每年"腊八日"这天，老百姓一直保留着吃"腊八糜"的习俗。糜，又称稷米、穄米、黄米，是一年生草本谷类农作物。其实，"黍"和"稷"是两种不同的农作物，《本草纲目》载："稷与黍一类二种也，黏者为黍，不黏者为稷，稷可作饭，黍可酿酒。"在行唐，"糜"主要是指那种带糯性的黍子，脱壳后即为"黄米"。

老家地处山区与丘陵的过渡地带，土地贫瘠、干旱缺水。黍子不选择地势，不苛求水肥，即使在陡峭、贫瘠的山坡上，也能顽强生长，即便遇上特大干旱，它都能忍受别的农作物无法忍受的煎熬，也难怪乡亲们说："黍子只要捉了苗，就有了一半收成。"尽管黍子产量低，但母亲每年都会在自家的岗坡地里，多多少少种上点儿。一来端午节时可以包比"黏高粱米"好吃的"黄米"粽子；二来春节期间，家人也能吃上"黄米"年糕。

到了"腊八"这天，母亲总忘不了给家人熬上一锅"腊八糜"。

腊八糜，也算是用料简单的"腊八粥"。记得我小时候，家里条件差，没有多余的糯米和小杂粮，熬所谓"八方食物"的腊八粥，也不太现实。为了满足孩子们的食欲，母亲干脆把铁锅刷洗干净，放到灶台上，倒上半锅清水，再淘点儿黄米，顺便放上几颗红枣，开始熬"腊八糜"。熬的时间越久，水分就越少，待腊八糜逐渐变得黏稠，这时就需要不停地搅动了，要不然会糊锅的。熬好的腊八糜，俨然成为一坨黏稠的米团，色泽金黄，几颗枣子点缀其间，用筷子轻轻夹起一块，能拉出道道浅黄色的米丝。放入口中，软糯甜香，有一股"黄米"粽子的味道。

又是一年"腊八日"，熬上一锅浓香甜糯的腊八糜，家人围坐在一起，尽享团聚的幸福，寒冷的日子里便有了"年"的味道，由此也就揭开了"辞旧迎新、欢度春节"的序幕。

年糕，一抹缱绻的乡愁

在乡下，一进入腊月就热闹起来，人们开始蒸年糕、备年货。饺子、焖子、炸丸子是过年必备食品，但并不是标志性的食品，只有黄米年糕才是只有过年时会有的。那软糯香甜的黄米年糕，象征着过年的色彩和味道。在孩子们的眼中，年糕和春联、鞭炮一样，是过年不可或缺的符号，阵阵年糕香，氤氲着浓浓的年味儿。

年糕最早为年夜祭神、岁朝供祖所用，后来成为春节食品。早在周朝就有年糕的记载，古语中"羞边之食，糗饵粉餈"的"粉餈"，就是米粉蒸成的糕食。汉朝对米糕有"稻饼""饵""糍"等诸多称呼，西汉扬雄《方言》中就有"糕"的称谓，魏晋时流行开来。古人对米糕的制作，亦有一个从"米粒糕"到"粉糕"的发展过程。南北朝时的《食次》，详述了米糕"白茧糖"的制作方法："熟炊秫稻米饭，及热于杵臼净者，舂之为米秦，须令极熟，勿令有米粒……"北魏贾思勰《齐民要术》中，有"将米磨粉制糕"的记载，将糯米磨粉用绢罗筛过后，加水、蜜，和成硬一点儿的面团，把枣和栗子等贴其上，用箬叶裹起，蒸熟即成。

据说，年糕源于江浙一带。相传春秋战国时期，吴国大夫伍子胥，被吴王夫差赐剑自刎。伍子胥死前嘱咐亲信："我死之后，若国家有难，民众缺粮，你们就到相门城墙挖地三尺，可以得到粮食。"伍子胥死后，越国攻打吴国。吴国连吃败仗，城中粮尽援绝。这时，伍子胥的亲信遵其嘱咐，到相门外掘地取粮，当挖到城墙下三尺深时，果然挖到许多可以充饥的"城砖"。

原来，这是当年伍子胥暗地设下的"屯粮防急"之计，他在相门一带用的城砖，全部是用糯米粉蒸制后压成的，这类糯米砖十分坚韧，既可以作砖砌墙，必要时又能充饥。此后每逢过年，当地家家户户都要蒸制像城砖样的糯米年糕，以奉祀伍子胥的功绩。

相比江浙地区糯米年糕的来历，作为土生土长的北方人，我其实更熟悉家乡"过年吃黄米年糕"的传说：在远古时期，北方有个叫"年"的怪兽，长年累月生活在深山老林里，饿了就捕食其他兽类充饥。可到了严冬季节，兽类大多躲藏起来休眠了。"年"饿得受不了，就经常下山祸害百姓，老百姓苦不堪言。后来，当地有个聪明的"高氏族"部落，每到严冬，估计"年"快要下山觅食时，他们就事先用粮食做好大量食物，搓成一条条、揪成一块块放在门外，人们躲在家里。"年"来到后，找不到人吃，饥不择食，便用人们制作的粮食条块充腹，吃饱后再回到山上去。老百姓见怪兽走了，纷纷走出家门相互祝贺，庆幸躲过了"年"，平平安安，又能为春耕做准备了。后来，年复一年，这种避兽害的方法便流传下来。因粮食条块为高氏所制，目的是喂"年"度关，于是就把"年"与"高"连在一起，谐音"年糕"了。

"年糕寓意稍云深，白色如银黄色金。年岁盼高时时利，虔诚默祝望财临。"大江南北，许多地方春节都有吃年糕的传统，各地风俗不同，年糕亦多种多样。南方的年糕多为糯米磨粉蒸制而成，洁白细润如气质温婉的水乡女子；北方的年糕常用黍面做食材，色黄糯软，俨然粗犷豪爽的燕赵壮汉。糯米是江南的特产，而在北方像糯米那样有黏性的谷物，古来首推黏黍（俗称黄米）。这种黏黍脱壳磨粉，上算蒸熟后，又黄又黏，而且还带有些许甜味。

在我的童年记忆中，黄米年糕作为过年的必备饭食，往往是母亲最先着手做的。屋檐下，灶火烧得旺旺的，大铁锅的蒸箅上，热气腾腾。因黄米特别黏，母亲会事先在蒸箅上铺一层白菜叶，防止黏在一起分不开。接着，要在白菜叶上撒一层提前煮好的红枣，再撒一层用煮枣水润湿的黄米面儿，中间撒一层红枣，最后撒上一层湿黄米面儿，厚度以盖过枣儿为准。在撒面过程中，她会不时用筷子戳面，说这样是给面层通气，不然就容易夹生。之后，盖上锅盖，文火慢蒸。一个多小时后，父母相互配合起锅，连同蒸箅将蒸熟的年糕，倒扣在铺好"锅排"的炕头上，趁热揭掉白菜叶，切下带糊饹馇的"糕边"。黄澄澄的黍面、红彤彤的大枣，看着就让人特别有食欲。

蒸年糕时，也是我和小弟最开心的时候，不用父母催促，早早就把手洗了又洗，就等着年糕早点儿蒸熟。起锅后，我们弟兄俩猴子般蹿进蹿出，眼里望着，手指不由得伸进嘴里。趁大人不注意，伸手拿上一块带饹馇的"糕边"就往嘴里塞，热腾腾的黄米年糕，软糯香甜，真是越嚼越带劲儿……

年糕，一抹挥之不去的缱绻乡愁。吃年糕，分享的不仅仅是浓浓的年味儿，还有一份暖暖的亲情！

甜蜜的糖活儿

　　"拨浪鼓儿风车转，琉璃咯嘣吹糖人儿。"小时候，在我的乡下老家，每逢村里过庙支戏台唱戏时，总会有"吹糖人儿"的老头儿，挑着个火炉挑子，一边走一边抑扬顿挫地吆喝着，来到戏台边儿上摆摊。

　　村戏尚未开场，一群毛头小孩儿早已将糖人儿摊子围得水泄不通。他们眼瞅着一小块热乎乎的糖稀在老艺人手中变戏法般呈现出栩栩如生的小公鸡、小兔子、孙猴儿……一个个眼睛瞪得溜圆，打心眼儿里佩服这绝妙的手艺，继而纠缠着家里的大人给买下。在那个物质匮乏的年代，这些小玩意儿是孩子们最为待见的。他们拿着糖人儿，活蹦乱跳地边吃边玩，也算是庙会上一道不可或缺的风景。

　　早些年，在北方农村，每到寒冷的冬季或干燥的季节，总能看到一些身担火炉、走街串巷地沿街叫卖糖人儿的民间艺人，集市庙会上，更少不了他们的身影。在小学二年级时，我通过课文《颗粒归公》知道了"'泥人张'真会捏泥人"，那些身怀绝技的俗世奇人，给童年的我留下了深刻的印象。

　　人们俗称糖艺为"糖活儿"，按其制作工艺不同，"糖活儿"又可分为吹糖人、画糖人、塑糖人三种。其中，尤以"吹糖人"流传最广。这些从事"糖活儿"的手艺人，大多肩挑着挑子，挑子一头是个带木架的小柜子，木架分上、下两层，每层都有许多插放糖人儿的小插孔。另一头，挑子的样式差不多，但没有面板，只是一个小炭火炉子支着一口铜锅，锅里放着咖啡色的糖稀，下面是几个小抽屉，用来放置原料、工具、竹签和木炭。

在孩子们看来，木架上插着的这些糖人儿，既好看又好玩儿，玩完后还能吃，一个个喜欢得不得了，见着就走不动，不是缠着大人买，就是跑回家去要钱，实在没钱的也不肯离去，或吮着手指，或摆弄衣角，眼巴巴地瞅着这些活灵活现的小糖人儿。有的小孩儿图快，就付钱买个现成的，有的则指定形状要求现做。这时，手艺人就会笑呵呵地撂下挑担，摆好摊子，熟练地用小铲取下一点儿热糖稀，放在沾满滑石粉的手上揉成圆球，再用食指沾上少量淀粉压一个深坑，收紧外口，团成一个空腔的扁球状，快速拉出，到一定细度时，猛地折断糖棒。此时，糖棒犹如细管，手艺人接着鼓起腮帮子，用嘴对着细管一头吹气，双手则立即在吹出的糖泡的另一头，顺势拉捏出各式各样的造型来：灯笼、金鱼、猴子、胖娃、鸡猪羊狗……无所不能。整个过程一气呵成，手法灵巧多变，造型简洁而生动。孩子们所要的糖人儿吹好后，手艺人再用竹签或麦秸秆的一头蘸点儿糖稀贴在糖人儿上，这就算大功告成了。为了造型美观，有的还要再涂上点儿花花绿绿的颜色。

这些质地薄脆、惟妙惟肖的糖人儿，大多数取材于民间故事和传说，如：一匹马上骑着一只猴子，称之为马上封侯；一只老鼠抱着一个葫芦，谓之为老鼠偷油；一条蛇缠着一只公鸡叫作蛇戏雄鸡；还有什么猪背宝葫芦、神鼠骑牛、金鸡报晓等不胜枚举。对于每一件作品，手艺人都能随口报出一个好听的名字，既吉祥又有趣。

以前，很多"糖活儿"艺人都是既吹糖人儿，又兼画、塑糖人儿的。画糖人儿时，手艺人先拿块油毡子，在光滑冰凉的大理石板上轻蹭几下，再用一把精致的小铜勺舀上少许糖稀，微微倾斜后糖稀就缓缓流出，紧接着手往上一提，就成了一条糖线，随着手腕上下左右翻飞，或人物，或动物，或花卉，一个个图案就出现在石板上，待凉后定了型，用糖稀在糖人儿身上点两个点，把竹签往上一贴，就能用手拿起来了。塑糖人儿即在吹糖人儿时，用模具罩住糖泡直接塑形，其制作过程较为简单。

据说，吹糖人儿的祖师爷是刘伯温。相传，明太祖朱元璋为使皇位代代相传，就造"功臣阁"火烧功臣。刘伯温侥幸逃脱后，被一个挑糖担的老人救下，两人调换服装，从此刘伯温隐姓埋名，天天挑着糖担换破烂。在卖糖的过程中，他创造性地把糖加热变软后制作各种糖人儿，有小鸡、小狗什么的，很是可爱，孩子们竞相购买。在路上，许多人向刘伯温请教吹糖人儿，于是，这门"糖活儿"手艺就一传十十传百地流传开来。

20世纪80年代初，那些走街串巷吹糖人儿的手艺人，为使生意好做，糖人儿不必非得用钱买，也可以拿牙膏皮来换。几支牙膏皮便可以换一个孙猴儿，或是其他小糖人儿，此举颇受孩子们的欢迎。那时，谁家门口若是有"吹糖人儿"的，摊子前准会围满小伙伴。常有小孩子把家里没有用完的牙膏挤出来，用牙膏皮去换糖人儿，即便挨了父母责打，心里也甜丝丝的。过去甜品短缺，孩子们买回糖人儿，把玩过后还会吃掉，现在的人们多觉得不卫生，也很少去吃了。

对于现在的孩子而言，"糖人儿"或许已是个陌生的名词，"糖人儿"的挑子也早已被遗忘。每当看到晶莹剔透的糖人儿，我尘封已久的童年记忆就会被唤起，同时唤起的还有儿时的那份天真、欢乐与欣喜。

花缘网结妒螵蛸

老家地处北方丘陵地区，在村外田间地头的荆棘丛中、石头罅隙间或树枝丫杈上，常见一种背部有着带状隆起、浅黄色或土褐色的小条块。这些长寸许，大如拇指的条块，表面粗糙，有着斜向的纹理，质地硬而脆。用手使劲儿掰开，里面可见一些黄色的虫卵。倘若挤压过度，或用石块砸烂，会有浑黄黏稠的浆汁流出。这种浆汁，据说是一种医治冻疮的灵丹妙药。

小时候，我不大清楚这些丑陋的小条块究竟是何物。只知道附近十里八乡的人们，都俗称它为"老鸹肚荸荠"。老鸹，就是乌鸦了，一身黑乎乎的羽毛，叫声嘶哑难听；"肚荸荠"，则为本地土话儿，就是肚脐眼儿。要说这些奇丑无比的东西，是"乌鸦的肚脐眼儿"，我是不会相信的——乌鸦是鸟，哪来的肚脐眼儿啊？然而，本家的一个老奶奶却不这么认为。她是不让我随意抠摘这些"老鸹肚荸荠"的。每每看到，她都要踮着小脚上前，揪住我的耳朵，絮絮叨叨地数落一顿："老鸹当头过，无灾必有祸，这黑老鸹和猫头鹰一样，都是不祥的鸟，乌鸦叫更是一种不祥的预兆，抠摘'老鸹肚荸荠'，同样也会招来不祥。"所以，儿时的我，一直认为这些所谓的"老鸹肚荸荠"不是什么好东西，总是避而远之，甚至还有点儿莫名的恐惧。

后来，我上了小学。学校把摘"老鸹肚荸荠"和割茅草、捉蝎子一起，列入了假期的"勤工俭学"。没办法，我只得硬着头皮，和小伙伴们到野外山坡上，抠摘"老鸹肚荸荠"。那时，村里时常有推着自行车，走街串巷收购活蝎子、土鳖虫、知了皮之类的小药贩子，他们也收"老鸹肚荸荠"的。只不过，这些"老鸹肚荸荠"从他们嘴里说出来，就成了"螵蛸"。没想到，这些外形磕碜、曾让我浑身起"鸡皮疙瘩"的"老鸹肚荸荠"，居然还能换钱儿，这绝对是我意料之外的。于是，我开始不顾及本家老奶奶的劝阻，偷偷去抠摘那些令人反感的"老鸹肚荸荠"了。

直到有一天，我从野地里抠摘的一大筐箩"老鸹肚荸荠"竟然孵化出了一大片淡黄色的小螳螂。母亲受到惊吓责骂我的时候，我才知道，这些"老鸹肚荸荠"原来是螳螂的卵鞘，根本不是什么"乌鸦的肚脐眼儿"，而且和它一点儿关联也没有。至今回想起来，还为我当年的懵懂无知，感到羞愧难当。

在农村，螳螂又称为"刀螂"。按李时珍的说法，"刀螂"其实是"当郎"的俗称，"螳蜋两臂如斧，当辙不避，故得当郎之名，俗呼为刀螂"。古人对螳螂的详尽描述，莫过于"骧首奋臂，修颈大腹，二手四足，善缘而捷，以须代鼻"。昔邹阳上书吴王时曾说："臣闻蛟龙骧首奋翼，则浮云出流，雾雨咸集"，因螳螂常以两对后足行走，且背生膜翅，轻行若飞而有马像，其状如天马行空，故螳螂也被称为"天马"。

其实，在诸多夏虫中，我还是喜欢螳螂的。它们大多数通体淡绿，触角细长，细脖大肚，不时挥舞着两把绿色的锯齿大刀，天生就有一副娴美优雅的身段。这种高举前臂竖立的纤细而聪敏的姿态，俨然一个在作祈祷的少女，就连那对鼓鼓突起的眼睛，也时时透露着机灵和神气。多年来，我始终对螳螂怀着一种敬畏之情。螳螂是不怕人的，仅就这一点儿而言，其他昆虫就显得低贱了许多，它们要么极尽所能地伪装自己，要么扭头逃之夭夭。唯独这螳螂，始终高昂着它那倒三角形的脑袋，灵活地转动着长颈，目不转睛地与你相对而视，一对壮实如刀的前臂，时时摆出进攻的姿态。螳螂有着薄透如纱的膜翅，展翅时远胜于蝉翼，更不是蜻蜓、蚂蚱之类可媲美的。然而，它们似乎又不屑于飞行，膜翅也只是作为彰显其威仪的一部分。它们多数擅长沿顺着草木枝蔓，攀缘上下，常以"戢翼鹰峙，延颈鹄望"的姿态，展示其在同类昆虫中的优越感。

螳螂产卵，初时为乳白色，如同热熔胶一般，过一会儿就变黑变硬，即为"螵蛸"。螵蛸的外表，只是粘在树上的一颗卵鞘，李时珍称其"长寸许，大如拇指，其内重重有隔房，每房有子如蛆卵"。因其来源各异，螳螂的卵鞘，分别俗称为"团螵蛸""长螵蛸"和"黑螵蛸"。团螵蛸又称"软螵蛸"，多产在石头上；长螵蛸又称"硬螵蛸"，多产在芦苇荡中；黑螵蛸又称"短螵蛸"，往往产在槐树、柳树、桑树、荆棘之类的乔木、灌木上。按古本草的说法，只有产在桑树上的卵鞘，才叫"桑螵蛸"，而产在其他植物上的只能叫做"螵蛸"。只有产在桑树上的螵蛸，才独具桑白皮津液的精气，从而入药最好。至于螵蛸的药用价值，《本草纲目》记载："其子房名螵蛸者，其状轻飘如绵也。村人每炙焦饲小儿，云止夜尿。"螵蛸需深秋至次春采收，除去杂质，蒸至虫卵死，干燥后方可入药，以完整、色黄、幼虫未出，体轻而带韧性，无树枝草梗等杂质者为佳。

小暑至，螳螂生。螳螂与诸多昆虫一样，都是感阴而生，阴盛时欢跃，至阴衰就结束一个短暂的生命周期。法国昆虫学家法布尔在《昆虫记》中说，螳螂是通过牺牲自己而繁衍后代的，公螳螂要在交配中把自己变成母螳螂的能量，才能保证母螳螂的生殖。于是，也就有了"螳螂杀夫"的说法。"在吃它的丈夫的时候，雌性的螳螂会咬住它丈夫的头颈，然后一口一口地吃下去。最后，剩余下来的只是它丈夫的两片薄薄的翅膀而已"——当然了，这"螳螂杀夫"的悲剧，仅是法布尔的一个文学表述而已。然而，等进入了深秋时节，风寒叶黄，母螳螂就躲到已经稀疏的树杈上、荆棘丛中产子。产完子后，它们那原本肥硕的躯干，也就变成一具具干瘪而轻薄的皮囊，挂在枝头随风摇曳。仿佛一阵肃杀的秋风，便可将它们吹落……

唐人章孝标有诗句："瘿挂眼开欺鸲鹆，花缘网结妒螵蛸。"花儿为何要"妒螵蛸"呢？古人阐释"螵蛸"说，"螵从票，蛸从肖，言劲疾轻举，肖类母性也"，而在《魏书·陆俟传》中："子彰崇好道术，曾婴重疾，药中须桑螵蛸，子彰不忍害物，遂不服焉。"自从我知道了"螳螂杀夫""牺牲自己，繁衍后代"的说法，无论真假，再也不去轻易抠摘那些"老鸹肚荸荠"了。

这一次，却并非因已故本家老奶奶揪起耳朵来无休止的絮叨数落；或许，在我内心深处，也萌生了一种"不忍害物"的想法吧。

蔚州剪纸印象

　　剪纸诞生于民间、流传于民间、扎根于民间，是我国最普遍、最古老、最具特色的民间装饰艺术之一。由于材料易得、形象美观、适应面广等诸多特点，剪纸与普通百姓的生活有了千丝万缕的联系。尤其是在乡村，朴实的农家妇女利用闲暇时间，信手剪下一两片大红纸，不仅可以缓解一天的疲劳，更表达了一种对美好生活的向往……

　　2011年季夏时节，伴随着高亢的唢呐声和雄浑的鼓点，古老的蔚县迎来了第二届中国剪纸艺术节暨首届蔚县国际剪纸艺术节，来自世界16个国家和国内25个省区市的剪纸艺术家、专家学者等数千人，齐聚于此，感受着民间艺术的传承与发展。我作为中国红枣文化研究中心的特邀代表，有幸参加了艺术节期间举办的诸多活动，实现了一直以来想管窥"中国剪纸艺术"的夙愿。

　　有着"千年蔚州，九朝古城"美誉的蔚县，位于河北省西北部，东临京津，南接保定，西倚大同，北枕张家口，地处恒山、太行山、燕山三山交汇处，群山环拱，属冀西北山间盆地。悠久的历史渊源，浓厚的文化底蕴，为蔚县留下了大量令人叹为观止的人文景观：春秋时期的代国遗址、挺拔隽永的南安寺塔、斗拱飞檐的玉皇阁、风格独特的暖泉西古堡"瓮城"，还有最负盛名的古堡和古戏楼……由于地理位置的特殊性，加之与外界沟通交流较少，蔚县剪纸始终保持了自己特殊的艺术风格。无论是反映人们对吉祥幸福的祈愿，还是来源于劳动人民喜闻乐见的历史故事、民间传说及人物形象；

无论是北方特有的文化背景和民俗风情的再现，还是用于四时节令、婚寿礼仪等庆典，无不体现着民间剪纸艺人高超的智慧和丰富的想象力。

当前，我国大部分地区可见到的民俗剪纸形式主要有单色剪纸、染色剪纸、套色剪纸等。单色剪纸通常是用象征吉利、能够烘托喜庆气氛的大红纸剪成，剪纸造型的外轮廓简练，与内部镂空的点、线、月牙纹、锯齿纹形成对比，能够产生一种和谐的韵律美，且造型朴素大方，有很强的地域特征；染色剪纸是用白粉纸或宣纸剪出形象后，用不同颜色浸染而成；套色（亦称"斗色"）剪纸是用不同颜色的纸，根据形象装饰部位的需要，剪制套色而成。

蔚县作为"中国剪纸艺术之乡""中国剪纸艺术研究基地"，其剪纸长期以来都被认为是一种较为独特的流派。源于明代成化年间的蔚县剪纸，迄今已有几百年的历史，是全国唯一一种以"阴刻为主、阳刻为辅"的点彩剪纸。与国内其他民间剪纸大多用剪刀剪制的方法不同，它不是用剪刀"剪"出来的，而是以薄薄的宣纸为原料，用小巧锐利的雕刀刻制，再点染明快绚丽的色彩而成。"三分刻七分染""细靠刀工活靠染"的特点，形成了蔚县剪纸精细古朴、色彩明艳的风格，"阳刻见刀、阴刻见色、应物造型、随类施彩"，具有很高的观赏性、收藏性和实用性。

蔚县剪纸借鉴了杨柳青年画、武强木版年画技法，是在许多民间艺人的艰苦探索下创造出的一种独特的民间工艺品。在漫长的岁月长河里，蔚县剪纸经过无数不知名的民间艺人的千锤百炼，不仅创造了大量日臻完美的优秀作品，而且培养了众多杰出的剪纸民间艺术家，王老赏就是具有代表性的一位优秀民间艺人。

王老赏是蔚县南张庄人，是个地道的农民，自幼生长在剪纸村里，耳濡目染，七八岁学点色，十二三岁模仿刻制，二十来岁就做出彩。王老赏是个多面手，各种题材都能刻，最擅长的是戏曲题材。戏曲窗花有它的特殊性，一个窗格里适合放一个人物，没有背景，没有场面，一般四个窗格组成一出戏，这就需要作者抓住每个人物最典型的特征、神情和姿态，既独立又要故事连贯，互有照应。王老赏爱看戏，周围三里五村，只要有戏班演戏，十里八乡他准会赶去看戏。他看戏看得很细，演员的脸谱、穿戴、佩饰、纹样、色彩、动作、表情以及道具，都默默记在心间。王老赏剪纸里的人物形神兼备，窗花中的文人、武将、花脸、旦角各具神态，一扫过去千人一面、千篇一律、死板呆滞的模样，且刀法凝练、场面生动、造型优美、性格鲜明。由他刻出的各类戏曲人物生动传神、姿态优美，很受群众欢迎，被剪纸艺人们奉为一代宗师。

当地人一般把剪纸称为"窗花"。这些"窗花"大部分出自世世代代不知名的农民艺术家之手，种类有戏曲人物、虫鱼鸟兽，还有对农村现实生活的描绘等，这些剪纸作品构图饱满、造型生动、色彩多样，把它贴在纸窗上，透过户外阳光的照射，分外玲珑剔透，五彩缤纷，显得特别的鲜灵活脱，具有一种欢快、明朗和清新的情趣。在蔚县，剪纸艺人们常说："窗花如果想做得好、卖得欢，自己也必须懂得戏、会讲戏。"事实也是如此，包括王老赏在内，蔚县剪纸艺人中真正的高手无一不是戏迷，甚至本人就会唱戏，有些艺人还喜欢看《水浒传》《红楼梦》和《封神演义》之类的古书。即便是现在，那些地道的剪纸艺人谈及"窗花"上戏曲人物的名字和故事时，还是如数家珍，能够津津有味地讲出戏曲故事的来龙去脉。

徜徉于"中国蔚县剪纸艺术博物馆"，漫步在"中国剪纸第一街"，我们不难发现，这里展示的剪纸艺术作品种类繁多，戏剧人物、神话传说、历史故事、戏剧脸谱、古装仕女、名胜古迹、翎毛花卉、鸟兽虫鱼、草木动物……其构图朴实饱满，造型生动，色彩对比强烈，浑厚中有细腻，纤巧里显纯朴，带有浓郁的乡土气息。

中国文联副主席、中国民间文艺家协会主席冯骥才，在归纳蔚县的自然与人文文化时，精辟地提出"三花"之说，即"自然之花'雪绒花'、民俗之花'打树花'、艺术之花'窗花'（剪纸）"，他曾这样描述蔚县剪纸："那种巧妙而洗练的阴刻，那种斑驳又华美的色彩，那些栩栩如生的人情物态，究竟出自谁人的刀剪与彩笔？究竟是怎样的一块神奇的土地能够产生如此灵透的文化土产？"他甚至称赞道："蔚县剪纸是中华民族的一种美丽的象征性的符号。"

　　当历史的尘埃落定，许多喧嚣一时的东西往往都会烟消云散，唯有世代创造与沉淀的优秀文化会长留民间。当前，在全国许多地方以巨额财政投入举办文化（艺术）节、打造地域文化品牌的热潮中，蔚县以民间世代传承的剪纸为旗帜、政府不拿一分钱成功举办了两届在海内外产生广泛影响的中国剪纸艺术节，形成以剪纸为抓手带动县域经济文化全面发展的典范，在社会各界引起强烈反响和关注。

　　在这个伟大的时代，文化艺术已迎来空前发展和繁荣的大好形势。把特有的地域文化作为一种品牌来精心打造——这是"蔚县剪纸文化现象"带给我们的启示，或许也是让冯骥才先生对蔚县剪纸情有独钟的原因之一。

风霰萧萧打窗纸

窗纸，古时又称"窓纸"，指的是一种糊在窗户上的纸。现在已经很难看到了，不过在北方农村，这种纸还是比较常见的。记得小时候，村里那些老宅子大多是土坯屋。条件稍好的人家，就用青砖垒砌四角立柱，勾连起来，再用土坯填砌墙体。每间屋子，必须要留一个窗户。这窗户，不是现在宽大明亮，能打开、能推拉的玻璃窗，窗户中间是一个个固定的木格楞子，夏天用蚊帐布糊上能挡蚊虫，冬天用窗户纸糊上能御寒风。

窗纸的历史应该很早了，估计自东汉蔡伦造纸时就有。唐宋很多人写过有关窗纸的诗词，或幽怨，或悲切，或闲情。近日闲翻唐代诗人白居易的《和微之自劝·之二》，诗云："身饮数杯妻一盏，余酌分张与儿女。微酣静坐未能眠，风霰萧萧打窗纸。"南宋诗人范成大《初秋》又云，"急雨过窓纸，新凉生簟籐"，就连豪放派词人辛弃疾，也在《清平乐·独宿博山王氏庵》中，发出了"屋上松风吹急雨，破纸窗间自语"的人生感慨。

古代的窗户都很小，主要是用来透气换气的。那时的窗户没有玻璃，遇到大风天气很容易损坏，所以就加上了窗棂（有的地方叫"格子"）。唐代以前，窗户就是一个固定的竖格，不能打开。宋代之后，窗户做成了横披的样式，通风采光都不错。元代以后，横披逐渐流行起来。各式各样的窗棂古朴典雅、巧夺天工，既保证了窗户的功能，也体现了建筑的美感，远比今天形式单一的铝合金窗更富有情趣。要说窗棂最简单的结构形式，当然还是方格。但一些富贵人家的窗棂，就注重讲究图案和寓意了，圆形、方形、菱形、扇形、瓶形、不规则形，甚至还镶嵌了梅、兰、竹、菊，雕刻喜鹊站在梅树枝头、寓意"喜上眉梢"，五只蝙蝠齐飞、象征"五福临门"。还有一些传统的吉祥图纹，如仙桃葫芦、福寿延年等等，不一而足，极富装饰趣味。

古人为了保暖和防止蚊虫，当然也有保证私密性的需要，室内的窗户一般都要糊窗纸。由于南北气候不同，所选窗纸也有差异。南方一般用"竹篾纸"，据说这种纸比较透亮，透光性也好；北方多用一种叫"毛头纸"的专用纸，有的地方人们还会定期在上面涂上防水防潮的桐油，透光度也比普通纸好很多。其实，古代糊窗户并非全都用纸，有钱人家也用绢、纱、布等糊窗的，甚至有不少富人用蚌壳做的明瓦、满清皇宫中用昂贵的绵茧或桑皮制造的高丽纸糊窗。不过，大部分人都是用窗纸。还有一些穷人买不起糊窗纸就用稻草遮蔽，有的干脆挂个草席。到了近代，讲究点儿的人家，糊窗户多用桑皮纸，韧性更好；也有糊旧报纸的，脆黄破烂，寒风中哗哗作响，一副颓废衰败之象。

以前农村的老房子，窗户一般都要糊窗纸。北方比较寒冷，有的窗户甚至要糊两层纸，过去有句话说"东北三大怪，窗户纸糊在外"，实际上它不是糊在外面，而是两边都糊，在外面看好像是糊在外面，因为东北经常下雪，雪如果浸入，窗户纸很快就坏掉，所以它必须两面糊。而在南方，可以只糊里面，窗棂就看得非常清楚。档次高一点儿的，糊窗纸时可以在窗户下面镶一块尺把大的小玻璃，人们叫它"窗户眼儿"。过去玻璃金贵，都是大户人家或者王孙贵族才用，一般的老百姓可买不起。玻璃的大小，就像窗户的大小亮暗，也代表着家境的贫富；档次低一点儿的，只能全都糊成窗户纸。过去的房子屋檐大，一般的雨淋不着。偶尔潲雨，也会打湿窗纸。湿一点儿不碍事，如果实在不能用了，撕掉重新糊而已。

在农村，以前糊窗户主要用的是"毛头纸"。毛头纸，也叫"东昌纸"，指的是一种纤维较粗、质地松软的白纸。这种纸是用竹子、芦苇和麦草之类，手工打浆压制出来的。粗糙里带着细腻，柔韧而结实，中间还掺杂着一些粗细纤维，既能挡风，又能透光，却又里外不能相看。它还有一个重要的用途，那就是可以让学生练字，效果甚至能与宣纸相媲美，价格却比宣纸便宜得多。

出了行唐县城，往东北方向不远，便是北贾素村。这个村子以传统工艺制造"毛头纸"而闻名乡里。北贾素造纸以家庭作坊为主，造纸用的工具全部为木头制的，主要以白边纸和纤维为原料，通过碎料、抄纸、挤压、晾晒而成。据说在鼎盛时期，村里家家户户、大街小巷都是人们造纸忙碌的身影。村里很多人家的住房，都有一个明显的特点，那就是在外墙上都抹着一米多高的石灰。据当地老人讲，以前村里造纸数量多，没有空闲的地方晾晒纸张，村民就将石灰抹于外墙，然后把毛头纸贴在石灰墙上晾晒。后来，随着社会的发展进步，机制纸的兴起严重冲击了纸制品市场，加之手工抄纸由于人工操作，成本较高、价格低廉、利润较低，市场日渐萧条，致使北贾素村各个家庭作坊难以维持，纷纷停产倒闭，传统造纸逐渐走向衰败。

糊窗纸是女人们的营生。这可是个细致活儿，得绷展、得均匀，不能有褶子。这活儿，一般是女人站在上边糊，男人待在下边帮手。但凡有女人的人家，便不怕有个男人过来围着转。《隋唐演义》第七四回就有"怪底小姑垂劣甚，俏拈窗纸背奴看"。作为家里的男丁，我也曾糊过窗纸。每到冬天，娘早早就把毛头纸买好了。到了糊窗纸这天，她会抠点儿平时舍不得吃的白面，在铁饭勺里熬成稀溜溜的糨糊，让我们兄弟俩去糊窗户。当然了，我和小弟也很乐意干这活儿，因为可以趁娘不在的时候，偷偷蘸取点儿甜腻腻的糨糊吃。后来，我离开了农村，生活在日渐繁华的县城里。旧房拆迁、棚户区改造、城中村开发，一幢幢高楼鳞次栉比，窗外难见绿地蓝天，就连阳光照射也显得弥足珍贵了。

人们常说，"眼睛是心灵的窗户"，那么真正的窗户就是房子的眼睛。我曾见过民俗博物馆里收藏的一些木窗，形制各有千秋，窗棂花色多样，只可惜没有贴窗纸，木窗无纸则如人之无魂。眼见得现代建筑那千篇一律的窗户造型，深知窗纸已成旧时风物，更何况用毛头纸糊窗户的风俗呢？

物犹如此，怎能不让人心生感慨！

唐　布

在县域纺织史上，"唐布"也许是让行唐人最值得骄傲的一张名片。

西方纺织技术传入中国前，咱普通老百姓的衣服、床铺大多都是用棉、麻等原料手工纺织而成，具有浓郁的乡土气息和鲜明的地方特色。相对于"洋布"而言，这种布料线条简单，色彩单调，质感也较为粗糙，民间俗称"老布""土布"或"粗布"——"唐布"，指的就是这种质感粗糙的土棉布。

我国种棉业普及发展是从元朝开始的。元末明初，棉花开始在黄淮流域种植推广，《明史·食货志》谓太祖立国之初，即令民"田五亩至十亩者，栽桑麻棉各半亩；十亩以上倍之；又税粮亦准以棉布折米"。可见当时的统治者对棉花种植的重视。行唐作为冀棉主产区，被誉为"唐县区中产棉最盛之一县""每年输往晋绥两省者，为数甚巨"，充足的原料资源促进了织布业的飞速发展。

行唐的土布织造兴起于元末，至明初时已发展到一定的规模。明成祖朱棣登基后，曾命一位晋籍大臣到行唐修缮清凉寺，大臣见民工们穿着自家土布衣服，在烈日下干活而不流汗，切身感受到行唐土布的优良质地。回朝述职时，他特意为皇后进献了一匹当地的土布，皇后连连称赞大臣忠孝体贴，并专门为皇帝缝制了一件棉布龙袍。皇帝穿后龙颜大悦，因其产于行唐，故赐名为"唐布"，并成为朝中贡品。一时间，唐布名声大噪、畅销不衰。

织造唐布的原料为棉花，其制作程序较为复杂，从采棉纺线到上机织布，经过轧花、弹花、搓絮、纺线、拐线、浆线、落线、经线、印线、掏头、扎柱、上机等大大小小七十多道工序，全部采用纯手工工艺制作。织造唐布讲究技巧，经线上浆时，面糊过稠，经线就脆，易断线；面糊过稀，经线就松，也易断线。上经线时用手执线，手要保持平衡，不然牵出的线松紧不一，织布时易被梭子打断。再就是挽绺，绺扣长短需一致，才能使上下经线截然分开，梭子来往畅通无阻。织布时最重要的是手推脚踩，推得重落得慢，布就紧，推得轻落得快，布就稀疏不均。最后还得修整布，先将布面上的小疙瘩刮掉，再把布密闭于缸中，燃入硫磺，布被熏白后，取出喷浆折叠，放到石上捶扁。如此种种，所织唐布才能变得平滑而密实。

在六百多年的岁月长河中，行唐民间织布业异常发达，几乎家家纺线，户户织布。唐布质地优良、滴水不漏，在北方尤其是晋东北、雁北一带，享有很高的声誉，商贾贸易十分繁荣，仅行唐城内著名的土棉布店就有六七处。成群成队的马群、骆驼群满载着唐布，沿着清凉寺"皇道"运往其他地区，继而换回茶叶、丝绸、瓷器、酒等物品。据抗战资料记载：1941年，抗战进入最艰苦的阶段，行唐山区的妇女们昼夜不停地忙碌在织机旁，飞梭连连，机杼声声，一匹匹质地精良、色泽优美的唐布从织机上卸下，踏上外贸的行程。运出去的唐布，换回了抗战困难时期急需的日常用品，换回了老区人民坚持斗争的不竭动力。那时候，只要唐布一到，人们便欣喜若狂、蜂拥而至。唐布不仅是晋绥一带人们的珍爱，更是行唐人为之骄傲的名片和地方特产品牌，一些农家将所藏唐布视为财富，若有女儿出阁，陪嫁唐布越多，越显示娘家的富裕和勤劳。

"唐布"经历了数百年的辉煌繁荣，进入二十世纪七八十年代后，受到纺织工业现代化的冲击，迅速走向没落，到现在已基本绝迹，只有极少数家庭还保留着织布工具，作为那个时代的记忆与见证。不过，近年来随着人们消费观念的改变，"绿色、环保、自然"成为大众追求的时尚，昔日的老粗布经过现代工艺的革新，色彩更丰富，触感更舒适，已逐渐成为适合现代人群消费需求的新型家纺用品。

怀念"咣当咣当"的织布声，思念外婆纺车前忙碌的背影，那久违的感觉仿佛又回来了……唐布的第二个春天能否到来？唐布能否重振声誉？我们翘首以盼。

马尾箩随札

箩是一种用框架和纱网材料组成的器具，在传统农业中用于分离谷物与微小尘土，可以漏掉灰尘和碎末。马尾箩，亦叫"马尾罗""马尾萝"，是指用马尾或马鬃制成的工具，主要用来筛面。在农村，簸箕、筛子、马尾箩，算是较为重要的居家物什。用碾子或石磨把粮食粉碎后，就要用马尾箩筛面了，就连处理生了虫子的米面，马尾萝亦是不可或缺的。

北魏贾思勰《齐民要术·作酱法》载："麹及黄蒸，各别擣末细簁——马尾罗弥好。"由此可见，马尾箩在当时已被广泛使用，不仅筛面，也筛药末，制黄酱。

行唐县贾木村的马尾箩制作，已有上百年历史。据说，这门传统手工艺，还是由衡水地区流传而来。在衡水（尤其是安平一带），丝网生产历史悠久。它源于传统的绢箩生产。由于滹沱河经常泛滥，庄稼欠收，绢箩生产成为当地百姓重要的谋生手段。随着绢箩的发展，马尾箩问世了。制作马尾箩筛绢，需先要将马尾按黑、白、灰、花四种，分色择出。把马尾放在锅里，用水加碱煮，再用清水漂洗干净。若是白马尾，还须用肥皂水再打洗一遍，以防变黄。接着，要把水洗后的马尾在阳光下晾晒或风干，才能在钉板上把马尾梳理通、打成捆、上铡刀铡齐。马尾加工整齐后，就能上机织筛绢了。上机织筛绢，要经过装杼、续头、穿桄杖等多道前期工序。把腰袢绕腰挂在桄杖两端，拉下机杼，脚踏动踏板，经上下分开，用横穿簔梭的马尾作纬线。右手持捆上马尾的簔梭，插入分开的马尾经中，用力拉下机杼磕紧，周而复始，筛绢方能织成。

"箍箩"更是个精细活儿。首先要做好箩圈，就是取尺寸合适的柳木板材晒干，用手握住木板两端，放置炉火边熏烤至曲成圆。钉箩圈的时候，用手把箩圈搭在一起，用夹子夹住，放在腿上，下面垫上箩刀，用钉子钉住箩圈。之后，取柳木做成的小窄条，掐至长度与罗圈周长相等。再取一块面积比箩圈大一点儿的筛绢，用小圈固定在箩底下，折回筛绢，拿一个小圈夹挤紧，再把多余的筛绢折回，用箩刀去掉，用钉子加固。最后，在罗圈上边钻个孔，穿上细绳。如此这般，一个马尾箩就做好了。

贾木马尾箩分为直径半米的手箩、一米的脚蹬箩和二三十公分的小箩。箩筐用杨木或柳木薄板，圈成高二三十公分的圆筒，下绷箩底。以前的箩底，用的是现成的马尾或细铜丝织成的筛绢。现在，箩底均已被尼龙筛绢所代替，马尾和细铜丝价格偏贵，已经很少见了。

箩底破了，就得更换。在老家，乡亲们称走街串巷、更换箩底的师傅为"张马尾箩的"。至今我还记得，师傅们推着一辆挂满马尾箩的自行车，边走边用粗犷而悠长的声音，抑扬顿挫地吆喝着："张马尾箩好，张马尾箩——"

倘若有需要更换箩底的乡亲，听到吆喝，就会拎着自家的旧箩出来，边走边喊："张马尾箩哩，俺家的箩底破了，看看能换吗？"这时，张马尾箩的师傅就会停下自行车，寻一个向阳暖和的墙旮旯，放下工具，摆好摊子，笑嘻嘻地接过旧箩，麻利地开始他的活计儿。

以前，人们主要靠碾子碾米面，用马尾箩的人很普遍，曾造就了许多民间艺人，行唐贾木村的刘明湖就是其中之一。刘明湖自幼随父学艺，从业60余年，熟悉各种型号马尾箩的制作流程，做出来的马尾箩，以结实耐用而远近闻名。旧社会手工业者生活极其艰辛，做好了箩后挑着担子外出去买，一走就是上百里路。贾木马尾箩除满足本县需求外，多销往阜平、灵寿、井陉、平山、曲阳等周边县市。如今，随着石碾、石磨被淘汰，用马尾箩也少了，制作马尾箩的艺人更是少之又少。

在行唐，马尾箩制作工艺濒临失传。作为传承人，年逾古稀的刘明湖仍在默默地坚守着最后的阵地。

磨剪子，戗菜刀

　　"磨剪子嘞，戗菜刀……"这拖着长音、抑扬顿挫的吆喝声，曾经时常回荡在城区乡间、大街小巷；如今，随着社会的发展，还能唱响这悠长吆喝的人越来越少。磨刀人正悄然淡出人们的视野，但那吆喝声却始终镌刻在我们的脑海中，经典得难以忘怀。

　　"磨剪子戗菜刀"这一行当，据说始于磨镜子。古时，人们用的都是铜镜，唐太宗的"以铜为镜，可以正衣冠"，即为此意。铜镜用久了会生锈，须常磨光方能照影。故磨镜子才是专行，但都附带着磨剪子戗菜刀。在宋人吴自牧的《梦粱录》中，就有"修磨刀剪、磨镜，时时有盘街者，便可唤之"的记载。至清代，铜镜逐渐被玻璃镜子取代，磨镜这一行，也就以磨刀磨剪子为主了。后来，人们多认为"磨刀"有"霍霍"之音，非常不雅，于是就把磨剪子提到前面，磨刀人也开始吆喝着"磨剪子嘞戗菜刀"，来四处招揽生意。

　　在我的农村老家，剪子、菜刀是日常生活中必备的工具。用的时间久了，剪子和菜刀都会变钝，剪不下东西、切菜费劲儿，甚至连刀、滚刀，不小心刮破手。记得儿时，村里街头巷尾不时传来"磨——剪子嘞，戗菜刀——"的吆喝声。那时的我年纪小不懂事，以为"抢"菜刀的来了，赶紧跑回家把菜刀藏起来，生怕他们把自家的菜刀抢走，由此也成了众乡邻拿我开涮的笑柄。

　　当年，有个姓"刘"的磨刀师傅，常来村里走街串巷兜揽生意。因其磨刀手艺好，乡亲们多喊他"快刀刘"，久而久之，反倒忘了他的本名。"快刀刘"的吆喝声极具个性，声音故意拖得老长，且夹带着方言的韵味儿，间或抖着手里那几片绑缀在一起，唤作"惊姑"（亦称"唤头"）的铁片，"哗啦啦"的声音，清脆而响亮。乡亲们一听，便知道是磨刀的"把式"来了。于是，那些年迈的老奶奶从针线笸箩里，翻出半新不旧的剪刀，在家做饭的主妇们也会拿出用钝了的菜刀，交给"快刀刘"整修一番……

看过现代京剧《红灯记》的人，大多会对剧中那个头戴旧毡帽，身穿破棉袄，掮着短板凳，凳前放着磨刀石的瘦老头留下深刻印象。"磨剪子嘞戗菜刀"，这句经典的吆喝，随着革命样板戏的公演而家喻户晓。在我看来，那些磨刀人的行头好像都差不多。掮着一条长凳，一头固定两块磨刀油石，一块用于粗磨、一块用于细磨，凳腿上还绑着个塑料水罐。"六条腿的驴，骑着它不走，走着不能骑"，磨刀人的这条板凳，在儿时的谜语中，比喻得非常形象。磨刀人干活儿时骑在凳子上，那自然是不能走的；干完活儿，磨刀人扛起凳子走路，又怎能骑凳子呢？

二十世纪七八十年代，正是磨刀行业最红火的时候。磨刀人为节省时间，大多都骑一辆破旧不堪的自行车，车兜里面装着锤子、戗刀、水刷、抹布等简单的工具，一边高声吆喝着"磨剪子嘞，戗菜刀——"，一边走街串巷地招揽活计。一旦有了生意，他们就停好自行车，搬下长条凳，劈腿呈骑马状跨坐在凳子上，算是开工了。一把钝口菜刀在磨刀人手里，只需抽袋烟的工夫，刀刃便被打磨得锃亮。

磨剪子、戗菜刀，不仅是力气活儿，也算是技巧活儿。磨剪子时，剪子刃与磨刀石的角度、两片剪子刃的位置、中轴的松紧程度等都有讲究，刀尖对齐、松紧适度、紧而不涩、松而不旷。不单单是细磨，还要靠敲打，让剪子刃口对上牙，否则还是不好用。至于磨菜刀，要先看刃口是软钢还是硬钢，硬的用手摇砂轮打，软的直接用"戗刀"戗。戗刀工具多是一根尺把长的铁杆，两头有横扶手，铁杆中间镶着块优质钢口戗刀，用它将菜刀的刃口戗薄后，再打磨锋利。

"快刀刘"精湛的磨刀技术，据说是祖上传下来的，讲究的是"慢工出细活"，就连简单的戗菜刀，也要经过"一打二戗三粗磨四细磨"四道工序。粗磨用砂砖、细磨用油石，一边磨一边用绑着布条的木棒，在塑料水罐里蘸水降温。他常自诩说，"骑的是千里赤兔马，磨的是青龙偃月刀，手指捏刀背，眼眯看刀刃"。打磨好后，他还要再看看刀柄的铆钉是否松动，倘若松动活络了，定会用小榔头敲打紧固，然后把松动的刀把重新箍紧，将刀身上的锈迹全部清除干净。

戗刀启卷、砂轮去锈、油石开刃、青石磨锋……几道工序下来，原本锈迹斑斑的菜刀，闪出寒光。"快刀刘"习惯性地用指腹在刀刃上，"刺啦刺啦"地轻轻刮几下，再眯着眼看看刀刃。确定打磨完毕后，随手抽出座位下的抹布，擦干净刀身的污渍，并在一沓碎布上"咔嚓咔嚓"试剪或试剁几下，然后才满意地点点头。那神情，就像艺术大师欣赏自己刚完成的佳作。当他把磨好的剪子菜刀交还给主人时，那汗津津的脸上，每一道皱纹里都洋溢着笑意。

"不管生活变化怎么多/你的剪子菜刀还得磨/别看我已经有六十多/我还必须每天去吆喝……"20世纪80年代，歌手刘欢曾以一首《磨刀老头》，唱红了大江南北，温暖了城市和乡村，让无数人为之动容。而现在，这首歌已经很少能再听到，生活中更难觅磨刀人的身影。时代在变，我们的生活方式在变，不断有新事物出现，也不断有旧事物消亡。这些逝去的事物，有时让我们欣喜；有时，却让我们莫名生出淡淡的忧伤。

磨剪子戗菜刀，这个古老的行当，就像它的吆喝声一样，渐行渐远了。磨刀人也渐渐淡出了我们的生活。或许哪一天，我们再也听不到那熟悉的吆喝声："磨剪子嘞，戗菜刀——"

舞动的火流星

　　晴朗无月的夜晚，当我们仰望星空时，经常会看见一道明亮的闪光划破天际，在众人的惊呼声中飞流而逝，给寂寞的夜空带来一丝生气。这种惊艳的天文现象，人们俗称为"火流星"。火流星的亮度极高，下坠时拖着长长的光带，像一条闪闪发光的巨大火龙，有的会发出"沙沙"的雷鸣声，还有的甚至伴有爆炸声，落于地面，即为陨石。

　　流星划破夜空一闪即逝，却给人留下难忘的美丽。在我的老家行唐，就曾流传着一种模拟流星"消逝"的、体现力与美、速度与技巧的民间杂耍。用一条两米多长的绳子，两端拴着用铁丝网结成的网盘，内盛炭火，也有的系水碗、火球，抑或结以彩球。表演者手执绳子中间，旋转甩动，使得两端的火盘、水碗或彩球在空中疾速飞舞，形成一个个火光圈，而火不坠、水不溢，形如夜空中的流星，故名"火流星"。

　　"火流星"原为一种民间杂技，古时在江浙一带特别流行，又名水碗火球（也叫"火篮"），即白天耍水碗，晚上舞火球。道具是一个铁圆环上系10个小铜碗，加上架子，有几十斤重，碗内盛水或点火，随着旋转，舞者还会连带表演，或侧翻，或抬腿，技艺高超的师傅能做到滴水不漏，火星也不会外冒伤人。"火流星"的雏形，据说是古代先民们狩猎中的投掷技术，起源可追溯到远古时代。先民们在狩猎时，为延长手臂的能力，发明了一种以藤萝套上石球袭击野兽的猎具，后人把这种猎具称为"飞石索"。经过漫长的岁月，飞石索逐渐演变成为软兵器"流星锤"，以及民间杂耍道具"火流星"。

作为民间杂耍的"火流星"，其实在秦朝就有了。相传，秦始皇统一六国后，始终在忧虑和思考着如何长治久安、使江山传之万世的问题。而要坐稳天下，必须要解决的问题就是，收缴和销毁流散民间的各种兵器，只有这样，才能防止别人用武力夺权。于是，他总是在寻找一个合理的借口，来收缴全国的兵器。机会终于来了。一天，秦始皇在群臣陪同下，正在观看舞水火流星和各种杂耍。正当看得高兴的时候，忽见一队杀气腾腾、手执刀剑等兵器的武士上场表演。秦始皇见后，长久以来的心病又被触动了。这时，恰巧临洮农民送来一条消息，说是见到了12个巨人，而且当地还传唱着一首童谣："渠去一，显于金，百邪辟，百瑞生。"秦始皇听后，龙颜大悦。于是他假托征兆，说这是顺应天意，遂下令收缴民间兵器，集中到大都咸阳，铸成了12个铜人。

流传于行唐坊间的"火流星"，是伴随着节庆习俗而生的、一种民间社火表演艺术。据老辈人讲，火流星最初的作用不是表演，而是为其他表演开场。用当地俗话说，火流星就是用来"打场子"的。早些年，在行唐县城，每逢传统节庆，特别是元宵灯会，民间都会有社火巡演。由于过去的街道比较窄，倘若人们都挤在一起观看，空间狭窄，难以进行演出。所以，通常由火流星开圆场。十几个耍火流星的把式，将一对对流星轮旋得溜圆，形成无数火红的圆圈。火流星一甩，围观的人们纷纷退让，这样就为各种民间技艺展演腾出空间，使得整个巡演队伍不至于因众人围观而堵塞。

火流星，说白了就是把火炭舞动起来。在农村长大的男孩子们，大多有过这样的经历，晚上耍弄烧火棍，能划出一道道火线，煞是好看。可玩到兴致处，常被老人们用"小孩子耍火尿炕"来阻止，对于小孩来说，尿炕算是最害羞的了，这或许是老人们用来吓唬小孩，不要玩火的一种虚构的"善意谎言"。而火流星之所以能把玩火炭变成一种民间技艺，是因为玩出了诸多花样。在街头巷尾，民间艺人表演火流星时，有专人负责烧木炭。伴随着急促的锣鼓声，表演者一身武生装扮，熟练地舞动着两端装有火炭的小铁笼，或头顶平旋、或背后斜旋、或左右麻花旋；或双手飞舞、或倒地翻滚、或凌空盘旋。火流星上下翻飞，左右腾挪，旋出呼呼的风声、带出长长的火苗……在夜空中划出一个个圆圈、一条条优美的曲线，奇特惊险、蔚为壮观。

记得前些日子，与一位朋友在微信上闲聊，提到以前正月十五时，人们在晚上耍火流星，朋友说他的父亲耍这个是一把好手。可惜的是，就像许多古老的习俗一样，火流星技艺也面临着青黄不接、逐渐消亡的命运。"以前我家还有火流星，不过家父不玩那玩意二十多年了，估计他现在手都生到一定程度了，但是学会的东西，他一辈子都忘不了。"提及申请非遗，朋友惋惜地说："会耍火流星的民间艺人如今不好找了，这门古老的技艺可遇而不可求，回头遇到了，一定要拜访下。"

或许，在朋友看来，火流星终究是他父亲心中，一抹剪不断的乡愁。

那些年味儿

"小孩儿小孩儿你别馋，过了腊八就是年；腊八粥，喝几天，哩哩啦啦二十三；二十三，糖瓜粘；二十四，扫房子；二十五，磨豆腐；二十六，去买肉；二十七，宰公鸡；二十八，把面发；二十九，蒸馒头；三十晚上熬一宿；初一、初二满街走。"一段熟悉的童谣，说出了以往过年每天要做的事情，回想起来是那么亲切，令人难以忘怀。

那时候，一进腊月，就觉得离过年不远了，尤其到了家家喝腊八粥的时候。伴随着儿时的童谣，年，一天天走近了，年的味道也开始慢慢弥散开来。也许是儿时的"年味儿"早已在心里扎下了根，我固执地怀恋着这种浓郁的扯不断的情愫，真怕经年之后，"年味儿"随着岁月的流逝越飘越远，过年的传统习俗只能停留在落满尘埃的记忆中……

在我的家乡冀西南农村，过年的气氛可向前延伸到小年二十三。腊月二十三，新媳妇必须回婆家，据说这天灶王爷清查户口，到玉皇大帝那里汇报一年来的事情，买糖瓜祭灶君，目的是粘住他的嘴，不让他在玉帝面前说坏话。二十五日打扫房屋，把一年来的尘土、垃圾、秽气统统扫出去。腊月三十下午，家家包饺子、贴年画、贴春联、挂灯笼，太阳还未落山，鞭炮声便此起彼伏响成一片。要是在以前，人们还会在自家院内搭神棚、供奉天地神、宅神，烧香上供，三十晚上请神，正月十五送神。除夕之夜，全家人围桌而坐，饮酒取乐，辞旧迎新，祝福来年风调雨顺，阖家幸福。晚辈向长辈敬酒，祝福长辈福寿年长，一直到深夜，甚至通宵达旦，名曰"熬年"。

大年初一起五更，燃放鞭炮。太阳还没出来，人们就开始拜年，先是本家，晚辈给长辈磕头，然后是同族。异族乡邻在大街上碰面行拱手礼，互敬"过年好"。长辈给儿童压岁钱。这一天的饭菜最为丰盛，大多数人家两顿饭，早饭吃饺子，晚饭是几个盘子几个碗，有凉有热，有炒有蒸，鸡、鸭、鱼、肉应有尽有，尽情地吃喝，共享天伦之乐。初二至初四是走亲的日子。在我的老家，初二、初三外甥给舅舅拜年，干儿女给干爹娘拜年，缺父少母的闺女，初三这天要回娘家上坟烧纸；初四是新婚夫妇回娘家的日子；初五清晨，家家户户放鞭炮，名曰"崩穷"。生意人家"破五"开始经商，普通人家开始干活，机关单位开始办公……

记忆中的事总是多了一份亲切感，"过年"尤其如此。儿时觉得，过年就是一年中最幸福的几天。早在头年前的一两个月，心里就盼星星盼月亮地盼望过年，盼过年可以穿平时没有的新衣，吃平时吃不到的好吃的，收平时没有的压岁钱，更盼着享受那份浓郁的"年味儿"！

腊八节这天，母亲会熬一大锅放着小米、红枣、花生、绿豆等八样五谷杂粮的腊八粥。吃剩的腊八粥，保存着吃上几天还有剩下来的，认为就是"年年有余"的好兆头。过了腊八，和童谣里说的差不多，把腊八到大年初一的事情全布置好了，各家各户开始以同样的节拍忙活儿。看着大人扫房子、蒸年糕、杀猪宰羊、置办年货时忙里忙外的情景，孩子们就会嗅到一种说不出的特有的年味儿。

"新年到，新年到，闺女要花，小子要炮"，大人置办年货，当然也少不了孩子们。跟着父母去购买年货，琳琅满目的集市上，总会看花了小小的眼睛。父亲会买一些碗筷、年画、对联之类的年货，当然，鞭炮什么的得由我和弟弟选；母亲则会为我们兄弟俩扯上一身新衣、鞋袜，她的缝纫手艺可是让乡邻羡慕的，每年的新衣都是我和弟弟夸耀的资本，也是母亲自豪的资本。

到了腊月三十，父亲和我在自家院子里贴春联，在院门上贴秦琼、尉迟恭的门神像，意在把一切不吉利挡在家门外；在灶台贴上新灶王爷像，指望着"灶君"把吉祥带到家里，祈求风调雨顺、五谷丰登；在猪圈和牲畜棚也贴上"肥猪满圈""膘肥体壮"之类的吉祥语；母亲在屋里包大年初一早上吃的"隔年饺"。除夕晚上是最热闹的，一家老小围坐在难得一见的丰盛餐桌旁，品尝佳肴，享受着一年来辛劳的果实。临睡前，母亲会拿出早就给我和弟弟做好的新衣服，放在我俩枕头边上。第二天醒来，头一件事就是穿着新衣服满大街疯跑，到处去显摆。

过年了，孩童追逐嬉戏，燃放鞭炮；大人推杯换盏，闲话桑麻；灯笼高挂，对联映辉；户户但听妇孺笑，家家扶得醉人归；空气中洋溢着喜庆与祥和的节日气氛。这，或许就是让我留恋的"年味儿"吧！

时光如梭，转眼已过去三十多个寒暑。儿时的记忆总是那样深刻，现在回想起来就像电影般，一幕幕在眼前展开——无论社会如何发展，无论时代如何进步，在我脑海深处，过年是永远抹不去的美好记忆！如今我们的生活水平提高了，过年的喜悦随之也被冲淡了许多，儿时那"年味儿"浓郁的过年，犹如一道渐行渐远的风景……

在县城工作十多年了，除了单位安排值班外，我几乎每年都是回老家过年，实实在在感受到老家以前过年那种规章仪式少了、乡土习惯淡了，越来越彰显现代文明的气息——照此下去，那些童年镌刻下来的过年梦，恐怕真要锁进我的记忆深处了！

"如今的过年越来越不像过年了！"每逢春节前后，我们总可以听到这样的感叹。城市中的男女就不用说了，很多人平时连对门邻居姓甚名谁都不知道，哪里还谈得上串门拜年！随着社会的发展和时代的进步，以前过年要自己制作的年货，现在在市场上随处可见。孩子们过年得到"压岁钱"上百元、几百元也不稀奇。至于新衣服，服装店里五颜六色的时髦服饰，你可以随便买到，不必像过去那样为几张人民币而发愁……在经济拮据的日子里过年，人们关注的是吃穿，从物质出发。随着现代文明的渗透和普及，人们不愁穿不缺吃，过上了好日子，千百年来国人基于农耕文明而创造出的那种充满情趣、愉悦和魅力的过年方式，也逐步随着城市化色彩的浓厚而被人们淡忘……

著名作家、民俗家冯骥才先生说："'年味'，并不是物质的丰盛，而应该是文化的丰盛。浓浓的年味,其实是被我们自己的无知所消解的。它缘于我们对自己的文化及其价值的无知,对人的精神生活需求的无知。我们缺少的并不是对'年'的感情,而是'年'的新方式与新载体。"每个人都自觉参与进来,这才是"年文化"的真正价值所在。我们不是没有这个能力,那我们究竟缺什么?缺心情?不对,否则你无法解释为何年年春运一票难求,年年削尖了脑袋也要回家过年;缺钱?也不对,否则你无法解释为何鞭炮礼花越放越大、手中的礼物和红包越来越厚重;是洋文化对本土文化的冲击,使我们越来越忘根?也不对,过年期间,好像还没有什么西方文化形式取代得了"中国味""中国色",相反,在海外那些洋文化盛行的本土,中国年越来越显得韵味十足、魅力四射。

其实,这种"年味儿"的失落与年文化的衰败密切相关,要找回失落的"年味儿",就必须以传统年文化为模板,重新创造出一种与现代生活水乳交融的"年文化"元素。对此,冯骥才先生指出:"在外来文化的冲击下,如果我们还不清醒、不自觉、不有力地保护自己的文化传统及其载体,我们传统的、本土的、主体的精神情感,便会无所依傍,渐渐淡化,经裂纬断,落入空茫。照此下去,我们如今在过年时所感到的失落感,一定会出现在将来的更多时刻和更多地方。那时的人们可能很富有,但一定感到贫乏。而这些物质的富有和精神的贫乏,恰恰都是如今的我们留给他们的。"

现在回过头来想想,的确如此,冯骥才先生提及的"年文化",不也正是传统"年味儿"得以存在和延续的方式和载体吗?

正月里来赶庙去

"正月里来真热闹，串街逛庙少不了。小伙姑娘俏媳妇，老头老太也赶到。"人们趁着农闲"赶庙会"，是我家乡传承多年的风俗。用"赶"字，似乎是北方农村特有的，究其原因，庙会一般较为短暂，多则两三天、少则半天，需抓紧时间"赶"过去，所以叫"赶庙"。

记得小时候，很盼望跟着大人去赶庙会，抑或自个儿兜里揣上两三块钱，买回一些喜欢的小玩意儿，儿时的欢乐就这么简单。庙会上川流不息的人群、熙攘热闹的场面，永远都温暖着我懵懂而快乐的童年，一如儿时母亲教唱的歌谣："拉大锯，扯大锯，姥娘门前唱大戏。接姑娘，请女婿，外甥狗儿跟着去……"虽然当时只是觉得好玩，并不了解它的真实意义。

庙会源于集市，又称"庙市"。相传神农时代"日中为市"，互通有无。后来，农业、手工业有了发展，商业随之繁荣，出现了固定的交易场所。到了南北朝时，崇尚佛法，大兴庙宇，于是菩萨诞辰、佛像开光之类的盛会应运而生，商贩们见焚香拜佛者甚众，便到庙外摆摊，兜售生意，逐渐发展成了定期的活动。早期的庙会，仅是一种较为隆重的祭祀活动，后来在保持祭祀的同时，融入了集市交易，成为一种独具特色的民间娱乐活动。

行唐文化底蕴深厚，庙会历史悠久。在宋、元时期，随着宗教文化的发展，佛教和道教进一步民俗化，城隍庙、关帝庙、龙王庙、玉皇庙、药王庙、二郎庙、五道庙、老姆庙等，逐渐遍布城乡各地，庙会随之盛行。旧时，庙会活动内容较为复杂，且带有浓厚的宗法观念和迷信色彩。20世纪80

年代后，随着商品经济的发展，庙会重新受到人们重视，一些破败、坍塌的古庙宇得以重新修复。近年来，庙会和集市相互融合，其宗教祭祀内容更加淡化，出现了集祭祀、娱乐、贸易于一体的空前繁荣景象。

行唐境内究竟有多少庙会？我没做过精确统计。粗略估算一下，林林总总、大大小小的庙会，不少于五十个。这些传统庙会，多具有祈求五谷丰登、风调雨顺、百姓安康的美好寓意。其中，最具影响的当数正月十六西关龙王庙会。

旧行唐城原有一座龙神庙，据清康熙十九年（1680年）《行唐县志·建置志》载，"龙神庙在南门内，北向有墙有门"，曾于"乾隆二十七年，移城东北隅，知县吴高增重建"（清乾隆《行唐县志》），后遭毁坏。志书载，西关龙王庙会在开展贸易活动前，要举行祭神仪式。届时清晨，从地方官员到有身份的乡绅，都要沐浴更衣，穿戴整齐，步入龙神庙拜祭，文曰："东南西北四海龙王，有显神、昭明、正恒、崇礼等号总之，敷甘泽，保稼穑，雨旸时若以庇吾民，皆赖神之庥也，报祀宜虔，由来久矣……"祭神仪式之后，贸易活动方能自由展开。是日，经营各种饮食小吃的、卖鞋帽布匹日用杂货的、捏面人吹糖人的、唱大鼓拉洋片的、打把式卖艺的……各类生意人、手艺人、江湖人都从四面八方赶来，使庙会成为民间经济文化活动的大舞台。

行唐有句俗话："不出正月都是年。"如果说"过年"是老百姓对传统文化的传承和呼唤，那么"正月十六龙王庙"就是行唐人节日里一种不可或缺的娱乐需求。

西关村的龙王庙会往往不止一天，而是提早一天或两天就开始营造氛围，有的商贩、戏班子或歌舞团，甚至提前几天就赶来安营扎寨。庙会期间，商贾小贩云集、货物琳琅满目，歌舞团、戏班子、马戏团争相献艺，乡村百姓或全家为伴，或同龄相约，或情侣相伴，纷至沓来；县城居民迎亲眷，接好友，家家户户沽酒备菜，欢天喜地。人们或祈福，或还愿，或购物，或观赏，各个商家借此机会开展各种形式的促销活动。庙会上，经营特色风味小吃的，多数都是些"浮摊"，有的支个布棚，亮出字号，里面摆了条案、长凳；有的则干脆将担子或手推车往庙会上一停，任人围拢，站立而食。此外，各村组织的舞龙舞狮、二鬼摔跤、扭股车、太平车、竹马灯、踩高跷、大挑杆、霸王鞭、划旱船、跑驴等，在城区五街三关巡回展演。热热闹闹的庙会上，各种各样的民俗活动、精彩纷呈的文化展示、极具特色的地方小吃，在满足人们眼福、口福的同时，也绝对是新春佳节感受传统"年味儿"的最佳选择。

现如今，随着人们的生活日益富足、工作节奏越来越快，庙会的购物功能正趋于淡化，已逐步演变为走亲访友，交流感情和男女青年相互传情的场所。正月里逛庙会，在熙熙攘攘的人流、琳琅满目的商品中穿行，反倒给人一种"闲庭信步"的感觉。若说孩童时"龙王庙"是生活中令人垂涎欲滴的大餐，今天的"赶庙"只不过是大餐之余的特色小吃。

其实，庙会和其他传统民俗一样，总是在继承中发展、在传承中创新的。只不过，变化的是形式，不变的是情怀，或许这也是一种"与时俱进"吧！

"二月二"抬龙王

很多年前，我的家乡行唐可谓是经济萧条，文化落后，天灾兵祸，民不聊生。尤以旱灾为害更甚，素有"十年九旱"之说，庄稼在很大程度上都是"望天收"。

"抬龙王祈雨"作为中国的民间习俗，在各地流传着不同的版本和形式。根据莫言先生同名小说改编的电视剧《红高粱》中，就有主人公余占鳌被诳"抬龙王"的情节。老百姓靠天吃饭，每遇久旱，就会采取各种形式祈雨。有的到龙王庙里烧香上供、祈求龙王降雨；有的在特制的轿子里供奉"龙王之神位"，人们头戴柳条帽，抬着"龙王"，敲锣打鼓，边走边把轿子抛向空中，名曰"抬龙王，撩轿子"。人们把"龙王"一直抬到县衙大堂前，县太爷也要向其叩首行礼，祈求早降甘霖。这种饶有兴趣、带着浓厚"图腾"崇拜的民间活动，常常吸引周围的很多群众前来围观，人们都企盼着天降及时雨、庄稼能有个好收成，这种愿望就连县太爷也不例外。

在行唐的韩家庄、解家庄两个村子，"抬龙王祈雨"活动一直世代相传，究竟始于何年，无从考证。据说，当年韩家庄、解家庄村有两位长者，同日、同时做了同一个梦：大旱之年，解家庄龙王庙里的龙王，来到韩家庄西部河上空，上下翻腾，顿时乌云密布，不时下起了大雨，并听见空中传来："今后韩家庄若有旱情，只要韩家庄派人把我请来，定会给尔等普降甘霖！"后来，两位长者互相对证此梦，惊叹之余，开始召集两村的乡贤达人，协商"抬龙王祈雨"事宜。此后，"抬龙王祈雨"就一直流传下来。

近年来，人们改进了"祈雨"形式，去其糟粕，留其精华，逐渐演变成一种民间传统习俗"抬龙王"，据说还列入了县级非物质文化遗产名录。

二月二，龙抬头。"抬龙王"活动一般在开春后举行，尤以农历二、三月份最佳。韩家庄是没有龙王庙也没有"龙王"神像的。每次组织"抬龙王"活动，都要到离本村不远的解家庄，去偷回"龙王"。说是"偷"，其实都是两个村里德高望重的长者或管事儿的人，事先互相约定好的。解家庄的"龙王"神像，据说是用"雷劈木"雕刻而成，人躯龙首，头戴龙冠，身披龙袍，方脸大眼，须髯齐胸，左手执降雨令牌，右手托"遮雨布"，仪态威严，庄重肃穆。

到了"偷龙王"的那天晚上，韩家庄组织活动的人就会带领一帮年轻小伙儿，到解家庄的龙王庙"偷龙王"。等他们不声不响地抬着"龙王"出村后，解家庄的村民就开始高声吆喝："有人偷龙王爷啦！赶紧追龙王爷啊！"不过，一码归一码，因是事先议定好的，所以看似追赶，实则不会真追的，只是做做样子而已。

"偷"龙王的人们抬着"龙王"回村后，便将其毕恭毕敬地放到"关帝庙"前，开始一系列的"祈雨"准备。为表达对"龙王"的敬重，要由活动组织者和部分村中有威望的长者，带领参与"祈雨"的人，虔诚地对"龙王"进行祭拜、许愿。祭拜时，要对着"龙王"神像，点燃蜡烛，焚香烧纸，叩头行礼，低声祷告。祈求"龙王"早降甘霖，解救黎民百姓于水火。为彰显诚意，他们要对"龙王"许愿，允诺如能在三五日内降下甘霖，将对其"尊像"重新描金涂彩。随后，他们还要在"龙王"神像的前后左右，全部插上柳条。参与求雨的人们，都要头戴柳条编成的"柳帽圈儿"，插柳条、戴柳帽，寓意着风调雨顺、粮圈冒尖。

参与"祈雨"的人们，在"龙椅"上绑好用来抬扛的长杠，固定住"龙王"神像。等一切前期准备完毕后，"祈雨"仪式便开始了。锣鼓唢呐齐奏，由四个尚未婚配的年轻小伙儿，抬起插满细柳条的"龙椅"，再洒几点清水。大家头戴柳条圈、手舞细柳枝，抬着"龙王"，浩浩荡荡地出发了。

"祈雨"队伍后面，跟随着许多村民。锣鼓钹镲打起"粮食长、谷满仓"的专用"祈雨"鼓点，唢呐笙笛吹奏着欢快的太平调。沿着村里的大街，一边吹打，一边行进，一路"祈雨"。每到人家门口，人们就会用锅碗瓢盆端出水来，向"龙王"泼水，到了十字路口或者有水井的地方，龙椅落地，人们从四面八方赶来，提着水桶、端着水盆，纷纷向"龙王"泼水。据说如此一来，能助"龙王"尽快调集水源，早日普降甘霖。村里的年长者则齐向"龙王"跪拜叩首。礼毕后，人们抬起"龙王"继续前行。就这样，走走停停，沿着村里的大街游行一圈后，又落脚在村里的"关帝庙"前。将"龙王"神像坐北朝南安置好后，锣鼓铙镲重新欢快地敲打起来，唢呐笙笛也继续尽情地吹奏着，村民们则自发地载歌载舞，热闹好一阵儿才停下。随后，再将"龙王"供奉在一个固定的房屋内，等许愿时间到了，天若普降甘霖，就给"龙王"描金涂彩，以兑现当初许下的诺言。如若在规定时间内不下雨，那也就没有"还愿"的必要了。

"祈雨"仪式结束后，等许愿的"三五日内"期限一过，不管是否天降甘霖，都必须要把"龙王"恭送出村。当然了，这还得由村里的年轻小伙儿，抬着"龙王"一直送回解家庄，供奉到原来的神位上。至此，整个"抬龙王"活动才算是正式结束了。

难以忘怀的露天电影

不知不觉参加工作已二十余年，随着岁月流逝，脑海中许多儿时的往事都已记不太清，可唯独有件事却时常清晰地浮现在眼前，那就是看露天电影。

露天电影就是在室外放映的电影，20世纪70年代开始流行，放映地点一般在农村的晒谷场或空旷地。在我很小的时候，都是自备板凳或马扎在露天地里看电影的。那时所谓的电影，也就是在晒谷场的边上，插上两根竹竿或者小树干，再在竹竿或树干的顶部系上一块白色带黑边的幕布，然后找个好位置，摆上机器，调试好后，便可以开始放映。

在我的老家，多数是在村里的"三岔口"放露天电影。三岔口位于村子中央，路面较为宽阔，加之路旁有两棵歪脖老榆树，方便悬挂幕布，因此也就成了村里放电影的最佳场所。观众多为本村的男女老少，当然也少不了附近几个村闻讯赶来的青年男女和小孩。很多时候，看露天电影也成了当时不同村的青年男女互相见面或谈对象的好场所和好借口。

在村里看露天电影别有一番情趣，尤其是在不冷不热的农闲时节，乡亲们难得清闲，放下手里的活计，三两成群，扶老携幼，来到电影场里凑个热闹。一面幕布、一个放映员、一束光，加之自己搬来板凳的人们，几乎构成了露天影院的全部要素。放映员架着机器就在人群中，场地有多大，就有多少观众，前面站满了人，就到幕布的反面去看，甚至有淘气的孩子爬到周围的树上，吹着凉风观看。

每逢村里放露天电影，孩子们就像过节，大家无论干什么都很带劲儿。太阳尚未落山，伙伴们就拎着小板凳，争先恐后地跑到电影场占地方，帮放映员刨坑、树杆子、抬桌子、拉银幕，忙得连饭都顾不上吃。看电影时，坐在前面的通常是孩子和老人，中间坐的一般都是青年人，后面坐的则多是中年人。但也有例外，有些相好的青年男女借着看电影谈情说爱，为躲避老人的耳目，他们就专门跑到离电影场较远的地方，说着悄悄话……

在农村看电影，不同城里影院准时。有时一部片子几个村跑着放映，因此在等片的间隙，人们可以尽情地拉着家常。特别是中场换胶片的时候，孩子们最喜欢钻到机器前，在机器发出的那束白光前做着各种各样的手势。手势就成像于宽大的幕布上，鸟雀、鸡鸭、猪狗、骆驼……偶尔也会有一个个人影或大脑袋映在上面。孩子们兴高采烈，欢呼雀跃，直到放映员扯着嗓子喊着让大伙儿坐下。幕布上白光闪烁着"3、2、1"倒计时一样的数字，电影又接着开始了……

我小时候对露天电影非常着迷，为此经常遭到父母"电影能当饭吃吗"的数落。那时在农村看电影还很难，听大人们说县电影公司当时只有为数不多的几个放影队，二三十个公社、三百多个村子，靠他们长年累月地在乡下转。因此，一个村一年到头，也只能看很少几场电影，大多数还是村里有人家娶媳妇儿、办喜事时才放电影的。然而我们小孩子看的露天电影却不少，那就是跑到外村去看，有时一部片子要看好多遍。可以说，当时在我们村周围20里以内的地方，我都去看过电影。每次放露天电影总是那么几部黑白革命片，《闪闪的红星》《地道战》《地雷战》《小兵张嘎》《冰山上的来客》……记不清到底看了多少遍，但每次都让人热血沸腾、看得津津有味，一个个难忘的桥段，一句句经典的台词，像星光闪耀在我们的记忆深处。

因为沉迷于看露天电影，我曾跑过不少冤枉路。那时看电影的心太急，有时偶尔听谁说一声某某村演电影，不等弄清消息真假，就拿着块干粮，邀上几个伙伴拔腿就跑。记得有一次，不知听谁说上方公社的许由村演电影，我们几个连饭都没吃撒丫子就跑。可当我们跑了五六里路时，才知道许由村根本没有演电影，而是西井底村演。我们大骂一通造谣者后，又马不停蹄地往西井底村赶……

后来，村里放露天电影越来越少了，看电影都是学校组织到电影院去观看有教育意义的影片。一切都变得正规起来，进场前整装待发，佩戴红领巾在老师的带领下排队来到电影院，在班级划分的区域内各就各位，不许大声喧哗、不许到处乱跑、不许乱扔果皮纸屑……印象最深刻的是看故事片《少年犯》《凤凰琴》和台湾电影《妈妈再爱我一次》，事隔多年，影片具体情节已记不清了，但周围座位上的情形却历历在目，场下一片抽泣声，大家哭得稀里哗啦，女生们拿出自己的小手帕不停地擦着眼泪，看看旁边的班主任，也是热泪盈眶。电影散场出来，每个人眼睛都是红红的，男生也不例外。

改革开放以后，人们的钱包逐渐鼓了。乡下人开始进城消费，除了看电影，人们有了更多的选择，录像厅、台球厅、游戏厅应运而生，特别是录像厅，大有取代电影院之势。再后来，有了影碟机、家庭影院和智能手机，人们连电影院都很少去了，县城的国营电影院效益每况愈下，后来干脆直接倒闭了。近几年，为了丰富群众的文化生活，文化部门积极开展"送电影下乡"活动，露天电影带着怀旧色彩又出现在农村，只不过观影人数已非昔日。而如今，当我在科技感十足的院线影院观影时，心里总有一种说不出的缺憾和失落感。

人到了中年，大多都会有一种怀旧情结。但随着时代进步和社会发展，恐怕以后也只能在梦中和小伙伴们疯跑着，去看儿时的露天电影了……

第五辑　枣林深深

野草，在夏季里枯萎

夏季，是万物生命力最为旺盛的季节，而夏枯草却选择了这个季节来结束自己的生命，并以此而闻名。

我对夏枯草的了解，最初是《神农本草》提及的："此草夏至后即枯，故名。"所以，它除了棒槌草、大头草、牯牛草、灯笼草等别称外，也被称之为六月干、五月干。

注意到夏枯草，起初只是因为它的名字，略带有隐隐伤感的意味，让我在看到它的那一刻就怦然心动。多年来一直以为，草木是可以跟随春风而来，尾随秋风而去的，没想到才到夏至便会有枯萎的小草，为此我还用它作为笔名，在报刊上发表文章。

夏枯草名副其实，这唇形科的小草通常活不过夏至，短暂的花季之后就走向了长久的沉寂，而它们枯萎的生命又会被采药的人们拾起，最终成为捧在手中的一碗汤药。

关于夏枯草，我曾问过一位老中医。他好奇地对我说："哎呀，你这孩子，问这味药来干啥哩？这是女人家用得多的药啊！"弄得我脸红了大半天，怪不好意思的。后来上网查找了一些资料，才知道夏枯草的一些状况：夏枯草呈棒状，略扁，淡棕色至棕红色。体轻、气微、味淡、性寒、味苦辛，具有清火、明目、散结、消肿之功效，除了对妇人乳痈之症有明显疗效外，也用在对目赤肿痛、目珠夜痛、头痛眩晕、甲状腺肿大、高血压之类的治疗上。

后来，我经常浏览那个网站。只因为那里可以看到许多的花花草草，满眼的绿色，让我的眼睛可以得到充分的休息。在那里，我知道了原来每种花草，不仅可以带来视觉上的享受，而且它们都各自有自己的药用价值，有时我常想，如果把这些都记住了，有了什么病，自己不就可以按说明自己开药了吗？但后来想想，便为这些莫名其妙的想法感到好笑——医生岂是那么好做的。

夏枯草的真实图片，就是在那个网站上看到的。看到那篇介绍夏枯草的小文和图片时，我的心又是为之一颤——开遍山坡原野的夏枯草，像铺了一张紫色地毯的紫色小花，简单的颜色，简单的花瓣。紫色是梦幻，我一直是这样认为的。于是便常想，这夏枯草理应就是紫色的，因为它是春天的一个梦，只属于春天。春去了，夏枯草的梦便会结束。所以，夏至一到，它便枯萎、凋零了。

有时我常想，人其实还不如夏枯草呢！人是不知道自己何时生、何时走的，所以对于时间，有概念，却又概念不清。总是搞不清楚究竟有多少时间可以归自己支配。所以，在做事情时，只凭自己的感觉来分先后分主次了。然而，夏枯草不是这样的，它知道自己何时来，何时走。所以，它的时间是被划分好的了，它知道自己应该先从泥土里钻出来，呼吸一口带有春天新鲜气息的空气，然后，舒展枝叶，抽出花茎，在别人还在努力长叶子的时候，开出一朵朵娇小美丽的紫色花朵，让它们呼吸，让它们盛开。在夏至来临的时候枯萎，结束一切，成为药农手里的宝，成为药碗里的汁水，成为治病救人的良药。这一切，对它而言，是早就已经注定好的，一成不变的，所以，它无须担心明天会发生什么事，只要按照程序进行就对了。

前些日子，山东淄博的一名网友对我说，她们那里的桃花已经开了，让我去参加一个关于"桃花节"的笔会，而且她还告诉我说，当地一些作家也会受邀参加，到时一定会非常热闹。

我相信那一定是个盛大的文学笔会，也非常感谢这名网友的盛情相约，然而，远在河北的我，再加上公务缠身，哪有闲暇去赴约啊！也只好婉言谢绝了。望着窗外苍苍的枝干，不知道何时，桃花才会开到这里。但它已经回来，想必不久自会来到身边的，这个时候，我能做的，就是等待。

这几天，刚刚下过几场小雨，回老家时路过的一个小池塘，听到了这个春天的第一声蛙鸣。云散了，它变成了雨落下来，风走了，它变成了空气，触手可及。而人一旦离开，好像除了后悔，就不会再回来。

不期然，这里的桃花也相继开满了枝头。这个时候，我又想到了夏枯草。五月应该是夏枯草一生当中最美丽的时刻吧！我想此时此刻，它那麦穗一样的四方脑袋上，定会开出一朵朵漂亮的紫花来。

韭花，野韭花

整理公文、撰写材料，又是忙忙碌碌、焦头烂额的一整天。

晚上回家吃饭的时候，突然发现餐桌上多了一碟鲜亮的小菜——老豆腐沾韭花。这可是我最喜欢吃的一道小菜，单是那白白的豆腐块和墨绿色的韭花放在一起，看起来就是一种享受，更不用说那诱人的味道了。

老婆说："这是咱妈从乡下老家捎来的韭花。妈知道你喜欢吃，特意托人给捎了点儿。快吃吧，厨房里还有好多呢！"

大概已有两个多月没回老家了吧！突然有点想念家里的父母亲了。

现在很多人是把韭花当作调味品的，我却不然。当我还是小孩子的时候，就喜欢吃韭花。如今生活条件好了，满桌的鸡鸭鱼肉、瓜果菜蔬往往令人无意动箸，而一小碟色泽夺目的韭花则可让人怦然心动，显露出垂涎欲滴的馋相。

现在见到的韭花，大致分为两大种：一种是只取韭菜花再加点嫩花椒叶、辣椒、蒜蓉、姜末、雪梨块和其他的调料碾制而成，一般都是农家自己做自己吃的，市面上很难见到，是最好吃的一种；另一种则是用韭花掺上点韭菜叶子和必要的调料，用钢磨直接加工的，味道差远了。其实，我最喜欢吃的还有一种在山里直接采摘的野韭花，也有地方叫它山韭菜。野韭花应该和我们常吃的家韭菜是同宗，但它们生长在野地里，还处于原始状态，且异常难得，要在人迹罕见的荒郊野外、山中有水的土坡上、沟崖边的草丛中才能找到。将野韭花采来后，摊放在背阴处晾干。每当吃汤面时，用热油炝锅，放上一点儿，再加上少许葱花、细盐，淋在面汤或稀饭里，味道特别香。这一点山里人都知道，只是城里人很少能吃到如此美味。倘若在节日里送给朋友品尝，他们定会如获至宝般格外珍惜，舍不得吃。物以稀为贵，山间野生、天然绿色、原汁原味的佐餐佳品，稀罕着哩！商场、超市、便利店，是跑断腿都甭想买到的，且中医都认为，野韭花味辛甘、性温、可温肾阳、强腰膝，具有活血散瘀、除胃热、解药毒的功效呢！

老家北面靠山，属山岭和平原交界地带，野韭花是山里常见的植物了。只是因为它常被家禽或羊群给吃掉，离家近的地方往往是没有生长的，即便有，也是些零零星星的，而且很可能是已被污染了的。因此，远离人迹的偏僻山窝里才是它们最好的生长地。金秋时节，这种生长力极其旺盛的野韭花竞相开放，或独棵、或成片地生长在沟崖上、山地边，青青如针的叶子中间高高伸出一根细细的直通通的茎杆来，上面是一小咕嘟一小咕嘟的野韭花，白中带紫的小花如繁星般点点开放。秋风过处，在簇簇翠绿中星星点点的小花儿，就像无数双眨动着的晶亮的眼睛，伴随着阵阵清香，大老远就能闻到一股带有野性的鲜辣的味道。

儿时在农村老家，经常随母亲去村北的山坡上干农活。下晌后，从地里一路采摘着野韭菜回家。快到家的时候，母亲和我的手里都会有一大把攥得紧紧的野韭花。如果恰巧中午做的是面条汤或面片汤，母亲就会先掐了一小撮野韭花，用盛饭的铁勺在炉火上蘸很少一点儿花生油，把它们放进滚烫的油里，然后连油带花一块倒进饭锅。这样一来，整个午饭时间，厨房里都会弥漫着野韭花特有的香气。

在野韭花那独特香气的熏陶下，我长到了八九岁，这样的年龄就应该帮着家里做些力所能及的事情了。后来，就带着弟弟到山上打猪草、割茅草，家里的牲畜吃不完，还可以把草晒干，换些零钱来补贴家用。趁着割草时的闲暇，采摘野韭花就是我们兄弟俩最愿意做的事情了。

野韭开花儿比家韭菜要早得多，每年的八月中旬以后的一个月里，都会开放。每当此时，约上三五个人，早晨不等初秋的露水散去，就一起出发。离开村子向北走一两里地以后，路边就会开始有野韭花了。

沟崖边上会有徐徐秋风吹着，玉米、高粱在风里轻轻地摇摆着玉带般的叶子。几个小伙伴，就在这样的山野间行走着、跳跃着、小跑着……一旦发现成片的野韭花，就一个个兴奋地嗷嗷叫着跑上前去，用手轻轻掐住顶着韭花的细梗儿，指尖带着鲜嫩的芬芳，沾着野韭花嫩秆上的汁，只需轻轻一扯，一朵野韭花就在自己手中了，然后交给另外一只手，组成大大的一把野韭花。

野韭花采得少了，晾干后炝锅或者直接用蒜臼捣碎，可食可存。如果采多了，母亲会把采摘下的野韭花统统倒进装满清水的大盆里，轻轻地抖动、打散，洗去灰尘，拣去杂草，均匀地摊在竹席上晾晒。等水气晒干了，再加上少许蒜蓉、姜末、雪梨块和嫩花椒叶子，用簸箕端到村里三岔口的大石碾上，碾成碎末。说起来，这大石碾子估计已有上百年的历史了，以前是乡亲们用来砸盐块、磕黄豆、压棒子面、碾黍米的，后来村里有了电磨和面粉机，石碾用得明显少了，几近废弃。

随着石碾上碌碡压过，野韭花的香味立即丰富起来，随风飘散，让人闻一下，不由得咽下一口唾沫——馋虫被勾引上来了！碾压完了，野韭花细细的，绿盈盈的，看一眼都让人爱。母亲随即用小铲和笤帚扫进干净的瓷盆里端回家，放点细盐，找出一个干净的大肚瓷罐储藏起来，可以让一家人吃到开春。放了野韭花的面汤，放了野韭花的菜包子，对于生于20世纪70年代农村的我来说，可谓是少有的好滋味的饭菜了。直到现在，回想起来还是那样地惬意。

时光飞逝，恰如白驹过隙。如今条件好了，人们做韭花都用上绞肉机了，把切好的原料一碗碗倒进去，手摇动起来，红黄绿诸色相间的韭花汩汩冒出，颜色煞是惹人喜爱。不过，母亲还是愿意用石碾子碾制的老方法，她说那样味道才地道。

后来从学校毕业了，有了自己的事业，娶妻生女、投资买房，组建起自己的家庭。为了适应这个社会，在市场竞争的大潮中站稳脚跟，只能去拼了命地工作，拼了命地给自己"充电"，回老家的次数逐渐少了。羔羊跪乳、乌鸦反哺，物犹如此，人何以堪！不是我不想家，不是我不惦念身在家中的父母。每天工作时间那么紧张，将我打发得一点空闲也没有。每次回家都是匆匆忙忙的；每次离开，父母总是那么地依依不舍。走出很远的时候，再回头，还能看到父母立在门外张望的身影……

幼雏已经长大，可以离窝独自去闯荡世界了。而母亲却在易逝的时光中慢慢老去，已不可能再屡屡上山为儿子们采摘野韭花。能吃到自家菜园子里种植的韭花已实属不易，想吃到纯正的野韭花，那简直就是一种奢望。

在这北方的小县城里，高楼林立，整日面对灰白的混凝土建筑，更加思念那野韭花飘香的山坡，想念儿时母亲碾制的墨绿的野韭花。野韭花如同一种生活的调味剂，没有了它，再富足的日子，总是显得有些单调和乏味。

大漠上的舞盾神女

许多友人不解地问我，你一个大男人为何偏用"西河柳"这个笔名，到底什么意思，是"西河边的柳树"吗？对此，我总是报以憨笑，不置可否。倘若他们追问得紧了，我就解释说："此柳非彼柳，我这个'西河柳'可是一味中药，解毒，表疹子用的。"

在乡野民间，倘若有小孩子得了麻疹，老人们就说："到村卫生室找一些西河柳的枝叶来，用水煎后服下，孩子的麻疹就可以发透了。"老人们说的西河柳，其学名叫柽柳、红柳，也有称其为"观音柳"和"三春柳"的。

西河柳大多生长在我国西北部广袤的沙漠地带，尤以新疆分布最为广泛。在我的老家，沿着孔雀湖和郜河、大沙河两岸的滩涂、沙丘附近，也能经常见到。它们的生命力顽强，在山沟里、沙地上、黏土里、重盐碱地上、流沙地上，到处都能生长。

在浩瀚大漠戈壁上的西河柳，使这块荒芜的土地有了生命的颜色。虽然它的形态婀娜，但性格犹如松柏般坚毅。别看它们身材娇小，却有着一副铮铮铁骨。其叶面细小，宛如小鱼的鳞片，且多"腿"多"脚"，一旦被沙石掩埋，就会变枝为根，且根根相连，盘根错节，并与沙石紧紧缠绕，将自身牢牢锁定在沙丘之上，过不了几年就能繁衍出一堆、一丛，甚至一片郁郁葱葱的西河柳滩来，把滚滚黄沙阻挡，进而固定成星罗棋布式的西河柳包、西河柳山。沙高一寸，它高一尺；沙高一尺，它高一丈，从不低头、从不后退，仿佛是守卫大漠的哨兵，手拉手，肩并肩，形成一个强大的抵御风沙的战斗集体，不让流沙向前移动半步。

在漫长的岁月里，西河柳牺牲了美丽的枝叶，不断进化，使自己更能适应戈壁盐碱滩的严峻环境，在亘古荒漠中仿佛一位舞动坚固盾牌御沙的美丽"神女"！

每年春夏秋季节，盛开的西河柳花绽放出焰火般的色彩，高洁淡雅，清秀美丽。它的花一朵就是一穗，一穗就是一条，一条就是一串，在荒无人烟的沙漠中异常美丽，是新疆戈壁、荒漠地带最常见而又最富诗意的植物之一，所以又称"红柳"。

在边塞文人笔下，西河柳一直是天姿丽色。清朝大学者纪晓岚当年被流放新疆时曾写诗赞美："依依红柳满滩沙，颜色何曾似绛霞。"诗人施补华这样描写道，"萧萧迎马白杨树，的的娇人红柳花"；李銮宣在他的《马兰井晚行》把西河柳描绘得极尽柔情，"几枝红柳影，对客舞婆娑"。清代学者肖雄还对西河柳作了细致的观察："红柳高不过五六尺，树围大的有四五寸，叶细像柏树叶子，颜色似蓝而绿，开粉红花，如粟如缨，有似紫薇，嫣然有香，木之最艳者，皮色红光润而贴，木质曾现云纹。每枝节处，花如人面，耳目悉具，性坚结，西人作鞭杆。"

"消毒，表疹子"，这是儿时的我从村里老中医的话中，对西河柳药用价值的最初认识。多少年后，我在网上查阅有关"胡杨"的资料时，无意间再次接触了西河柳。当我知道了胡杨是沙漠中最坚强的植物以后，又认识了西河柳这样一种有着坚强品性的植物，真为大漠中有这样不屈不挠、坚忍不拔的"勇士"和"神女"而赞叹不已！

从那天起，我便开始专心搜集阅读各方面有关西河柳的书籍杂志，它的神秘面纱才被层层揭开：西河柳为柽柳科植物，喜生于湿润碱地或河岸冲积地，夏季花未开时正值采收季节，剪取嫩枝，切断，阴干，以备药用。主入肺经、胃经、心经，有疏风、解表、利尿、解毒之功能，主治麻疹难透、风疹身痒、感冒咳喘、风湿痹阻、关节骨痛诸症。《本草纲目》曰，"消痞、解酒毒、利小便"；《本草备要》曰，"治痧疹不出，咳嗽，闷乱"；《本草逢源》曰，"去风，煎汤浴风疹、身痒效"；《现代实用中药》载，"治关节风湿"；

《东医宝鉴》载,"主疥癣及一切恶疮"。

看到西河柳的图片,不由让人想到了柳树。刚开始我还以为西河柳和柳树一样,都属于柳科,其实不然。柳树,在北方很常见。当第一缕春风吹来时,那溪边、河岸的柳树都急着挣开棕色的包包,吐露出新绿的嫩芽,和煦的春风里那飞扬着的柳絮,无声地降落在草地、河边、清亮亮的流水里,然后就是满树的浓绿如冠,在盛夏来到的时候,为大地带来一片绿荫;而西河柳,单是听名字就在心里产生了想亲近的念头,大概也是缘于柳的自然飘逸,不拘一格。西河柳,虽没有柳树的葱茏和润泽,但她却有着根枝变化着的神奇,有红色的枝干,嫩黄色的芽,红的花,绿的叶,在黄沙的摧残下,依然不屈不挠,以须为根,保持着顽强的生命力。

我想,在固定沙丘、保持水土、保护环境中,西河柳和胡杨一样,都是戈壁沙漠中的精灵!踏入大漠中,你会被一棵胡杨所震撼,同样你也会被一簇西河柳所折服,"根深地固"用在西河柳身上,真是贴切不过。

春天来临,西河柳那火红色的老枝上,发出鹅黄的嫩芽,接着会长出片片绿叶。花红枝绿的西河柳就成为沙漠中一道亮丽的风景线,一直延续到深秋,始终如盛装的维吾尔族女子。远远望去,一簇簇红云错落戈壁,生命的感受在西河柳的枝头绽放。黄沙般的寂寞中,西河柳的红色枝条,渐渐敲醒沉寂中的戈壁。茫茫戈壁滩上,绿中含着淡紫的身姿,会带给你荒漠中不曾有的飘逸。高寒的自然气候,使当地人很容易患风湿病,这些西河柳的嫩枝和绿叶是治疗风湿痹阻、关节骨痛的良药,使许多人摆脱了病痛的折磨。

年复一年,日复一日,西河柳不管冬有多寒、夏有多炎、风有多狂,该开花时就开花,该妩媚时照妩媚。多风干旱的环境,锻铸了西河柳一身的铮铮铁骨,它们的木质坚硬且细腻,虽然十年八载只长到两三米高、一把粗,终是无怨无悔。如果把胡杨比作沙漠中坚强伟岸的男子,那么西河柳就是流沙中温柔的美女,她虽然细小瘦弱,但不乏坚韧执着,勇敢地为自己撑出一片蓝天。

面对生命的无奈和自然界的新陈代谢法则,每一种生命都会有一个结局。西河柳没有伟岸的身躯,也没有甘甜的果实,却有着最执着的根蒂,和大漠戈壁紧紧相依，能耐住寂寞的风寒，守候无人的荒漠，经受黑夜的挑战，托起岁月的太阳，把戈壁沙漠般的心灵，变为一片丰厚的土地，增添一抹绿色的希望。

女为悦己者容。"神女"若有知，也定会为懂她的人载歌载舞。西河柳是幸福的，她在短暂的生命中有春华秋实的美好，也有坚贞刚毅的品格，着实令世人赞叹。

插枝春柳寄哀情

清明是我国民间重要的传统节日，蕴含着丰富的人文精神，虽然各地习俗不尽相同，但流传至今，最根本的形式和内容还是扫墓祭祖。到了现代，人们扫墓祭奠先人时，往往要栽植一些松柏之类的常青树来寄托哀思。殊不知，清明"插柳"也是一种特有的民间风俗。

清明插柳的习俗与国人种柳、爱柳之风有很大关系。"有心栽花花不发，无心插柳柳成荫"，柳为优良的树种，有着强大的生命力，柳条插土就活，插到哪里，活到哪里，年年插柳，处处成荫。汉代太尉周亚夫在军营种植很多柳树，使军营从此得名"柳营"；晋代陶侃镇守武昌时，在当地遍植柳树，名曰"官柳"；隋炀帝曾号召全民种柳护堤，并赐以重赏，诗人白居易以《隋堤柳》为题，记录了当时的情景："大业年中炀天子，种柳成行夹流水。西自黄河东至淮，绿阴一千五百里"；唐代普遍种柳，长安主要种槐，堤旁则多种柳。据说文成公主出嫁西藏，也曾把长安的一株柳树带到拉萨，并亲手种植在大昭寺前。

早在南北朝时，《荆楚岁时记》就有"江淮间寒食日家家折柳插门"的记载，"插柳于坟""折柳枝标于户""插于檐插柳寝灶间""亦戴之头或系衣带""瓶贮献于佛神""门皆插柳"等，均出自各地典籍，民间亦有"清明不插柳，死后变黄狗""清明不戴柳，红颜成皓首"之说。宋元后，清明插柳的习俗非常盛行，人们踏青玩游回来，在家门口插柳以避免虫疫。无论是民间传说还是史籍典章，清明插柳总是与避免疾疫有关，春季气候变暖，各种病菌开始繁殖，在医疗条件差的情况下，人们也只能寄希望于柳枝了。

清明插柳，据说是为了纪念"教民稼穑"的农事祖师神农氏；有说是唐末黄巢起义，秘密通知百姓，以"清明为期，戴柳为号"，后起义失败，人们便在清明戴柳纪念他；也有说是为纪念北宋词人柳永，他作词绮丽多情，教坊歌伎多喜唱柳词，死后歌伎每逢清明多往柳墓扫祭，因"柳"谐音，便折路边柳枝簪发。而民间流传最广的说法则是为了纪念春秋时晋国介子推。"子推言避世，山火遂焚身。四海同寒食，千秋为一人。"唐代诗人卢象的《寒食》一诗，所言即为"子推绵山焚身"的故事：

相传春秋战国时期，晋献公的妃子骊姬为让儿子奚齐继位，设毒计谋害太子申生。申生被逼自杀，弟弟重耳为了躲避祸害逃亡出走。逃亡期间，重耳历尽艰辛，饱受磨难，跟着他一道出逃的臣子，大多陆陆续续地各奔出路，仅剩下几个忠心耿耿的人一直追随，其中一人叫介子推。后来重耳饥饿难挨，晕了过去，介子推为了救他，从自己大腿上割下一块肉送给他吃。十九年后，重耳回国当上国君，即春秋五霸之一的晋文公，在分封群臣时唯独忘记了介子推，后经旁人提醒，他才赶紧差人请介子推前来受封。介子推不愿夸功争宠，携老母隐居绵山，后来晋文公亲自到绵山恭请介子推，介子推不愿为官，躲避山里。文公手下放火焚山，原意是想逼介子推露面，结果介子推矢志不渝，抱着母亲被烧死在一棵大柳树下。晋文公为纪念这位生死与共的救命恩人，遂下令将绵山改为"介山"，将放火烧山的这一天定为寒食节，晓谕全国，规定每年这天禁忌烟火，只吃寒食……

至今山西介休一带的老百姓，为纪念有功不居、不图富贵的介子推，每逢他死难之日，除禁止烟火吃冷食外，还用面粉和着枣泥，捏成燕子的模样，用杨柳条串起来插在门上，召唤他的灵魂，并把柳条编成圈儿戴在头上，把柳条枝插在房前屋后，以示怀念。

清明节作为一个具有浓厚民族特色和民族感情的节日，体现了一种深刻的社会价值取向，期间的种种习俗是丰富有趣的，不仅讲究禁火、扫墓，还有踏青、荡秋千、蹴鞠、打马球、插柳等一系列活动，这些活动随着岁月的赓续交替，社会的嬗递变化，有的已被淘汰，有的仍流传至今，并被赋予了新的内容。"插柳"这种方式既起到了缅怀先人的目的，又绿化了环境，久而久之，在民间渐成风气，直到民国时期，清明节还曾一度被定为"植树节"。当今越来越多的有识之士，在清明节来临时利用"植树祭故人"的方式，以一种文明、绿色的方式寄托哀思，向已故的先人表达思念。

清明是个沉痛的节日，也是一个复苏的时节。在这个特殊的节日里，既有祭扫坟墓、生死离别的心酸泪，又有踏青游玩、植树插柳的欢笑声，摆脱悲伤，走进复苏才是生命的真谛。倘若我们有心，完全可以折来柳枝插于门前或墓地寄托哀思，兴许插下的柳枝会慢慢泛青发芽，虽然没有谁去希望这截柳枝能够长成参天大树。

生地黄，蜜蜜罐

　　四五月份正是春夏交接的时候，天气逐渐温暖起来，田野里到处弥漫着泥土的清香，风儿犹如柔软的薄纱，从脸颊上轻轻掠过。各种应季的花儿在空气中酝酿着甜蜜，仿佛要把春天变成一桶醇香的红酒。

　　徜徉在乡下阡陌间，面对各种各样的野草或者野菜，一株株，一棵棵，总能想起许多童年美好的回忆。每年这个时候，墙根下、山路边、田间地头、犄角旮旯，到处盛开着一种形如长筒喇叭的小花。花的颜色多由红色、紫色、白色调和而成，总状花序顶生，花茎紫红，和大地的土黄色非常协调，叶子面皱而边缘带齿，整株花密被着灰白色长柔毛和腺毛，看上去有一种朴素而恬静的美。因其花形似罐，花蕊蜜甜，庄稼人就给这种毛茸茸的野花，起了一个形象而富有童趣的名字——蜜蜜罐。倘若把花朵摘下来，可以直接从后面吮吸出甜甜的蜜汁，就像盛着美酒的小酒壶，所以在民间也有叫酒壶花、甜酒壶、蜜罐棵的。

　　长大后我才知道，原来这"蜜蜜罐"就是中药材"地黄"开的花朵。"地黄"也叫"生地黄"。古人以"地黄"名之，大概是取"天青地黄"之意；还有一种原因就是，其地下根茎为黄色，用它做颜料染衣不易褪色，所以叫"地黄"。在中医典籍中，地黄还有许多其他的名字，比如，"地皇"，其名之肃穆，与花之素朴，相距甚远。倘若追溯其中奥义，实则是因为"生地黄"作为一味草药声名远播，药力神乎其神。再比如，"地髓"，《神农本草经》上说，"逐血痹，填骨髓，长肌肉"，药农则认为，"地髓"得大地之精髓才根深苗壮。

"服之百日面如桃花，三年轻身不老"，地黄始载于《神农本草经》，其药用价值极高，生用清热凉血、消渴生津，制熟则滋阴补血、益精填髓。《本草图经》载："二月生叶，布地便出似车前，叶上有皱纹而不光，高者及尺余，低者三四寸。其花似油麻花而红紫色，亦有黄花者。其实作房如连翘，子甚细而沙褐色。根如人手指，通黄色，粗细长短不常，二月、八月采根。"李时珍在《本草纲目》中记载："其苗初生塌地，叶如山白菜而毛涩，叶面深青色，又似小茶叶而颇厚，不叉丫。叶中撺茎，上有细毛。茎梢开小筒子花，红黄色，结实如小麦粒。根长三四寸，细如手指，皮赤黄色，如羊蹄根及胡萝卜根，曝乃黑，生食作土气……"

让我产生好感的，不单是蜜蜜罐花的颜色，主要还是因为喜欢它的味道。

小时候，白糖是很稀罕的，这种花拔下来放进嘴里，有种甜丝丝的味道，可以给舌头上的味蕾带来些许甜蜜的回味。那时，我的嘴巴不知为何总是那么馋，嫩绿的榆钱、盛开的槐花、茅草的根、梧桐的花，都会放进嘴里尝一尝或者嚼一嚼。蜜蜜罐开花了，甜香四溢，招惹得那些蝶儿蜂儿纷至沓来。它们吸起花蜜来，甚至连朝天撅着的屁股也不要了。急得那些争抢蜜汁的孩子们，不得不把它们推到一边，换上自己的嘴巴，贪婪地吮吸起来。那些农家孩子们，很少吃得上糖，馋虫勾出来了，只能靠吸一阵子"蜜蜜罐"中的蜜汁来解馋。其中也有急性子的，不小心把花里藏着的蜜蜂或者大黄蜂一股脑放进嘴里，脸被蛰成"馒头"。

吸食蜜蜜罐花的蜜汁，绝对是孩子们的一大乐事。这般好吃的东西，不用花钱买，不用向大人要，只需玩耍的时候心细些，就会发现不少蜜蜜罐花。揪一朵花，把花瓣从花萼中拔出来，花底部白色的一段放到嘴里，只需轻轻抿起嘴来吮吸，一股甜蜜而芳香的味道"嗖"地注入心房，那种沁人肺腑的甜蜜与芬芳，简直超越了人们的想象。至于巧克力还有其他糖果什么的，统统不具有它的魅力，这些掺入了人工色素和香料的食品，怎能和这纯天然的甜香相媲美！

三月破土抽芽，四月生叶发花，虽说乍暖还寒，依旧生机盎然。蜜蜜罐就在我们身边默默地生长，默默地枯萎，不在意我们知不知道它的名字。是药、是草还是花，全凭我们主观用意。在老家的田埂边，我曾留意到迎风而立的蜜蜜罐。在瓦砾堆的罅隙中，蜜蜜罐依旧一簇一簇地开着灿烂且素朴的花儿。

蜜蜜罐的存在，丰富了孩子们的童年。每年春天来临，品尝蜜蜜罐成了孩子们一年的美好期盼，也让我们更好地感知了春天的丰盛。但愿蜜蜜罐年年开放，作为药，作为草，并像草一样，风来依依，春来灼灼。

哦，枣花

北方六月正是枣花飘香的时节，我仿佛又闻到那熟悉的枣花香了。

行唐是全国闻名的大枣之乡。从县城出发，沿着柏油公路向西北行20余公里，峰回路转，便进入一条长长的山沟。自沟底到山顶，层层叠叠、密密匝匝长满了枣树。汽车在枣林间的硬化路上跑了几十分钟，仍不见尽头。

回老家的时候，不期然看到了枣花。满满一树，在枝梢、叶腋处探着笑脸，成串成簇的。

一见枣花，我便想起了沁人肺腑的枣花蜜，那扑面而来的香气似乎更显浓郁了。多少年来，我一直试图找出一个能够形容这种香气的词语，却发现，最能比拟这种香气的仍是那个最不华美的字眼——朴素。庄子有语云："天下无以与朴素争美。"大华若朴，大雅若俗。朴素之美是实实在在的。

枣树在春风夏雨中枝繁叶茂。春天正是百花盛开、姹紫嫣红的时候，而枣花却无意争春，好像一个个害羞的小姑娘。初夏时节，别的花儿都谢了，枣花们成群结队、手拉着手在树叶的遮掩下悄然开放。

我被缕缕幽香所诱惑，嗅着馨香，发现碎碎的、翠黄的枣花挂满了枝梢。细细的叶梗，有序的叶片，屡屡弱弱的。枣花就开在叶腋，朵朵淡美，朵朵秀气，朵朵素雅。碎碎的花蕊凝然向中间簇拥着，宛如托着一颗水晶的心，又似淡绿的雪片。在袅袅的风中，追逐着一个个成熟的故事。

五六月份，会有不知何处的养蜂人，带着几箱甚至几十箱的蜜蜂，在一个空旷的地方安营扎寨。放学了，我和玩伴们一同跑去看蜜蜂，可是又怕蜂蛰，只好远远地瞪圆了眼观望着。看着戴头网的养蜂人忙碌地操作，我们不断地作出种种猜测。当时我们好疑惑，蜜蜂怎样酿出香香甜甜的蜜来？

除了看蜜蜂，我们最关心的当然还是枣树结的枣子多不多了。日日望着枣树，盼着那熟透的枣子，个大皮薄、核小肉厚、甘甜爽口，想起来就会流口水。

枣花多主旱，梨花多主涝。枣树不喜雨水，每每雨水过大的年份，就会影响到枣树的挂果儿。往往比较干旱、雨水缺乏的年份，却是枣树的丰收年。其中有什么科学的道理，现在也不是很懂。我想大概是因为雨水过多影响了枣树的授粉，所以才会让一些原本可以结成的枣儿过早地夭折。能撑下来的，也算是其中的强者了。

"七月十五枣红圈儿，八月十五枣落杆儿"，要说枣树最美丽的季节，还得是秋季。仲秋时节，朴素的枣树林却华美得无与伦比。一颗颗红透的玛瑙，有的像娇羞的新娘子，半掩在葱翠的树叶间；有的像雍容的少妇，把自己成熟的风韵自然大方地坦陈于枝头；有的像调皮的孩子，不经意地砸落在你的手上脸上，而你却恼不得。瞧，一张张红彤彤的小脸正冲着你笑呢！

除却满树满枝的茂盛的叶子，眼看着枝叶间的枣子由小变大，从绿变黄，直到渐渐有红晕染透。这个时节让人高兴，也让人烦恼。高兴的理由自是不言而喻的，这烦恼却是因为那帮淘气的孩子。

邻居家有棵靠着墙角的老枣树，大半个树冠都是在院子的外面。到了收获的季节，红红的果实惹来了孩子们心里的馋虫，蠢蠢欲动的还有他们的小手。倘若只是伸手摘几个，实在不该有什么烦恼的理由，烦恼的是孩子们采摘完了伸手可及的枣子之后，往往在都够不着的时候，馋虫却依然活跃。于是就常常捡地上的坷拉、砖头、瓦片什么的，来抛打树上的枣子。这是很危险的事情，一不小心，就会有"不明飞行物"落在我家的院子里。每每这个时候，母亲就会假装很生气的样子，走出去"教训"那帮淘气包，而他们则早就作了鸟兽散，一个个撒丫子跑得比野兔还快。

许多年后，我远离了家乡、远离了枣树，远离了那沁人肺腑的花香。秋风吹不尽，总是"枣花"情。许多事情转瞬成过眼烟云，唯独那青青的枣树，始终在我的心中枝繁叶茂，开花，结果，飘香……

真是一树红玛瑙

从行唐县城出发，沿新阜公路一直向西北，不知不觉便进入了太行山区。成行连片的枣树，遮住了太行山的雄伟，置身其中仿佛进入了浩瀚无边的森海枣原。

每逢金秋时节，枣乡的山坳坡岭，路边村头，一株株、一片片的枣树，身披油绿碧叶，其间缀满了深红锃亮的大枣儿。近观枣树鲜亮浑圆的果实由绿转红，如翡翠似玛瑙，成串成簇，压得枣枝摇摇欲坠。果红叶绿的枣树间，不时可看见一些男女枣农在欢快地劳作，歌声你唱我和、此起彼伏，正所谓"遍地繁枝垂玛瑙，四乡宠韵唱清平"。

唐代诗人刘长卿诗云："行过大山过小山，房上地下红一片。"清代无名氏有诗云："春分一过是秋分，打枣声喧隔陇闻。三两人家十万树，田头房脊晒红云。"诗中所描写的就是枣乡秋季丰收的景象。那时，红枣的玛瑙红与碧绿的枝叶相映生辉，简直成了枣的海洋、枣的王国、枣的世界。一串一串的红枣，如玑似珠。

红枣孕育着太行山风吹日晒的日子，枣的思想、枣的文化与当地的风物人情、民间乡俗水乳交融。枣文化作为文化现象，往往与枣树相伴而生。这种衍生从不同层面、不同寓意、不同程度反映社会生活的人间万象。

枣乡人把红枣作为美好甜蜜的象征。对此，杨平在其《枣乡漫话》一书中，做了详尽的记载："在枣乡，青年男女……表情达意的时候多是枣收季节，挑摘自家枣园树上最大、最红的鲜枣与自己年龄数目相等，送与对方，互表爱意。他们离开后，羞赧的女子还要追上意中人，偷偷塞给对方两个硕大难寻的满膛红枣转身离去，男人这时才明白：两个枣儿透红透亮，暗示让男方'早早'提亲，两颗透亮的红心'早早'结合在一起。"

在枣乡，过春节时要蒸枣糕祭祀诸神，那也是孩子过满月、生日必须吃的；五月端午要包枣粽子；八月十五中秋节要以枣、苹果、葡萄等果品来祭祀祖先；腊八要吃红枣腊八糜。枣糕蒸好后放在案板，让孩子跳三下，以示孩子跳得高，长得快，早成人。丰年吃枣馍馍、枣窝窝，灾年吃枣糠炒面。枣茶、枣醋、枣酒、枣泥、枣面，自制自用。孩子满月"离窝"抱孩子出屋，抱到谁家，谁家就得赠送枣子一类的礼品，空身出去带回实物，预示着孩子长大成人后厚道实诚。儿女结婚，把红枣、花生、栗子放在嫁妆里、火炕上、被角里，取其谐音"早生贵子"。生了孩子，取名"枣花""枣柱"。平日里做些枣饼子、枣米饭，逢年过节精心制作枣粽子、枣糕，吃些醉枣、炕枣，再喝上一点儿口感烈、度数高、酒香独特的"枣木杠"老烧酒。

行唐大枣个大皮薄，核小肉厚，色泽紫红透亮，味道清甜适口，过去历代官员都把它作为进贡佳品，朝野上下都知道行唐盛产大枣"中秋红"，鲜干两食风味独特，因而又有"御枣儿"美名。

枣树与枣乡的历史息息相关，枣树的诸多特性正与中华民族顽强拼搏，生命不息、奋斗不止的民族精神和气节吻合。又因枣果为红色，花为金黄色并呈正五角星形，故枣乡人誉之为"县树""神树"，红枣则喻为红玛瑙。

枣树如今已成为枣乡人的"树下粮仓，树上银行"，成为致富一方的特色产业。我生长在枣乡，对枣树有一种特殊的感情。且不说大枣丰富了我童年的口袋，也不说"八月十五枣落竿儿"的欢快。由枣乡走出去的人，无论他走到哪里，这骨子里都深深镌刻着枣树的符号，血脉中都恒久弥漫着红枣的馨香！

铁杆庄稼中秋红

"在我的后园，可以看到墙外有两株树，一株是枣树，还有一株也是枣树。"这是鲁迅先生笔下所形容的枣树。然而，在中国大枣之乡行唐，你绝对不会产生如此单调的感觉。一踏进行唐，你便进入了枣树的世界。

枣乡行唐是块古老的土地。据《行唐县新志》载："初，帝尧封于唐，后诸侯来归，诣平阳即帝位，南行历其地，行唐邑之名由此始也。"红枣种植，历史悠久，早在《诗经》中就已有枣和棘（酸枣）之分的记载。后魏贾思勰的《齐民要术》和明代徐光启的《农政全书》等古农书中，都把枣树列为果木之首。行唐红枣最早的栽培历史可追溯到春秋战国时期。《战国策》载："北（指古燕地）有枣栗之利，民虽不由田作，枣栗之实，足食于民矣。"

在长期的生产生活中，枣乡人民与枣树结下了不解之缘，人养树，树养人，人树合一，息息相关。因此，由枣树衍生的风俗逐渐形成并世代沿袭，在人民大众的集体创造、集体传承中成为一种历史积淀的文化现象，我们称之为"红枣文化"。红枣文化，作为一种历史文化现象，内容涉及生产、生活、礼仪、饮食、爱情、婚丧、节日、宗教信仰、精神崇拜等诸多方面，它从不同层面，折射和反映了当时的社会政治、经济、宗教、人文、道德观念等。

千百年来，勤劳智慧的枣乡人民，不仅创造了红枣栽培的历史，同时也孕育了这方土地上灿烂的枣文化，更有许多动人的传说故事代代流传。较著名的有"许由植枣""何姑升仙""狄希酿造'千日酒'"等。

　　关于红枣的传说，枣乡流传最广的是许由植枣的故事，许由也一直被枣乡人民视作"圣贤"来尊崇。相传许由为尧舜两代帝师，《庄子·内篇·逍遥游》记载：尧让帝位给许由，许由不受，农耕而食。尧又请许由做九州的长官，许由觉得这样的话玷污了自己的耳朵，便跑到箕山颖水边洗耳，从此避仕不出。传说在仙人的指点下，许由通过嫁接的方法，成功培育出了大红枣，从而也拯救了一方饥饿的百姓。许由始终醉心于他的枣林，隐居于箕山之上，潜心研究园林红枣，撰写了《草本经》一书，据说是讲述了红枣鲜果贮存、晾干、长期贮存的一些方法。后人为了纪念这位不求名利、献身农业园艺的鼻祖，在箕山上建造了许由冢、许由祠，他居住的地方也改名为许由村。

　　如果说许由的故事是人们对这位古代园林艺人的崇拜和赞颂，那么这种来自民间的口头传闻，也是人们千百年来与自然斗争、觅求生存、艰苦创业伟大精神的一个缩影。流传至今的无数个传说故事，都从不同程度表达了人们的爱和恨、愁和乐，残酷的现实与美好的愿望。人们世世代代在这块土地上与天斗、与地斗、与人斗，为谋求人生幸福和自由，无私无畏敢于牺牲，表达了他们勇敢的斗争精神和高贵的道德品质。

　　传说隋大业初年有一苏姓女子才17岁，却得了一种怪病，面色苍白、浑身溃烂、干瘦如柴，又逢大灾之年，家人多处求医，无法治愈。姑娘泪珠成行，几欲寻死，后来，她自己进入太行山中，见一株树上挂满了红色的果实，当时她又累又饿，摘下食之，食后便晕死过去。三个月后，奇迹出现了，姑娘貌美如花，变得比生前还水灵，浑身散发着阵阵香气。乡亲们见后，以为她已得道成仙，纷纷拜祭，后来听说姑娘是吃了一种野果后才出现的奇迹，于是乡亲们称红果为"圣果"。故在当地，有"一日三枣，长生不老""五谷加红枣，胜似灵芝草""木本粮食，百药之引""门前一棵枣，红颜不显老""要使皮肤好，粥里加红枣"等等这样的乡俗俚语。

　　在枣乡，红枣在日常生活中被人们当作访亲问友的必备礼品，其他东西可以不带，但红枣却不能少带，甚至求神拜佛也带几个枣子。红枣作为亲朋间的馈赠礼品，也不单是一种食品，其含义远远超过其本身。《国语·鲁语上》载："夫妇贽，不过枣、栗，以告虔也。"枣，取早起；栗，取礼敬。《礼仪·士婚礼》载："质明，赞见妇于舅姑……妇执枣栗，自门入，升自西阶进拜，奠于席。"意为古代妇女清晨起身见长辈，时常献枣栗果品，早起虔敬。枣特产是送给尊贵客人的最佳礼物。在枣乡，凡过往客人均可入枣园尝鲜，枣农概不收钱，即使主人不在也可去摘食，"瓜、桃、李、枣，不算强盗"说的正是如此。

我国第一部诗歌总集《诗经》只提到四种果品，枣便是其中之一。枣乡行唐那独特的地域优势赋予了红枣更正宗、更优良的品质，是太行山脉孕育了枣的灵气，山有枣则灵，枣生山则贵。娇贵的红枣，苛刻地选择着自己的立命之土，把幸运之根扎向行唐大地，在这片饱经沧桑的土地上，大片山地、丘陵和贫瘠的土地，却恰恰是繁育红枣的天然土壤；这里的气候节律变化与红枣对光、热、水、气的要求完全一致，是红枣的天然乐园。在这片土地上长成的红枣，品质大成、别具风味、独一无二。

枣乡地处山区，土地贫瘠，地少人密，多少年来祖祖辈辈在这里繁衍生息，这块土地上究竟出产过多少枣？养活过多少人？岁月流逝，无从考察，但据史料记载："兵燹之后，人物凋耗，土地荒旷，旧有存者十仅二三，唯山民，生齿日繁，有增里额。"究其原因，是这里的枣果为缺衣少食的百姓提供了生存生活的条件。

行唐大枣历史悠久、品种繁多、品质优良、规模空前，孕育了悠久的枣文化，已成为行唐人文精神的重要支撑。在枣乡，你随便走到哪里，一说起枣树，人人都眉飞色舞，再说前景，人人都面露自信的微笑。经济困难时期，枣树可以养民，改革发展时期，枣树更可以富民，枣树就是摇钱树。枣树抗逆性极强，抗旱、耐涝、耐盐碱、耐瘠薄，旱涝保丰收，被枣乡人称为"木本粮食""铁杆庄稼""百果之王"。

枣树以瘠土为其营养，以甜美为其奉献，以坚强为其躯干，以纯朴为其容颜，以棘刺象征不媚，以绿色装点人间。俗语云："枣树三年不算死，也有久而复生者。"《齐民要术》记载："每元旦日未出时，反斧斑驳椎之，名曰'嫁枣'。不椎，则花而不实，则子萎而落""端午时，用斧于树上斑驳敲打，则肥而大。侯大蚕入簇，以杖击其枝间，振去狂茬，则结实多"。

枣树精神历来是枣乡人的精神之树，也是枣乡人的形象写照。三千年来，除了枣乡行唐，还有哪一方人民对红枣的深情这么荡气回肠！这最具地域色彩的灵物，含钟毓之灵秀，蕴天地之精华，是太行山脉这方贫瘠的热土上人文精神和性格的具体体现。

对于枣乡行唐而言，红枣不仅是一种具有地方特色的果品，更是不可替代、不可复制的文化产品。

枣乡美酒枣木杠

行唐位于燕赵大地太行山东麓的西北部山区，枣树是这里最常见的一种植物。无论土地多么贫瘠，气候多么干旱，哪怕只有一个小缝隙，也有枣树的扎根之地。顽强的枣乡人就像这些虬枝纵横的枣树一样，勤劳朴实，用极少的水分和养分，生活在这片贫瘠而古老的土地上。

我长期居住和工作在县城，真正深入到山区面对面接触枣树的机会并不多，且对酒也并没有什么研究，但是给我印象最深刻的却是家乡的"枣木杠"酒。因为我平生第一次喝的就是枣酒，就是这一次，让我醉了十几年。

记得小时候，一到逢年过节，父亲总会拿出他那桶珍藏了好长时间的枣酒来小呷几口。我们的家族里有一个不成文的规矩，就是每年的除夕夜，亲人们男女老少都要去最年长的长辈那里熬年守岁。当然也要搞几个菜喝上两盅，那时喝的就是这"枣木杠"。长辈们常对我说："不喝枣木杠，枉做枣乡人。"那时我刚满18岁，年轻气盛、血气方刚，就仿效他们拿起酒壶，自斟自饮。一盅下肚，马上就有一种喘不上气来的感觉。于是，长辈们开始大笑，我也笑。不知是笑得厉害还是辣得痛快，眼泪马上就淌出来了。

那次我喝醉了。从那时起，我就记住了家乡的特产"枣木杠"酒。我感到酒是有灵气的，它能激发出任何人的真情实感，尤其是枣乡里的枣木杠！

提到枣木杠酒，人们都会说自己家乡产的枣酒为正宗。到底谁家为正宗，我无从考证，只是很早以前，我就听说我们这里有个枣酒厂注册了"枣木杠"这个商标，我倒觉得这可真是一件正经事儿，老祖宗留下的东西，谁注册了就等于光宗耀祖，为后人所称赞。

行唐枣酒始酿何时，已无实考。据史料记载，春秋时期晋国大夫郤縠因父亲芮被害而株连，谪为庶人，隐居承泽（今城寨乡）故里，躬耕甘泉河畔。一次他偶然发现一个漂满枣子的水坑里，散发出股股醇香，手捧品尝，味道很美，畅饮一通，则头晕目眩，竟昏昏欲睡起来。后来縠被重新起用，征战中山国（今灵寿一带），俘获白狄（鲜虞）人首领，并命其带人酿造这种味道醇香且能醉人的枣果醇醪，酒酿出后，贡此液于晋成公，成公饮之大喜，赐名"中山金浆"，封縠为卿，执掌国政。此说是否确切，尚难考证，但枣酒在当时已始酿已成事实。

关于枣酒的来历，枣乡人普遍说法为中山国（战国时期）白狄人始酿。枣乡人酿酒除了崇仪狄、敬杜康外（仪狄为上古禹时期的一个女人，传说是她酿造了酒。《世本》记，"仪狄始作酒，变五味，少糠做秫酒"），为标榜自己酿造的枣酒好，逢人便讲"千日酒"和"云蒙佳酿"的传奇故事。

古代中山国人狄希，酿造出一种"千日酒"，人们饮用后，酣醉千日不醒。有个叫玄石的大酒量的人不信，就向狄希讨酒喝。狄希说："我的酒还没酿熟，还是等熟了再喝。"玄石不依狄希，狄希无奈，只得让其小饮一杯，玄石想痛饮几杯，狄希劝其改日再喝。玄石很不高兴地走了。玄石回到家，谁知很快就醉倒。家人不知何故，以为他死了，痛哭一场后将其埋葬。三年后，狄希估计玄石酒该醒了，就找到他家。见玄石不在，就问："玄石哪里去了？我俩是朋友，他请我来喝酒。"家人感到很奇怪，告诉他玄石已经死去三年。狄希惊讶地说道："怎么能死呢？是喝了我的千日酒酣醉未醒吧！快将他挖出来。"家人不知真假，就带上掘墓工具到玄石墓地将坟墓挖开。开棺后只见玄石两眼微睁，伸伸懒腰，打了个哈欠说："这酒还行，使我痛快地睡了一觉，该吃午饭了吧？"大家见状都忍不住笑了起来。谁知他们大笑时，将玄石呼出的酒气吸了进去，一个个都躺下不动了。三个月后，他们才一一醒来。

行唐枣酒俗称"枣木杠"，其来历亦颇具传奇色彩。传说北宋初年，女英雄刘金定在云蒙山（又称鳌鱼山、双锁山，位于行唐县西北部山区）落草为王。宋将高君宝奉命押运粮草前往雁门关，路过此山，被刘金定士卒拦住去路，要宋军留下粮草。山寨士卒手持枣木杠与宋军交战，但敌不过宋兵，忙报与金定。刘金定自知宋将武艺高强，非智取难以取胜，就趋步亲自下山向宋将赔礼，让宋兵到山寨歇息。君宝不知是计随金定上山，金定用山寨自酿的枣酒设宴款待，宋军将领见金定如此好客，戒备全无，个个喝得酩酊大醉，醉烂如泥。等醒来时，一个个被捆了个结实。其间，金定、君宝一见钟情，后来结为伉俪。事后，君宝戏言："没想到你的大碗酒比枣木杠还厉害。"据说"枣木杠"就是这样在民间传开的。

"狄希酿造千日酒"和"云蒙佳酿结良缘"的传奇故事，在杨平同志的《枣乡漫话》一书中均有详细记载。这些故事深刻反映出枣乡人对枣酒的崇敬心理。由于他们对枣酒的崇尚，他们在烧酒时都要供奉仪狄和酒神杜康。酿造的枣酒枣香浓郁、幽雅细腻、风味独特，在无数醇醪佳酿的繁多种类中可谓是独树一帜，素有"一滴枣木杠，十年留余香"之说。

另据史料记载："郭子仪、李光弼还常山，史思明收散卒数万踵其后。子仪选骁骑更挑战，三日，至行唐，贼疲，乃退。"（《资治通鉴》·第二一八卷·唐纪三十四）。唐天宝十五年（756年）四月，郭子仪率兵应援河东节度副使李光弼，由井陉（今属河北）进入河北，至常山（今正定）与光弼合兵十余万，连败安禄山同党史思明于九门（今藁城西北）、沙河（今大沙河流经新乐、行唐附近河段）等地。一直追围史思明于博陵（今河北定州）。史思明集众固守，唐军攻城十日不下。五月，郭子仪、李光弼撤围还常山，史思明率数万人马尾随追来。郭子仪选骁骑500人，边走边轮番诱战。这样走走停停，停停走走，经过3天抵达行唐，叛军疲惫，只好后退。郭子仪乘机回军反击，败史思明部于沙河。行唐人民夹道欢迎，拿出珍藏多年的枣酒来犒劳郭子仪将士。安禄山得知河北兵败，即命从河北逃回洛阳的大将蔡希德率步骑2万营救史思明。又命范阳守将牛廷玠发范阳等郡兵万余人南下，配合史思明夹击唐军。史思明收集散亡士卒，与援军合兵5万余人，其中同罗、曳落河精骑万人。郭子仪、李光弼进至恒阳（今河北曲阳），史思明又率众接踵而至。郭子仪下令深沟高垒，不与叛军直接交锋，而采取疲劳战术，贼来则守，贼去则追，白天耀兵扬威，夜晚偷袭贼营，使叛军忙于应付，无法休息，人困马乏。五月二十九日，郭子仪、李光弼率军出城，与史思明大战于嘉山。唐军大获全胜，斩首4万级，俘获千余人，缴获战马5000匹。收复河北十余郡，切断安军后方交通，牵制其西进，使河北战局出现转机。史思明在溃乱中跌下马来，披发赤足，拖着断枪，狼狈逃回军营，随即逃往博陵。这就是历史上有名的"嘉山之战"。相传，郭子仪在嘉山大败史思明后，一直对行唐出产的枣酒念念不忘。后来，枣酒跟随郭帅屡建奇功，直至官居一品，历经四朝。从此，朝廷上下官员皆饮此酒，行唐枣酒遂留下"一品当朝"之美名。

　　先喝枣木杠，再吹大酒量。枣酒原是枣乡人用土法酿制的小窖烧，酒精度多在60~70度间，高者可达80度。枣乡人自酿的枣酒很冲，是一种原浆烧酒，盛在塑料桶里。枣酒说白了就是穷人喝的酒，在以前是上不了台面，够不着档次的，但枣乡人爱喝它，因为它味冲，辛辣，度数高。喝了可御寒，可活血，对腰腿痛似乎也有一定的缓解作用。据说这种枣酒喝了不上头，打开酒桶的时候会有一股浓郁的枣香味，喝下去会感觉有一条小火蛇从喉咙里一直爬到胃里。能喝的，喝上两碗也算是不错的了。《水浒传》里边说的"武松喝十八碗"的事情，我想是不会在这种枣酒上发生的。

　　俗话说，一方水土养一方人。家乡的枣酒尤以西北部山区特产的"枣木杠"为正宗。这里家家户户种枣树，户户家家都酿酒。种植别的作物要靠老天爷，下了雨就有收成，不下雨就会颗粒无收。而枣树是他们唯一旱涝保收的作物了。秋天把枣打下来，分出三六九等，上等枣除送礼外就留着自己吃，二等枣拿到集市上卖，用最下等的枣洗净，蒸熟，淋酒而成。由于枣酒风味独特，价格低廉，多年陈酿更是入口绵软，香味醇厚，人们逢年过节，平时饮用都离不开她，并成为亲朋好友馈赠之佳品。

　　千百年来，枣乡人民充分发挥自己的聪明才智，以红枣为原料，创造制作出各种各样的传统食品和风味食品，为红枣饮食在璀璨的中华饮食中争得一席之地。在红枣饮食文化的"园林"中，枣酒这枝"奇葩"更加芳香、更加醉人。20世纪60年代后，由于种种原因，枣酒的酿造逐渐失去了以往的鼎盛，取而代之的是各种外来酒的大量涌入。近几年，酿造枣酒的作坊更是寥若晨星，好多人已经多年品尝不到真正的纯枣陈酿了。庆幸的是，勤劳的枣乡人民对红枣文化给予极大的重视，开始大力发展红枣产业，还带动了相关产业的发展。

饮一回枣木杠，做一生枣乡人。枣乡即酒乡，最好的枣酒就出在太行山深处。枣乡酿酒，枣乡饮酒，久成风俗，代代传承。我不喜饮酒，但对家乡的"枣木杠"却情有独衷，因为我是太行山走出来的，是看着枣树扬花，挂果，由青到红而长大的。自从住到县城，不时会有山区的亲朋好友送来一些塑料桶散装的"枣木杠"，由于家里没人喝酒，这酒只好用来招待客人了。

去年过年时，省城的老同学来家做客。酒过三巡后，我拿出这种酒来让他品尝。他微张着嘴巴，眯缝着眼睛细细品尝"枣木杠"时那种痴迷、那种陶醉的神态，就如同这枣香一样渗透到房间的每个角落，也渗透到每个人的心房。

探秘千年古枣树

河北省行唐县西北部山区双锁山前，有一形似鸡冠的山梁，叫鸡冠寨。县境内的曲河即发源于此。其源头是条狭长的山沟，沟里有个村落，叫石槽沟。

石槽沟生长着一棵树皮皴裂、虬枝苍劲、形状粗大的古枣树，其根部直径约1.2米，树干直径约0.9米，树高13米左右，树冠直径15米，树干旁逸斜出，苍劲多姿，枝条密集，叶繁果稠。据专家测算，树龄已逾一千五百年。当地人口口相传：在还没有石槽沟村前，这棵又大又粗的古枣树就生长在那地方，祖祖辈辈的人们看到的这棵树总是老样子。

说起这棵又大又老又粗的千年古枣树，当地至今还流行着一句"大老粗"的乡俗俚语。提到"大老粗"，现在人们普遍认为，指的是那些没有文化的俗人，多少带有贬低的感情色彩，比如说："我是个大老粗，斗大的字识不了一箩筐！"在枣乡却不然，三里五乡、沟沟岔岔的枣乡人都知道，"大老粗"原意是那些老实忠厚，性格直率，乐善好施，无私奉献的人的一种自我谦称。这句乡俗俚语的渊源即是从这棵古枣树身上的，"大、老、粗"原本是人们对这棵只知奉献、不求索取的千年古树的"尊称"。

石槽沟村绝大部分村民姓"曹"。究其原因，依然离不开这棵千年古枣树。

相传北宋年间，开国大将曹彬（真定灵寿人）时任都监。雍熙元年（984年），宋太宗赵光义准备攻打辽国，收复燕云十六州。曹彬、杨业、潘美等率小部军士，前往宋辽边境雁门关、龙泉关和倒马关一线巡视军情，以便备战。时值三伏天，军士行至鸡冠寨白石沟一带，饥渴难忍，疲惫不堪。附近有一棵又粗又大的老枣树，树上挂满青枣，枣树下有一间茅屋。曹彬等人便下马前去打问，顺便找些吃的，并将战马拴在枣树上。

茅屋主人是一名白发老妪，其夫早丧，儿子在边关服役。曹彬说明来意，老妪面露窘态，边关兵荒马乱，家中没有多余的粮食，青黄不接，靠煮食枣树上的青枣度日。老妪拿来木杆，将老枣树上尚未成熟的青枣打下，放进锅里煮熟后，让宋军将领充饥。曹彬等人吃饱喝足，美美睡了一觉。动身时，曹彬才发现自己那饥饿的战马已将老枣树的树皮几乎啃完。"人要脸，树要皮"，树要是没了皮，那是要死的！曹彬向来以仁厚谦让、德高望重在军中著称，见老人将救命的枣果打下来给军士吃，军马又啃了她的枣树皮，对此更觉得惭愧不已，欲拿钱来给老妪做赔偿。老妪坚决不受，说："你们走吧！只要能把辽兵打败，边境安宁，老百姓不受其害就好了！"

曹彬走后，多年来一直对此事念念不忘。雍熙三年（986年），宋太宗兵分三路进攻辽国。曹彬负责东路攻打幽州（今北京），因贪功冒进，指挥失误，粮草不济，造成岐沟关（今河北涞水东）惨败，致使其他两路大军被迫退兵。此后，曹彬被降职使用。

曹彬之孙曹佾，因其姐姐被册封为皇后，故称国舅。曹佾天性纯善，不喜富贵，通晓音律，喜爱作诗。他的弟弟自恃为皇亲国戚，骄奢淫逸，逞强行恶，抢夺百姓田地据为己有，且不法小人多出自其门。弟兄二人虽同出一室，但脾气秉性却有着天壤之别。曹佾自始至终竭力规劝他，都不能使其改过自新，最后兄弟俩反目成仇。曹佾心想，天下之理，积善者昌，积恶者亡，这是不可更改的。吾家行善事，累积阴功，才有今日之富贵。如今吾弟积恶至极，虽然明里他能逃脱刑典制裁，但暗里却难逃天罚。将来一旦祸起，家破身亡，到那时还要受到株连。

曹佾便找到祖父曹彬说明要远离繁华，舍弃富贵，隐迹山林，修身养性。曹彬说："人各有志，不能勉强。"因而未加劝阻，并告诉他当年念念不忘的那件"马啃树皮"之事，嘱咐他到灵寿北部山区的双锁山一带，找到那棵老枣树和它的主人，给些银两。并说那里民风淳朴，人也善良，到那里去修身养性，将来一定会出人头地，被世人敬仰。

曹佾带着祖父的嘱托，来到双锁山鸡冠寨下的白石沟。当年的老枣树仍在，只是不见当年的茅草屋和白发老妪。时值中秋，曹佾被这漫山遍野的红枣树所吸引，便决定在茅屋原址重新盖房，居住下来。后来，曹佾散尽随身携带的钱财，接济周围贫苦穷人，与当地百姓情同手足，一起保护这棵老枣树。期间，他也没有少吃这棵枣树上结的枣果。

数年之后，钟离权和吕洞宾二仙在老枣树下和曹佾一起谈时论道，二仙度曹佾为徒，并授以《还真秘旨》，令其潜心修行。不久，曹佾便得道成仙了。当地百姓说，曹国舅就是因为常年吃这棵老枣树上的果子，达到心与道合、形随神化的境界，才得道成仙的。所以，枣乡人对这棵古老的枣树格外珍惜。曹氏后裔遂在白石沟（今东玉女村、西玉女村、石槽沟村）一带定居下来，繁衍生息。

岁月悠悠，沧海桑田，千百年的风风雨雨，在古枣树身上镌刻下岁月的印记。这棵跨越千年的古枣树看似苍老干枯，可冬去春来，又是枝繁叶茂，郁郁葱葱。秋季来临，依然是硕果累累。

这是枣乡的神树，是千百年来枣乡人的生命之树！

神木"雷劈枣"

在行唐，枣树被敬奉为"神树"，究其原因，一说是红枣栽植技术系由神农氏传于上古高士许由；二说是战国魏将乐羊带兵讨伐中山，焦渴难挨，摘食枣果充饥后，得以突出重围。既然称枣树为"神树"，那我们不妨说枣木是"神木"。况且，在我国道教文化中，枣木也确实被奉为法术至高无上的"神木"。只不过，这种枣木非比寻常，是经雷"劈"过的。

雷劈枣，顾名思义就是被雷劈过的枣木。雷公是古代神话传说中的司雷之神，道家奉祀为施行雷法的役使神。相传，雷公能辨人间善恶、主持正义，可代天执法、击杀有罪之人。经过雷击的枣木，具备神灵气运，一切邪祟惧怕于它，佩戴后不但可以抵御邪恶之气近身，还能带来祥瑞和幸运。

枣树是多年生木本植物，一般生长缓慢，碗口粗的树干，需要长上几十年。枣木为上乘木料，其制品多给人以磅礴大气、沉稳厚实的感觉，且古人印书，多以枣木雕版，所以但凡遇书籍出版，均云"付之梨枣"。"枣木棍子自来色"，枣木质地坚硬细腻，色泽红润，不易蛀虫，素有"北方小红木""南檀北枣""吉祥之木"的美称，最适合工艺品加工制作。

据说，枣木经过雷击后，内部会发生微妙变化，木质表面细腻平滑、润泽而有光晕，散发出一种淡雅隽永的古韵木香，而且密度大于水，能沉于水中。其实，枣木无论是新鲜的、干枯的，还是雷劈后死亡的，放入水中后，都不会立即沉于水中。能沉于水的，是那些年份久远的老枣木。大部分树种的木质密度，并不是固定的，枣木本来密度就很高，生长到足够年份后，密度会越来高，质地亦会越来越坚实。所以，能否沉于水只能用于鉴别是不是老枣木，而不能鉴别是不是"雷劈枣木"。那些被雷劈过的老枣木，反而更不容易沉于水，只有离被雷劈部分很远的老枣木，才会保持原有"沉于水"的特性。

道家认为，"枣"为"早"的谐音，即早显灵光、早发神威，枣木质地坚硬，能聚集五雷正气，加之特殊文字与图案寓意，督促敕令可所向披靡。所以，在道法修炼中，"雷劈枣木"常被用来做各类法器，辅助道法实践。

"雷劈枣木"为何如此神奇？在枣乡行唐，流传着一个古老的传说。

相传上古时期，人间一片祥瑞，天下安康太平。不知何时，来了一群妖魔鬼怪。妖魔横行、鬼怪作乱，惶恐的人们各自只求自保，结果弄得民不聊生。有人站出来仗义执言，把情况如实反映到了天公那里。天公就令此人驾着他的火云车，视察人间。那人站在火云车上，面对狰狞的妖魔鬼怪，毫不畏惧，追得他们四处乱跑，情急之下，一个个全躲进了枣树林中。枣树棵棵带刺，天公也奈何不得，妖魔鬼怪藏身其中，甚是得意。天公想："这还了得！人间岂能任由尔等胡作非为？"于是，天公又令人以车撞击枣林。结果，平地一声震耳欲聋的狂雷，炸得妖魔鬼怪四处逃散。人们从未闻过此音，纷纷聚拢而来。定睛查看，只见车撞枣林处，大片枣树被焚烧至乌黑，有的树木被撞成数段。大家交头接耳、疑惑不解，一老者说："此乃雷劈木是也。"于是，人们皆认为雷劈木可以驱邪避鬼，带来祥瑞和幸运，纷纷拿回去放到家中供奉，用来镇宅纳福、驱邪镇鬼。天公为表彰那人的勇猛神武，遂封他为"雷震子"，以震慑妖魔鬼怪。

就这样，雷劈的枣木就被当成了辟邪圣物。人们认为雷劈枣木是天地阴阳之电结合交泰的精华，饱含着上苍能量，聚集了五雷正气，可使人化险为夷，从古至今都有驱妖除恶、纳福入身、预防百病、排除万难、象征吉祥的传说。解放前，在我国华北一带农村，几乎家家都有枣树，大概其意义亦在于此。

作为红枣文化之乡，"雷劈枣"的传说在行唐流传至今。当地有着丰富的枣木资源，人们完全可利用"雷劈枣"辟邪纳福的功效，开发加工枣木制品或饰品，应该会有一定的市场销路吧。如此一来，在增加枣农收入的同时，亦能传承弘扬红枣文化。

枣林苍茫数千秋

"甘瓜抱苦蒂，美枣生荆棘"，诗中说的是枣树多刺的特点。木刺为"朿"，并"朿"为"棘"，"棘实"旧指酸枣，野生；重"朿"为"棗"（枣的繁体）。这种字形的演变，折射出了枣从野生到人工栽培的历史。

位于太行山东麓的行唐，不仅红枣栽植历史悠久，而且面积广阔。史志载："（行唐）自龙泉关（今山西五台、河北阜平县界岭）以往其境，北接灵丘，西接五台，抵行唐三百余里。"随着朝代更替，行唐县境几经变迁，红枣种植却始终兴旺不绝，满山遍岭，沟沟岔岔，尽为枣树。改革开放以来，行唐人民大力发扬愚公移山精神，开山植枣。1984年，县第八届人大第一次会议，将枣树定为"县树"，提出"人人年年栽枣树，功在当今利在后"。

行唐红枣的主产区主要分布在山区和丘陵，现栽植面积70万亩，常年产量18万吨，年产值超5亿元，行唐也先后被国家林业局命名为"中国行唐大枣之乡""中国优质大枣产业基地"，也是全国唯一的"中国红枣文化之乡"。

一个远古神话传说，讲述一部红枣栽植史

枣原产于我国，在河南新郑裴李岗文化遗址中发现的枣核化石，说明枣在我国已有八千多年历史。人类在远古时期就已开始采摘和利用枣果，以枣

果腹、以枣强身、以枣治病、以枣改善生存环境。枣树栽培文字，最早见于《诗经·豳风·七月》的"八月剥枣，十月获稻"，清代纪昀在《食枣杂咏》中，借用此语改为："八月剥枣时，檐瓦晒红皱。"在几千年的历史长河中，红枣既滋养了代代百姓，也衍生出了丰富多彩的文化。

在枣乡行唐，有文字记载的红枣栽植可追溯到春秋战国时期，"南有碣石、雁门之饶，北（指古燕地）有枣栗之利，民虽不由田作，枣栗之实，足食于民矣，此所谓天府也。"（《战国策·燕策一》）千百年来，行唐人在红枣种植上倾注了极大的心血，早在北魏时期，就创造了"量苗分株""适时嫁接""环剥法""堆沙法"等培育方法。经过辛勤培育，行唐红枣逐步形成了皮薄肉厚、色泽紫红、味道甘甜、营养丰富的优良品质。"恒阳（行唐古称）大枣，聚伞花序，生于叶腋，花小黄色，核果硕大，长圆，嫩呈黄绿，成熟紫红"（元·柳贯《打枣谱》），鲜干两食，风味独特，历代官员都曾把它作为进贡佳品，因此行唐红枣又有"御枣"之称。

行唐有三宝：青山、绿水、大红枣。青山是枣乡人的"骨骼"，绿水是枣乡人的"血液"，红枣是枣乡人的"灵肉"。几千年来，行唐人民与枣树结下了不解之缘，人育树，树养人，人树合一，息息相关，在长期的生产生活实践中，形成了深厚的文化积淀，由枣树衍生的枣乡文化世代传承与发展，成为千年古县行唐独具特色的文化内涵。从"许由植枣""女英护枣"的神话传说到"枣木杠"的枣酒文化；从"枣生贵子""早早成才"的民俗文化到"枣树陪嫁""枣树精神"的现代文化，无一不打上了红枣的深深烙印。

在行唐，流传最广的是关于许由植枣的故事，许由也一直被枣乡人民当作"圣贤"所尊崇。相传，许由为尧舜两代帝师，《庄子·逍遥游》记载：尧让帝位给许由，许由不受，农耕而食。尧又请许由做九州牧的长官，许由觉得这样的话玷污了自己的耳朵，便跑到箕山颍水边洗耳，从此避仕不出。传说在神仙的指点下，许由通过嫁接的方法，成功培育出了大红枣，从而也拯救了一方饥饿的百姓。许由始终醉心于他的枣林，隐居于箕山之上，潜心研究红枣种植。后人为了纪念这位淡泊名利、献身农业园艺的鼻祖，在箕山上建造了许由冢、许由祠，他居住的地方也改名为许由村。

千百年来，勤劳智慧的枣乡人民用口口相传的故事，述说着红枣的神秘和珍贵；用真实质朴的情感，传递着他们对红枣的珍爱、对植枣先贤的敬仰、对美好生活的向往。

一棵枣树就是一个生灵，失去了它会令人痛心和惋惜

人活百岁少，枣树活千年。在枣乡行唐，五六代同堂一地生长的枣树随处可见，且都硕果累累。行唐现存年龄最长的枣树，位于西北部山区的石槽沟村北，名为"太行婆枣王"。据专家测算，树龄已逾1500年。

相传，北宋雍熙元年（984年），曹彬、杨业、潘美等率军至宋辽边境巡视军情。军士行至此地，饥渴难忍，疲惫不堪，曹彬将战马拴在又大又粗的老枣树上。枣树主人将树上尚未成熟的青枣打下，让宋军将领煮食充饥。后来，曹彬发现饥饿的战马将老枣树的树皮几乎啃完，想要赔偿，主人婉言拒绝。后来，曹彬的孙子曹佾（因其姐册封为皇后，故其俗称曹国舅）厌倦世俗繁华，想要隐迹山林，禀告祖父曹彬时，曹彬便告诉他当年那件"马啃树皮"之事，嘱咐他到灵寿北部山区的双锁山一带，找到那棵老枣树和它的主人，并说那里民风淳朴，人也善良，到那里一定能修身养性。曹佾按照祖父的叮嘱，来到此地，在茅屋原址盖房居住，与当地百姓一起守护那棵老枣树。数年之后，钟离权和吕洞宾二仙在树下和曹国舅一起谈时论道，不久曹国舅便得道成仙，成为八仙之一。

"太行婆枣王"虬枝苍劲、枝干粗大，树高13米左右，树冠直径15米，如今腹内腐朽，主干分离成三叉，树皮皱裂，疤痕累累，瘤结斑斑。看到它，你便理解了什么叫"饱经沧桑"。尽管它的主干已朽、躯干中空，但周围仍有青葱新枝苗壮生长，且枝繁果稠。这简直就是一个奇迹！所以，枣乡人对这棵"千年古枣树"格外珍重，视它为"文物"和"神树"。

枣树有"铁杆庄稼""木本粮食"之称，土地因它而"斗地打石粮""一年顶三秋"，正常年景，枣民受益；到了饥荒年月，红枣就是枣乡人的救命

粮。旧中国旱涝蝗灾频繁，地里的庄稼常常绝收。遇此年景，贫苦农民常常食不果腹、衣不蔽体，只好携儿带女，逃往他乡谋生。而枣区的贫苦百姓常常靠着少许红枣，碾压成枣面，掺以谷糠、菜叶、树叶等来维持生计，度过饥荒。20世纪50年代末，行唐平原一带粮食大减产甚至绝产，百姓过着"瓜菜代"的日子，而山区枣农就把红枣掺进谷糠里做成枣糠吃。在只差那一顿、半顿饭就饿死或活命之间，红枣起了至关重要的作用。

枣树是清贫树，北魏贾思勰《齐民要术》载："旱涝之地，不任稼穑者，种枣则任矣。"它耐瘠薄，抗旱涝，抵盐碱，栽到哪里都能成活；枣树是君子树，它根不争地——根系不发达，扎得不深不远，不霸占地盘；冠不争天——冠小枝稀，遮阴很少；叶不争春——春天发芽比其他寻常树木晚一个月左右，早落叶一个月左右；花不争艳——花色米黄，花朵豆大，朴素之美实实在在；枣树是报恩树，给它一次生长机会，就会还你千百年的生命滋养。

正如河北农业大学教授、中国枣研究中心主任毛永民在给行唐枣农授课时所言："一棵枣树就是一个生灵，失去了它会令人痛心和惋惜！"

一种社会文化现象，浸润于生活的每个细节

红枣文化作为一种独特的社会文化现象，内容涉及生产、生活、礼仪、爱情、风俗、精神崇拜等诸多方面，从不同层面，对社会政治和道德观念作出了种种映射。

枣，色赤如丹心，又谐音"早"，这使它在古代礼仪中有很高的地位。古典《周礼》中记述"馈食之笾，其实枣李桃榛"，是说在春秋时候，红枣果就是贵族阶层人士礼尚往来必不可少的礼品。"主妇其洗献于尸，亦如傧。主妇反取笾于房中，执枣、糗，坐设之，枣在稷南，糗在枣南……"可见，枣果是祭祀时不可缺少的供品，就连摆放位置和摆放人的地位身份也是有讲究的。"妇事舅姑，如事父母……问所欲而敬进之……枣、栗、饴、蜜以甘之。"意思是说，有关长辈的饮食，要取得他们的同意和欢心，更要有新鲜和甜美的

食物。《春秋公羊传》载："见用币，非礼也。然则曷用？枣栗云乎？腵脩云乎？"就是说：会见用财帛做礼品，是非礼的，用枣栗、腌肉更好些，因为礼品就是"章物""告虔"的，讲究礼轻意重。

难怪枣乡人常说，枣有"五品"：入朝是贡品，赠友是礼品，平日是食品，治病是药品，保健是补品。在普通人的生活里，凡是充满喜庆的日子、凡是祝贺纪念的活动，相送相敬的食品中，必有红枣。农村里男婚女嫁，少不了枣、花生和桂圆，图个"早生贵子"的吉利。

人们享受着枣的果实，也感动于枣的品格，历代诗咏不断。

《古咄唶歌》云："枣下何攒攒，荣华各有时。枣欲初赤时，人从四边来。枣适今日赐，谁当仰视之？"咏叹红枣的字里行间，反映了人世间的盛衰荣辱、世态炎凉。晋初文学家傅玄《枣赋》曰："有蓬莱之嘉树，植神州之膏壤。……既乃繁枝四合，丰茂翁郁。斐斐素华，离离朱实。脆若离雪，甘如含蜜。脆者宜新，当夏之珍，坚者宜干，荐羞天人。……全生益气，服之如神。"宋代诗人苏轼任徐州太守时，欣然作词《浣溪沙》："簌簌衣巾落枣花，村南村北响缲车，牛衣古柳卖黄瓜。"意趣盎然地表现了淳朴的乡村风情。唐代诗人白居易在《杏园中枣树》中，将枣树与通常植物做了对比：尽管枣树看似平凡，百花丛中"如嫫对西子"，但"君若作大车，轮轴材须此。"诗人杜甫在回忆他童年的情景时写道："庭前八月梨枣熟，一日上树能千回。"而在另一首《又呈吴郎》中，则借枣写了一个悲凉的故事："堂前扑枣任西邻，无食无儿一妇人。不为困穷宁有此，只缘恐惧转须亲。"说的是西邻一个无食无儿的妇人，来我的院子里打枣，如果不是因为困穷哪会这么做呢？所以我只能任由她去打，不但不能责怪，还要表现出亲和的态度。

枣林苍茫数千秋，变化的是人的需求，不变的是枣的奉献。

三月茵陈正当时

在我的老家行唐，流传着这样一句俗语："三月茵陈四月蒿，五月六月当柴烧。"

蒿有青蒿和白蒿之分，"四月蒿"指的就是白蒿。李时珍《本草纲目》记载："蘩，皤蒿。即今陆生艾蒿也，辛熏不美。"这里的"皤蒿"即为白蒿，又名蓬蒿、滨蒿、白艾蒿，属药食同源植物，因经冬不死，春时又因陈根而发，故名"茵陈"。在行唐当地，人们习惯称其为"蒿子苗"，为菊科多年生草本植物，植株具有浓烈的香气，性微寒、味苦辛，有清热利湿、凉血止血的功效，久服轻身，益气耐老，面白长年，还可治疗风湿寒、热邪气、热结黄疸等疾病。

茵陈常见于山坡、路旁、河滩和旷野，历经雪雨风霜，丛丛吐绿，是名副其实的早春第一野菜。三月茵陈，灰白见绿，软软绵绵的，摸在手里如绸似缎，可以晒干泡茶，作为花草茶饮用；也可作为野菜直接采食，且食用方法有很多种，炝炒、炖汤、焯水凉拌或与肉一起剁成馅。但是更多的时候，乡亲们习惯把它作为"苦累饭"的原料，辅以玉米面，上箅蒸熟，捣上蒜泥食用，入口柔韧、清香。不管用哪种方法烹制，都别具一番风味。

北方的三月，乍暖还寒，时有倒春寒发生。此时的茵陈蒿，蓄积了一个冬季的养分，破土而出。白蒿刚刚长出时不高，约寸许，鲜嫩而富有香气，整个植株披挂着灰白色略带绢质的细绒毛，倘若成片生长，给人感觉是白茫茫的一片，此时采挖最好，药用价值也最大。进入四月份，气温逐渐升高，

茵陈幼芽迅速舒展，养分逐渐被分解，药效也就随之降低，变成了所谓的
"四月蒿"。四月蒿，相对于"三月茵陈"而言，其作用就变得小了，但并非
说一点儿价值也没有了。四月蒿同样具有食用和药用价值，也可以泡水当茶
喝，只不过味道有点儿怪怪的。

　　据说，"三月茵陈四月蒿"的俗语来源于神医华佗。相传东汉末年，战
事频繁，饿殍遍野，瘟病四起。有年初春，华佗收治了一名骨瘦如柴的女患
者，她面似妆金，两眼杏黄，腹胀呕恶。华佗知道她患的是"瘟黄"，尽心调
治了月余也不见好转，反而病情愈来愈重。华佗深感无奈，只能交代准备料
理后事。没想到一年之后，华佗又碰见了那名女患者，见她的病全好了，感
到很奇怪。女患者说："这几年闹灾荒，连饭都吃不饱，我们就上山采野蒿当
饭吃。"华佗听后，恍然大悟："原来野蒿可以治疗瘟黄病！"自此以后，华佗
每逢遇到患有瘟黄病的人，就告诉他们去采野蒿吃。可有的人吃了就见好，
有的人吃了好几个月也不见好转。于是华佗又走访了很多百姓，才发现原来
野生的蒿类有两种，一种是翠绿发青的，一种是暗绿发灰的，瘟黄病人吃了
颜色发灰的野蒿才有效。后来华佗还发现，这种野蒿必须在清明前后万物生
发时、三寸长短时效果最好。因为这种暗绿发灰的野蒿容易跟青蒿混淆，于
是华佗就给它另外起了一个名字——"茵陈"，他还编了一句"三月茵陈四月
蒿，五月六月当柴烧"的顺口溜。

　　到了五六月份，白蒿就失去了药用价值，只能当成柴火烧了。不过，乡
亲们是不会直接把它们当柴烧的，而是待到初秋时节，用结了籽的蒿子棵拧
成一根根"火绳"，用于来年夏天驱赶蚊虫。在我的老家，等到秋天白蒿长老
结籽的时候，才称之为"蒿子"，没有结籽的嫩白蒿熏蚊子效果不好。老家地
处丘陵，那个地方蒿子非常多，而且也极容易生长，就像沟沟壑壑间的野草
一样，到了夏季雨量充沛的时候，成片的白蒿要长到齐腰高。即便是雨水不
勤的年头也没关系，白蒿本身是比较耐旱的，特别是生长在山坡地或者河滩
里的，甚至能长到一人多高。

　　儿时在农村，每年秋天我都要背着筐，去村北的山坡上割蒿子，也常帮
着大人们编火绳。割上个百八十斤编成"火绳"，基本就够来年夏天熏蚊子用

了。编火绳，在我们当地也叫"拧火绳"。因为火绳编得比较粗，需要用很大的劲儿拧成麻花状，一般编到一米五左右的长度就可以了，挂在墙上自然阴干。乡下的夏天蚊子较多，晚上睡觉前把火绳点燃，随后熄灭火焰，火折子似的隐隐燃烧着，就如同现在的蚊香，同样能把蚊子驱除。

记得小时候，乡里的供销社收购站收蒿子苗。一进入三月，采挖蒿子苗成了我和弟弟勤工俭学的一项任务。那时候，我们把挖来的蒿子苗晾干，交给学校或送到收购站，大概五毛钱一斤的样子，要采集很多才能晒干一斤。几回下来，一个学期的学杂费就全有了。挖蒿子苗虽说是不算费力气的活儿，但也是挺累人的。背上荆条筐，手拎着小铲子，爬坡越沟，眼睛还得不停地到处打量，山坡旷野、麦田路边、沟渠河滩，运气好能碰上一大片，足够"潇洒"一回；运气不咋地，那两条小细腿可要遭殃了。不过，咱乡下人地熟道熟，也从不怕吃苦，既然出去了，不挖得筐满兜满，是不会轻言"收兵"回营的。

对于农村长大的我来说，挖茵陈是童年美好的回忆，茵陈也是餐桌上的美味佳肴，轻闻之下，一股淡淡的药香立刻钻进鼻孔，瞬间便弥漫于五脏六腑。儿时挖茵陈，是学校或母亲下达的任务，是为了能填饱肚子。现在时代不同了，挖茵陈则是一种时尚、一种情怀。阳春三月，野菜正当时。荠菜、车前草、蒲公英、马齿苋，加上这素有"黄金野菜"之称的茵陈，绿油油、鲜嫩嫩的野菜一进入视野，不禁让人食欲大增，从农户饭桌到城市大雅之堂，普遍受到人们的青睐和喜爱。

现在生活好了，各种大鱼大肉吃腻了，在这万物复苏的春天，我们不妨换个口味，用野菜调剂一下。茵陈特有的清香之气，定会让你舌下生津、胃口大开，使你对春天又多了一份美好的向往与期待。

采挖菊芋腌咸菜

一场秋雨一场寒。仲秋之后，伴随着一场场秋雨、一阵阵秋风，气温也逐渐由"凉"的积累，而变成"寒"了。秋雨绵绵，落叶萧萧，几场雨水过后，北方的天气一天比一天凉。临近深秋，又到了农村孩子们采挖菊芋的时节。

菊芋又叫"野生姜"，是一种原产于北美洲的农作物，后随着美洲大陆被欧洲殖民者发现而带到了欧洲，后来又被他们带到了亚洲，自此传入我国。由于菊芋相貌怪异，加之是由外国人主动带过来的，因此在北方民间又被称为番羌、洋姜和鬼子姜，大抵因为它是外来物种，且地下块茎像极了生姜的缘故。

小时候，我常在外婆家住。20世纪70年代的农村，乡亲们的生活大都不太富裕，冬天的一日三餐，多数是吃棒子面窝头，抑或就着"洋姜咸菜"喝点红薯稀粥。菊芋清脆可口，非常好吃，因此很多人都喜欢在家里腌制一些来食用。外婆家的墙外，当年就有一大片菊芋。它们的生长周期短、繁殖能力强，可在地下以根块的形式疯狂生长，并且还能够大量吸收地下的养分。可以说，一旦某块地种植了菊芋，那么这块地就很难再种植其他农作物了。

北方的三月，乍暖还寒，菊芋的地下根块开始复苏发芽。四月的时候，菊芋的叶片钻出地面，开始抽芽疯长，高的时候可达两三米。它们的叶片宽大如掌，叶柄处有绒绒细毛，给人以毛糙糙的扎手感觉。菊芋为菊科向日葵属多年宿根性草本植物，具有消肿、清热凉血、益胃和中的功效，其叶片和花朵跟金光菊、黄雏菊等诸多菊科植物差不多。菊芋长到两米左右开始开花，朵朵金黄的花瓣，像极了缩微版的向日葵，就连茎叶都非常像，只是小了许多，花盘也结不出葵花籽来。不过菊芋枝头的黄花，显得更为娇艳灵动，俨然是农村墙角菜畦、田间地头一道最美丽的风景线。

在农村住惯了的孩子们，无论在哪里见到菊芋，都会感觉特别温暖。已过不惑之年的我，常常想起儿时，村边高高的田埂上开满了烂漫的菊芋花，迎风摇曳的情景。菊芋的生命力非常顽强，且不怕旱、无病虫害，开花后花籽落地发芽，四处繁殖。据说，菊芋的地下块茎，可以每年20倍的速度繁殖扩张，种一次菊芋，简直就是一劳永逸。所以，村口菜畦和田埂边的大片菊芋，虽说无人管理，却也能年年花开花落，给我们的童年带来许多欢乐。

每逢深秋，儿时的我经常和小弟扛起锄头、挎着篮子，去村北野地里挖菊芋的茎块，也就是人们说的"洋姜"。还饶有兴致地将菊芋茎秆挖空内瓤，插上竹片做成玩具枪，和小伙伴们玩上好一阵儿。母亲常说："挖洋姜是个技术活儿，手法要细致，砍掉茎秆后，瞅准根部一锄头下去，动作要快，尽量不伤及洋姜，否则破伤一点儿，就容易发黑烂掉。"那时候，村里的好多孩子都喜欢挖菊芋，一个个挖得指甲、衣服、双手，甚至头发丝里都是泥沙，跟地里摸爬滚打的泥孩子差不多，可整个挖菊芋的过程，却是欢声笑语、童趣盎然。

菊芋在国外泛滥成灾，每年都需要投入大量的金钱去治理，然而在我国，似乎很少在日常生活中看到菊芋的影子。菊芋的命运和小龙虾有着相似之处，它们虽说都是外来物种，会对自然生态环境造成危害，可到了我国之后，却并没有掀起太大的波澜，因为它们全都被国人当成了菜肴。特别是在北方农村地区，有不少人专门下地挖菊芋，将其连根拔起后，直接带回家中腌咸菜。

挖回家的菊芋最好带点泥土，不要直接放在太阳下暴晒，可放置于北边墙角慢慢阴干，这样处理的菊芋才不会变黑变硬。菊芋和甘露子、白萝卜一样，非常适合拿来腌制咸菜。把洗净后的菊芋，用粗盐、白糖、凉白开、花椒、辣椒等调料腌渍在一个小缸内，密封发酵半个多月后，就是美味可口的腌菊芋了。经过腌渍的菊芋，没有了土腥气，保持了本色的清脆和天然的鲜味，脆中带韧，咸辣里有微甜，虽叫"姜"，却没有生姜辛辣干涩的口感，早晚搭配些稀饭，绝对是开启平常生活最好的佐餐小食。一碟脆生生的腌菊芋，丝丝缕缕的余味真的会缠住味蕾，勾起我们无尽的乡愁。

近年来，菊芋忽然成了饮食圈爆红的食材，一些地区开始推广发展菊芋种植业，农民靠种植菊芋发家致富。甚至有国外媒体称之为超级食物，还发明了水煮、蒸煮、微波烧烤、凉拌沙拉等多种新鲜吃法。不过我最爱吃的，还是母亲腌的菊芋咸菜。

第六辑　莲叶田田

千古空闻属许由

　　唐代宗大历年间"大历十才子"之一的钱起，曾写过一首很有名的《谒许由庙》，诗云："故向箕山访许由，林泉物外自清幽。松上挂瓢枝几变，石间洗耳水空流。绿苔唯见遮三径，青史空传谢九州。缅想古人增叹惜，飒然云树满岩秋。"诗的意境空灵幽雅、清新别致，倒有几分像许由高洁旷远的修养和气节。

　　许由，相传为上古尧舜时高洁贤德之人，隐居在箕山颍水（今河北省行唐县）一带，为人据义履方，邪席不坐，邪膳不食，以"拒受尧禅""颍水洗耳"而闻名天下。昔尧让天下于许由，由不受，逃隐箕山，间培枣栗、事农耕、植园林，为世人所仰慕，至今不衰，被后人奉为隐士的鼻祖。也有人认为：许由曾是生活在中原一带很有才能、名声远扬的部落长，他北迁后来到唐地（尧称帝前的封地），于是发生了唐尧访贤、颍水洗耳、巢父问答等一系列的故事。

　　许由的故事要从中国的禅让制说起。众所周知，中国禅让制的第一人是尧，这位老人年老时力排众议，没有把部落首领的位置交给自己的儿子丹朱，而是禅让给了贤德勤奋的舜。相传，尧生十子，丹朱为其"胤嗣子"（嫡长子）。他开通聪明，智慧极高，但其个性刚烈，做事坚决有主见，欠和顺和政治智慧，被尧视为"不肖乃翁"。在那个天下灾难频发的年代，尧本着"夫天下者，天下人之天下也"的胸怀，为能有一个带领大家克服天灾的继任者，重点培养了沉静内敛并有谦让孝行的舜，还把自己的两个女儿娥皇和女英嫁给了他。经过考验，尧最终把帝位"禅让"给了舜，此乃"禅让制"的肇始，也是千秋万代化家为国"公天下"的典范。不过，据说舜其实还只是"退而求其次"的第二人选，尧最开始中意的人却是许由。

翻阅《山海经·海内东经》《史记·伯夷列传》《方舆纪要·卷十四》和现代典籍《辞海》《中国历史地名大辞典》等文献资料，"箕山颍水"并列提及且与许由传说有关的，有两个区域记载明确：一个是河南的登封，另一个便是河北的行唐。行唐一带流传的"唐尧访贤"的故事，在当地可谓妇孺皆知。

箕山位于太行山东麓与华北平原结合部，西倚太行，东接平原，南望磁河，北邻颍水（今称"郜河"），是许由"出生隐居、广植枣树、拒受尧禅"故事的发生地。许由躬耕箕山颍水，在当时是一位很有名的贤德之人。他培枣栗，事农耕，植园林，名声在外。唐尧在其封地听说后，便让自己的两个女儿娥皇和女英到箕山颍水向许由学习植枣，姐妹俩和许由相识、相知、相恋，感情甚笃。尧称帝建都平阳（今山西临汾），自感年事已高，亲自到箕山拜访许由，欲把帝位禅让给他。

《庄子·逍遥游》中记载了一段十分精彩的对话："尧让天下于许由，曰：'日月出矣，而爝火不息，其于光也，不亦难乎！时雨降矣，而犹浸灌，其于泽也，不亦劳乎！夫子立而天下治，而我犹尸之，吾自视缺然。请致天下。'"其大意是说：当光明永恒的太阳月亮都出现的时候，我们还打着火把，和日月比光明，不是太难了吗？及时大雨落下来了，万物都已经受到甘霖的滋育，我们还挑水一点一滴浇灌，对于禾苗来说，不是徒劳吗？我看到你就知道，我来治理天下就好像是火炬遇到了阳光，好像是一桶水遇到了天降甘霖一样，我是不称职的，请允许我把天下让给你。

要知道，尧送给许由的不是一个普通的礼物，他送的是"天下"的统治权。然而天下再大，也大不过许由的胸襟。许由回答说：你治理天下已经治理得很好了，那么，我还要天下干什么？我代替你，难道就图个名吗？"名者，实之宾也，吾将为宾乎？"名实相比，实是主人，而名是宾客，难道我就为了这个宾客而来吗？

　　许由接下来的回答更为绝妙："鹪鹩巢于深林，不过一枝；偃鼠饮河，不过满腹。归休乎君，予无所用天下为！"就是说：一只小鸟在森林里栖息，它能筑巢的也只有一根树枝。一只小偃鼠在河里饮水，它顶多喝满它的小肚子就好了。你还是打消念头回去吧，天下对我来说没有什么用处。尧又苦口婆心地劝说许由做九州长，并打算将自己的两个女儿娥皇和女英一同嫁给他。许由听后，顿感蒙受奇耻大辱，天子之位尚且不受，岂有再当九州长之理。于是，许由向尧推荐了舜，跑到溪边濯洗自己被尧的话污染了的耳朵，正好遇到巢父牵着黄犊来饮水。这个巢父据说与许由同为尧时隐士。他看到许由的洗耳举动，便问何故。许由如实回答说："尧欲召我为九州长，恶闻其声，是故洗耳。"巢父说："子若高岸深谷，人道不通，谁能见子？子故浮游，欲闻求其名誉。污吾犊口！"说完，巢父忿然牵犊而去。此事在颍水洗耳溪畔（今河北省行唐县颍南村北）的"巢父问答碑"碑文中，有详细记载：

　　巢父，上古尧时隐士。山居不营世利，以树为巢而寝其上。尧访许由于箕山，欲禅帝位。由不受，窃以为耻，至颍水滨濯耳。值巢父欲饮黄犊，见状问曰："耳何垢之有？"由曰："耳无垢，闻恶语也。"父曰："何等人语焉？"由曰："尧聘吾致天下。"父曰："何为恶？"由曰："吾乃山野之夫，植枣济世，志在山水，受尧之扰，清静之耳何堪污也！"父曰："汝拒尧禅，犹恐天下人不尽知矣，故沽名濯耳！非尧语之污，乃汝心之污。吾之犊尚恐污其口耶！"言罢，忿然牵犊绝去。由感辱之，遂逃隐箕山。

　　这是一段中国隐逸文化史上最悠久的智慧对白！巢父的责难和诘问直逼许由的内心世界，也直逼千百年来所有人心中的世俗欲望。这段话构成了许由最后真正的开悟，他的历史在这句话后再也没有更多生动翔实的记载。从此，许由也就成了名副其实的隐士鼻祖。

　　康熙十九年（1680年）出版的《行唐县新志·地理志》载："许由墓，在箕山之上。太史公曰：余登箕山，其上盖有许由塚云。"许由死后葬于箕山之巅，尧就其墓追封为"箕山公神"，以配食五岳，世世奉祀。相传许由死后，人们为避免黄土和山石污染其身，便排成长队从颍水河中取洁净的细沙，手捧细沙依次传递至墓冢内填充。为纪念许由，后人将其居住之地称为"许由村"，至今许由冢、许由观、洗耳溪、巢父问答碑、女英祠等遗迹尚存。

曹植在《许由巢父樊仲父赞》中说："尧禅许由，巢父是耻。秽其溷听，临河洗耳。池主是让，以水为浊。嗟此三士，清足厉俗。"此诚可谓"仁者见仁，智者见智"，或许在曹植看来，巢父的思想境界远比许由要高。然而，世人普遍认为：许由隐居不仕，虽有自恃清高的因素，但其主要原因是：自知之明，胸怀宽阔，诚实谦让，不贪官位，唯才是举，不为名利，德行高尚，天下为公。这便是许由几千年来始终受到天下人敬仰的原因之所在。

唐代诗人胡曾在《咏史诗·箕山》一诗中写道："寂寂箕山春复秋，更无人到此溪头。弃瓢岩畔中宵月，千古空闻属许由。"许由是上古尧舜时期的人物，所以不受中国后来诸多礼制的束缚，可以十分自由而豁达地抒发自己的心智和思想。后来的中国士大夫基本上都无法真正摆脱"达则兼济天下、穷则独善其身"的处世哲学和生命源泉。在许由身上，我们仿佛可以看到后来庄子道家思想的源头活水。难怪战国时的荀子由衷称赞说："许由善卷，重义轻利行显明。"

颍水流千载，箕山尚留存。斯人已远逝，何处觅许魂？"千古空闻属许由"，高士许由的超然洒脱和率直性情可谓是空前绝后。

驱邪镇宅的姜太公

在我的老家冀西南农村，但凡盖房上梁时，人们都要用红纸写上一张"姜太公在此，诸神退位"的字条，连同画好的八卦图（也叫阴阳鱼）一并贴到主梁上，并挂上一双新红筷子和用红头绳穿好的一串古币，有的人家还要挂上一小红布袋五谷、一个小木锨。在地上放好供桌，摆好供品，燃放鞭炮，由主家当事人焚香磕头，祭拜姜太公。然后，由木匠和泥瓦匠将主梁拔上房顶，安放在正屋中间，再从梁上往下扔馒头、撒铜钱，俗称"抛梁"。当住宅逢路冲或屋角相对时，就用红纸写上"姜太公在此，百事无禁忌"诸字，并画上黄色的符贴于墙上，意在挡煞。

据说，姜太公出自炎帝神农氏部族，是尧舜时四岳伯夷的后裔，因伯夷当年帮助大禹治水有功，被封于吕地，故姜太公也被称为吕尚、吕望、吕子牙、吕太公等，归周后，又被称为师尚父、师望、太公望，史书称其是"东夷之士""东海上人"。他上知天文，下知地理，文能安邦，武能定国，是我国历史上最享盛名的政治家、军事家、谋略家，历代典籍都公认他的历史地位，儒、法、兵、纵横诸家皆追他为本家人物，被尊为"百家宗师"。

姜太公登上神坛，是从唐代开始的。据《唐会要》记载，唐玄宗开元十九年（731年），玄宗下令在东、西两京及天下诸州，各建太公庙一所，并让汉代名臣张良陪伴姜太公同享祭祀。诸州武举人，准明经进士，都要参与祭祀。每逢军队出征，任命将领，亦要祭祀禀告。天宝六年（747年），皇帝又下令，乡间贡试选拔上来的武举人赴省应试时，要先去拜谒太公庙。唐肃宗上元元年（760年），追封姜太公为武成王。到了北宋真宗大中祥符元年（1008年），皇帝颁发诏书，加封姜太公为"昭烈武成王"，并建庙祭祀。武成王太公庙的规模格局与文宣王孔子庙一样，与文庙相对应称武庙，于是天下文人供奉孔子，武人则敬奉姜太公。到了元朝，民间又增加了一些关于姜太公的神话传说。至明万历年间，许仲琳创作了《封神演义》，进一步把他神化为驱神役鬼、叱咤风云、神通广大的驱邪神。

人们相信，姜太公手持打神鞭，口吐封神言，自然神力最大，正神惧他三分，百鬼闻其名必望风而逃。于是，人们只要觉得做事有可能得罪诸神或鬼怪，就把姜太公请出来。逢年过节，家家户户都要请姜太公像，贴在自家墙壁上，以祈驱邪镇宅，迎来吉祥喜庆。姜太公像多描绘姜太公骑在瑞兽麒麟上，肩插发号施令的杏黄旗，手持多宝鞭，或在画上方绘八卦图，钤上"驱邪降福""灵符镇宅"朱砂印，并且书有"姜太公在此，百事无禁忌"字样。

常言道，民以食为天，民以居为地。在民间，建房筑屋是非常重要的家庭大事，不仅因为盖房子是一项较大的固定资产投资，还因为老百姓"驱邪纳福"的传统心理。千百年来，民间逐渐形成了一些建筑习俗，其中很多与姜太公有关。比如，盖新房上梁时，要贴"姜太公在此，诸神退位"的字条，抑或让泥瓦匠在自家新房屋顶上加盖一座小庙，里面供奉着姜太公的神位……

相传，姜太公有位好友名叫宋异人，他翻建自家房屋时总是出现问题。后来他才知道，给房屋上顶梁时，总有鬼神来争香火、抢贡品，争抢过程中不免踢断房梁、推倒砖墙。姜太公决定帮帮宋异人。宋异人家上顶梁那天，他站在梁下，表情威严，手执"打神鞭"，口中念念有词："四方鬼神，洗耳听着，太公在此，各归其所！"众鬼神见状，纷纷逃窜，房屋顺利建成。后来，这件事传开了，凡盖新房的人家，都要效仿宋异人的办法，上梁时为讨个吉利，就写一副"上梁正遇黄道日，立柱巧逢紫微星"的对联。在梁上贴"上梁大吉""姜太公在此，诸神退位"的字条，用红线拴一双红筷子和一串铜钱，意在"有吃、有住、有钱花"，想让姜太公长期住下来，永保主家平安。

这个习俗沿袭了三千多年，直到如今，大多数人家盖房时仍然沿用。屋顶的"姜太公"又是如何来的？相传，当年封神结束，姜太公却发现位置都满了，他没有位置坐，只好跑到屋顶，坐在梁上说："姜太公在此，诸神退位，我在众神之上！"下面有神问："你为何在诸神之上？"姜太公说："你们的神位在屋内地面上，我的神位在屋梁上，屋梁高于地面，故我在你们之上。"姜太公为百姓驱邪镇宅，百姓怎能让他受委屈呢？于是，不少人家纷纷在屋顶加盖一座小庙，供姜太公居住。

民间与姜太公有关的传说，大多受唐宋"武圣"崇拜和明代神魔小说《封神演义》的影响。这些传说虽然与历史事实相去甚远，但代表了人们对姜太公的敬仰之情，表达了他们对和平、安宁生活的向往，对维护百姓利益的英雄人物的尊敬。这些习俗传说，值得我们保留和传承下去，不是吗？

乐羊食子克中山

千年古县行唐，是全国闻名的红枣文化之乡，有文字记载的红枣栽植历史，可追溯到春秋战国时期。在行唐，枣树又被人们敬奉为"神树"，究其缘由，就来自"乐羊挥鞭称神树"的传说。

春秋时期，韩、赵、魏将曾经的中原霸主晋国分而食之。"三家分晋"后，三国的国君开始争先恐后地搜罗人才，以结识、重用人才为荣，以排斥、打击人才为耻。魏文侯通过四处网罗草根"知识分子"，使得魏国逐步强盛起来。

晋之东有国曰"中山"，姬姓，子爵，为白狄人所建，都城设在"顾"（今定州城），亦称"鲜虞"。到三晋分国时，中山无所专属，国君姬窟又昏庸愚钝，好为长夜之饮，以日为夜，以夜为日，疏远大臣，狎昵群小，致使黎民失业，灾异屡见，魏文侯谋欲伐之。

当时魏国有个大将叫乐羊，人称"乐羊子"。乐羊，生卒年不详，魏国安邑（今山西夏县）人，为乐毅先祖。乐羊起初为魏相国翟璜的门客，其子名叫乐舒，在中山担任将领。乐舒早年曾向中山国君引荐其父，结果未遂。究其原因，不是中山国君看不上乐羊，恰恰相反，是乐羊因中山国君无道，所以不往。在翟璜看来，乐羊是个"一根筋"的人物，但足智多谋、文武兼备，是难得的将帅之才。

魏文侯十七年（公元前408年），中山发兵进犯魏国。翟璜举荐乐羊担任主帅出师讨伐中山，文侯听从翟璜之言，拜乐羊为兵马大元帅、西门豹为先锋，率五万精兵，越赵国而伐中山。姬窟则遣大将鼓须屯兵楸山（今灵寿秋山），以拒魏军。

魏军长途跋涉，一路鞍马劳顿，出师不利。乐羊屯兵于文山（今行唐县牛王寨西南）一带，与鼓须相持月余，未分胜负。后来，乐羊攻打楸山时，被困于南行唐（今行唐县）西北部的山谷中。山谷两侧陡峭，仅有的出口被中山兵卒把守，一连数日，魏军突围不出，将士们一无粮草、二无援兵，一个个饥饿难挨，眼看就要全军覆没。乐羊手下有个叫梁生的副将，是本地人，对当地情况比较了解，知道这里满是树木，有种树叫枣树，果子可以吃，且清甜解渴，可当粮食。于是，梁生给乐羊出主意，全军不主动出击，死守沟谷。至枣果半青半红时，乐羊命众将士采摘枣果以填饱肚子。将士们饱餐之后，精神大振，士气倍增，魏军一鼓作气杀出了重围，与鼓须战于楸山。

时近八月中秋，姬窟遣使赍羊酒到楸山，以犒劳鼓须。鼓须对月畅饮，乐而忘怀。约至三更，魏军先锋西门豹率兵士衔枚突至，每人各持长炬一根，俱用枯枝扎成，内灌有引火药物，四下将楸木焚烧。鼓须见军中火起，延及营寨，于是带醉率军士救火，但只见大火"噼噼啪啪"地遍山皆着，没一头救处，军中大乱。鼓须知道前营有魏兵，急往山后奔走，正遇乐羊亲自引兵从山后袭来。中山兵大败，鼓须死战得脱，奔至白羊关，魏兵紧追在后，鼓须弃关而走。乐羊长驱直入，所向皆破。楸山一战，中山最关键的天然屏障被彻底攻破，进而加快了亡国的步伐。

据《战国策·魏策一》载，乐羊出兵攻打中山，由于敌强我弱，曾施行缓兵之计，然朝中群臣却诬告乐羊通敌。乐羊兵临中山，姬窟恼羞成怒，悬挂其子乐舒给他看。乐羊并没有因此而减弱进攻的意志，攻打得更为猛烈。姬窟将乐舒杀死烹煮后，送羹给乐羊。乐羊为表忠心，坐在军帐内端着肉羹吃了起来，将一杯全部吃完。魏文侯对睹师赞说："乐羊为了我的国家，竟然吃自己儿子的肉。"睹师赞却说："连儿子的肉都吃，还有谁的肉他不敢吃呢！"后来捷报频传，乐羊大败中山军，攻占了中山国。

中山覆灭后，提及那些救命的枣树，乐羊感慨地说："真乃神树也！"后来，魏文侯封太子击为中山君，封乐羊为灵寿君，当地亦划为其封地。据说，乐羊感念当年枣树救命之恩，后来曾专门派国人来守护那些"神树"。"神树"作为村名，就这样祖祖辈辈地传了下来。

乐羊既罢中山，魏文侯赏其功而疑其心，认为他心地残忍，没有父子骨肉之情。人们普遍认为，政治家为达目的不择手段，目的与手段的辩证关系，是谋略学的永恒主题。乐羊之所以引人怀疑，在于他使用的手段过于残酷，大大超过甚至背离了对国家"表达忠心"这个目的。正如周昙在《春秋战国门·乐羊》中所言："杯羹忍啜得非忠，胡巧佞为惑主聪。盈箧谤书能寝默，中山不是乐羊功。"

乐羊死后，葬于灵寿，他的后代子孙在灵寿的乐羊沟（"七七事变"后，改称北羊沟村）一带安家落户。据当地人讲，乐羊沟即乐家原籍。在行唐神树村的西南，有山谓之"巅山"，其上建有"乐羊亭"。亭柱两侧，一副楹联耐人寻味：魏将啖羹封灵寿，神树难言功与罪；梁妇断杼弃金饼，青竹能道德与行。

在《后汉书·列女传》中，有个"乐羊子妻"的典故。乐羊子妻"弃金饼、断机杼"的故事告诫人们：做人就必须具备高尚的品德，做事就必须有坚韧不拔的精神。

巧诈不如拙诚，是非功过，自有后人评说。乐羊食子以自信，实不如其妻的品德高洁、才识过人。若非如此，乐羊何以能"感其言，复还终业"，乃至数载不曾返家。

一代谋士李左车

韩信熟谙兵法，自言用兵"多多益善"，一生八次大战未逢一败，仗仗都是经典，留下了"明修栈道，暗度陈仓""背水为营，拔帜易帜""四面楚歌，十面埋伏"等传世佳作，其用兵之道，为历代兵家所推崇，堪称军事战略家。然而，在他富有传奇色彩的军事生涯中，特别是在汉赵"井陉之战"和"服燕攻齐"过程中，李左车是一个不可或缺的重要角色。

西汉高祖三年（公元前204年），韩信奉命北征，渡黄河，虏魏王，擒夏说，节节获胜，一路顺利。10月，汉高祖刘邦又派韩信、张耳率一万余新召募的汉军越过太行山，向东挺进，攻打项羽的附属国赵国。在赵国境内的井陉口（今河北省井陉县东）经历了一场危机，而韩信最终还是化险为夷了。不过，使韩信化险为夷的并不是他本人，而是他的战争对手——赵广武君李左车。

李左车，赵国名将李牧之孙（生卒年不详），汉初南行唐（今河北行唐县）史家庄人，秦楚期间著名谋士、杰出的军事谋略家。秦末之时，原先已经覆灭的六国纷纷展开复国运动。作为赵国名将之后，李左车尽心辅佐新立的赵王歇，为赵国立下赫赫战功，被封为广武君，在代王兼赵国大将军陈馀的麾下效命。广武君李左车在《史记》中并无专传，其事迹主要见于《史记·淮阴侯列传》中。

赵王歇和赵军统帅成安君陈馀集中20万兵力于太行山区的井陉口，占据有利地形，准备与韩信决战。井陉口山势险固，有"一夫当关，万夫莫开"

之利，故李左车献计于赵王、陈馀。一方面，他指出，"闻汉韩信涉西河，虏魏豹，擒夏悦，新喋血阏与""此乘胜而去国远斗，其锋不可当"；另一方面，他说："臣闻千里馈粮，士有饥色；樵苏后爨，师不宿饱。"还说："今井陉之道，车不得方轨，骑不得成列，行数百里，其势粮食必在其后。愿足下假臣奇兵三万人，从间道绝其辎重，足下深沟高垒，坚营勿与战。彼前不得斗，退不得还，吾奇兵绝其后，使野无所掠，不至十日，而两将之头可致於戏下。愿君留意臣之计。否，必为二子所禽矣。"又说："今韩信兵号数万，其实不过数千。千里而袭我，亦已罢极，今如此避之不击，后有大者，何以加之？"

然而，成安君陈馀乃一介书生，且刚愎自用，不愿听李左车的建议，而是以"义兵不用诈谋奇计"为由，反对说："吾闻兵法十则围之，倍则战。今韩信兵号数万，其实不过数千，能千里而袭我，亦已罢极。今如此避而不击，后有大者，何以加之！则诸侯谓吾怯，而轻来伐我。"直到最后，陈馀还是没采纳李左车严守井陉口并断汉军粮道的计策，坚决主战。

"汉军探子复又报韩信，言，陈不采纳李之计谋。韩听之，大喜过望。"遂大胆引兵直下井陉口三十里，反用背水奇阵"佯弃鼓旗"，诱使赵军全军出击。而汉军则出奇兵三千，袭其老巢，"拔赵旗，立汉赤帜"。赵军久战不胜，想退回营垒，却见营中遍是汉军红旗，大惊失色，认为汉军已经把赵王及其将领全部俘虏了，于是阵势大乱，四散奔走逃告。赵将虽斩数人，竭力阻止，却不见成效。这时汉军两面夹击，大破赵军，在泜水（今河北省魏河）斩杀成安君陈馀，活捉了赵王歇。

史料记载的井陉口一战，把韩信描述成"高、大、全"的形象，说什么"背水扎营、决一死战、乘虚而入、大破赵兵"等等，不一而足。而对于广武君李左车则轻描淡写，失之偏颇，让人同情。不过，倘若从"胜者为王，败者为寇"的角度去理解，亦不足为奇。

汉军大胜之后，韩信下令，对广武君李左车"有能生得者购千金"。因而，李左车被俘后，军士献给韩信前，韩信亲自"解其缚，东乡坐，西乡对，师事之"，给李左车极高的礼遇。后来，韩信向李左车请教攻燕、伐齐之事。李左车辞谢说："败军之将，不可以言勇；亡国之大夫，不可以图存。今臣败亡之虏，何足以权大事乎！"而韩信却以百里奚居虞而虞亡，在秦而霸的典故表明，胜败乃兵家常事，赵国之败关键在于为王者不能正确用人错误决策，而过不在李左车。韩信说：如果成安君陈馀"听足下计，若信者亦已为禽矣"。

李左车后来终于被感动和说服，他对韩信分析说："智者千虑必有一失，愚者千虑必有一得""夫成安君有百战百胜之计，一旦而失之，军败鄗下，身死泜上。今将军涉西河，虏魏王，禽夏说阏与，一举而下井陉，不终朝破赵二十万众，诛成安君。名闻海内，威震天下，农夫莫不辍耕释耒，褕衣甘食，倾耳以待命者。若此，将军之所长也。然而众劳卒罢，其实难用。今将军欲举倦弊之兵，顿之燕坚城之下，欲战恐久力不能拔，情见势屈，旷日粮竭，而弱燕不服，齐必距境以自强也。燕齐相持而不下，则刘项之权未有所分也。若此者，将军所短也。臣愚，窃以为亦过矣。故善用兵者不以短击长，而以长击短。"韩信问其原因，李左车说："方今为将军计，莫如案甲休兵，镇赵抚其孤，百里之内，牛酒日至，以飨士大夫醳兵，北首燕路，而后遣辩士奉咫尺之书，暴其所长於燕，燕必不敢不听从。燕已从，使喧言者东告齐，齐必从风而服，虽有智者，亦不知为齐计矣。如是，则天下事皆可图也。兵固有先声而后实者，此之谓也。"

韩信听了非常高兴，从其策"发使使燕，燕从风而靡"。并遣使报汉，立张耳为赵王，镇抚赵国。不久，韩信又定齐。至此，赵、燕、齐三国都归汉了。

后来，刘邦与项羽交战，李左车献计设伏十面埋伏，逼项羽乌江自刎，为刘邦统一天下立下赫赫战功。再后来，韩信被刘邦所杀，李左车受刘邦猜疑，为表白自己，李左车当庭辩解。未果，遂愤而自刎，以身殉国。李左车死后，汉高祖刘邦为表彰其忠烈，追封他为"阴灵侯"，建庙祭祀，并封其为"雹神"。

在民间（尤其是今河北、山东、河南一带），李左车很有声望，也流传着许多传说。清代著名小说家蒲松龄的《聊斋志异·雹神》中，就记述了李左车降冰雹于章丘，落满沟渠而不伤庄稼的传奇故事。

李左车的故乡南行唐，古称龙。据《中国历史地名大辞典》载：龙，战国赵邑。在今河北省曲阳县西南。《史记·秦始皇本纪》："七年（公元前240年）"以攻龙、孤、庆都，还兵攻汲"。这里的"龙"，指的就是今河北省行唐县。在《行唐古人古迹歌》中有"史家庄的李左车，多智多谋美名传"的记载。此外，在《聊斋志异》手稿本的基础上编写《全本新注聊斋志异·雹神》的注释中，对李左车出处的解释为："李左车：汉初行唐（今河北省行唐县）人，初依赵王，封广武君，后归汉将韩信，信用其奇计攻取燕、齐等地。详见《史记·淮阴侯列传》。"

李左车死后为"雹神"的传说，不知始于何时。但据《聊斋志异》手稿本第十二卷《雹神》载：李左车"司雹于东"，且在日照市（今属山东省）有"雹神李左车祠"。而据传说，位于滨州市博兴县博兴镇王木村北1000米处有李左车墓，占地116平方米，封土高4米，墓前树石碑三通，碑文镌"广武君李佐车之墓"。"俗传李左车为雹神，每年三月初六日，距李墓较近各村众相率顶礼谒墓祈禳；距墓远者，亦于是日相约备牲醴祭于村西北三百步外，祭毕埋之，去来均不回顾，是年辄丰稔，雹不为灾。"（民国二十五年《博兴县志》卷十七）。

然而，据笔者所知，除了山东省博兴县的"李左车"墓之外，在河南省开封市通许县，河北省石家庄市赵县、衡水深州市饶阳县以及山东省滨州市无棣县、东营市广饶县等地，均存有"李左车"墓。

河南省开封市通许县的李左车墓，位于该县西北15公里的孙营乡李左村；河北省石家庄市赵县的李左车墓，位于该县赵州镇宋村西500米处的商周遗址上。而衡水深州市饶阳县的李左车墓，位于该县大冯营村西北1公里处；山东省滨州市无棣县的李左车墓俗名"保全庙"，位于无棣县城北17公里的车镇乡车镇村北0.5公里处。而据专家考证，从墓室结构，构筑方法和出土仅有的文物看，为东汉时期一座大型墓葬，与李左车无关。东营市广饶县的李左车墓，则位于该县大王镇韩家桥村。

历史上的李左车只有一人，其真实的墓地也只能有一处。上述几处墓地，虽各有见解和例证，然而，都是根据当地一些传说或县志记载佐证而已，实不足为凭。李左车死后到底葬于何处，并无史料记载，可能是上述其中一处，也可能另有他处，这就不得而知了。

一代军事谋略家李左车，给后世留下了"智者千虑，必有一失；愚者千虑，必有一得"的名言。他还著有《广武君》兵书一部，论述用兵谋略，流传甚广。《汉书》称之为"最上乘"的兵法。但他最终却落得悲愤自刎，凭吊墓地，令世人伤感。

王羲之一笔断江河

据志书记载，甘泉河在行唐县治西北三十余里，发源自甘泉庙流入郜河。《行唐古人古迹歌》中提到，"上滋洋有个王羲之，一笔就把江河断"，这"王羲之一笔断江河"的故事，据说就发生在甘泉河中游，河西村至侯家庄村东一带。

甘泉河俗称"江河"，自西向东二十余里，常年绿水长流，下游在寺庄村西北毗山和牛王寨之间，汇聚成湖，当地人称其为"甘泉湖"，亦即后来的"江河水库"。而江河自上滋洋以下，却断流成了一道干沟。当地有个说法，叫江河"明十里，暗十里"，下游的水都钻到地下成了暗河，传说这跟"书圣"王羲之有关。

王羲之，字逸少，祖籍琅琊，后迁会稽山阴，历任秘书郎、宁远将军、江州刺史，后为会稽内史，领右将军，人称"王右军""王会稽"，是东晋时期著名的书法家，有"书圣"之称。相传，王羲之早年在朝为官，职位也不低，可是他酷爱书法，后来连官都不愿意做了，就辞官当起了平民百姓。他不做官以后，就开始周游四方，到处讲学教授门徒。

有一天，王羲之游学来到行唐甘泉乡的上滋洋。一打听，全村人都姓王，再加上这里山清水秀，景色宜人，老百姓又勤劳善良，就在村里住了下来。后来，他看到三里五乡的老百姓穷困潦倒，供不起孩子上学，就在上滋洋村办了一座"义学"。不管谁家的孩子，只要来上学，他就收下。不要钱财，教得又好，当地老百姓没有不称赞他的，学生们上学也挺用心。

在当地，一到夏季雨水就特别多。有一天，下了大雨，王羲之在学堂里查点学生，一看河北边村里的学生都没有来。第二天，他找到那些没来上学的孩子，问个究竟。孩子们都说，昨天下大雨，河里发了洪水，他们走到河边过不了河，没办法就返回去了。王羲之听了，心里不大高兴，暗自思忖："一道小小江河，还敢跟我'书圣'为难？"他拿起一支毛笔，叫上学生，来到村北的江河边，站在岸上说："江河啊江河，你拦我学生一回，我掐你河身半截！"说着，朝河里用笔一勾，一河床水"哗"地一下子钻到了地下，以上滋洋为界，江河下游变成了干巴巴的一道沟。

　　传说归传说，王羲之早年到底有没有游学行唐？众说纷纭，莫衷一是。

　　翻开清康熙十九年的《行唐县新志》，在"人物志·侨寓"篇中，确有王羲之的相关记载："王羲之，琅琊临沂人，游学行唐甘泉乡教授门徒，从游甚盛，后遭永嘉之难，过江左迁会稽仕晋，为右军将军，会稽内史，此旧志也。"志书接着又对其"游学行唐"之说，作出考述："右军世系自魏及晋，世为晋之，大家游学之说，固不足深信。况永嘉之时，中山地为慕容鲜卑居之，右军岂肯深入不善之地乎？逸少英年为右军，自怀帝永嘉至穆帝永和四十余年，当晋东迁时，逸少尚未生也；或者当元帝之后，永昌元年王敦作乱，王导率其宗族，每旦待罪与阙下，右军逸出在此时乎？又不当云'游学在永嘉之前'也。"据此，王羲之早年"游学行唐"的真伪，不言自明。志书亦阐述了"此必前人假借之说，旧志未审因辩之"的观点。或许，这本是前人崇拜"书圣"，假借附会而为。然而，无论王羲之早年是否在行唐游学，当地流传着"王羲之一笔断江河""王羲之嫁妹"等诸多民间传说，却是不争的事实。

　　传说故事总是美好的。有些传说故事，在反映一个地方历史面貌和民俗风情的同时，也传递着当地人对历史名人的崇拜、敬仰和信奉，以及弘扬真善美、抨击假恶丑的美好愿望。所以，至于历史真实，我们还是不必过于深究了吧！因为，这丝毫影响不到那些美好的传说故事在某个特定的地域范围内广为流传。

乐胜与"毛照"

行唐城西有个毛照村，现属市同乡管辖，东临郜河，地势平坦，村内有八百多户人家、约三四千人，村民大部分为"盖"姓。

这个毛字出头的"毛"字，读作"shān"或"sān"，电脑输入无此字，遍查字典亦不见，唯《康熙字典》解释：《字汇》苏甘切，音三。《海篇》毛郎，碑名。毛郎神，本三郎神也。蛮人呼参为毛，转声为三。又毛阳镇，在沂州费县。又村名，行唐西有毛赵村"。"毛"字见于别处不多，应属于地域性的习惯用字。

"毛照武将叫乐胜，帮助杨家保江山"，这是行唐流传的《古人古迹歌》中的一句。据清康熙十九年（1680年）《行唐县志》载："乐胜，行唐毛赵村人，尝从招讨使杨延郎攻倒马关，克之，以功加团练使。"乐胜娶杨八姐（延琪）为妻，后攻打西域时战死，今毛照村仍有乐胜庙、乐胜碑等遗存。

春秋时期，白狄鲜虞人建立中山国，都城设在顾（今定州城），后迁至灵寿。周威烈王十八年至二十年（公元前408~前406年），魏文侯派大将乐羊，绕道赵国，在行唐一带讨伐中山，乐羊灭中山后封地灵寿（今灵寿西北）。乐胜即乐羊之后，行唐（今行唐县）人，生于北宋建隆元年（960年），自幼喜书爱武，性情豪爽。生逢乱世，学文不成，练得一身武艺。他年正青春，报国无门，故与当地几个农民团伙头目联合结帮，打出反宋抗辽旗号，割据一地，称雄一方，既与宋朝官兵对抗，又抗击契丹辽军。部下士卒，不下万人，杀富济贫，打家劫舍，哄抢军粮，攻占地盘。时宋室朝廷内有着"川中李顺，山中乐胜"之说。

在明代熊大木的通俗小说《杨家将演义》中，岳胜是个非常重要的人物。小说中，岳胜表字景龙，生得面如重枣，唇若涂朱，卧蚕眉，丹凤眼，美髯须，身穿绿袍金铠，掌中一口青龙偃月刀，人送绰号"花刀太岁"，不但在马背上有万夫不当之勇，更兼通晓兵法韬略，是一员难得的上将。岳胜早年占据八角山，和孟良、焦赞、杨兴一同落草为寇，排行老大。杨六郎（延昭）出征，路过八角山，军粮被岳胜劫去，押送军粮的八贤王、寇准、呼延赞也被捉去。杨六郎亲自上山，晓以大义，劝说岳胜等人为国效力，北御辽贼。岳胜被杨六郎的赤诚感动，答应率领众兄弟归降，从此成为杨家部将。

乐胜即为小说中的"岳胜"，与孟良（曲阳人）、焦赞（灵寿人）同为宋招讨使杨六郎手下的三员虎将。宋辽征战，乐胜跟随杨六郎镇守三关。当时，行唐县域广阔，自新乐向西北直到五台山，皆为其境土。行唐附近的紫荆关、倒马关、龙泉关、飞狐峪等要塞是西路主战场，从雄县、霸州至涞源一线为东路战场。后来，东路宋军全军覆没，西路成为主战场。在奇袭飞狐峪、攻克倒马关等战斗中，乐胜身先士卒，冲锋陷阵，屡建奇功，以军功封团练使。

由于"杨家将抗辽"的故事流传极广，在行唐的民间传说颇多，故乐胜的事迹在行唐一带妇孺皆知，脍炙人口，历史影响很大。毛照村原名"垒头"，取意于古代军中作防守用的墙壁（堡垒）。乐胜战死后，人们为了纪念他，在村中修了一座乐胜庙。相传，明"燕王扫北"（史称"靖难之役"）时，乐胜显圣，晴天白日，村庄周围雾气笼罩，白茫茫雾蒙蒙的，似帷幕遮苫，致使村落在视野中消失。该村幸存了下来，百姓免遭于难。此后，人们把村名改为"苫照"（又称"苫罩"），一作"毛赵"，后取谐音为"毛照"至今。

枣乡忠烈

千年古县行唐，是全国有名的红枣之乡，枣树栽植历史悠久。

行唐县城北偏西一公里处，有个叫"马凹"的村子。别看这个村子名不见经传，说起由来，年代可就非常久远了。明洪武三十一年（1398年），太祖朱元璋病逝，马氏应诏迁此定居，因地势低洼，枣林荆棘丛生，故取名"马家凹"。马凹村北原为周氏墓地，当地人俗称"周家坟"。但凡上些岁数的村民都知道，当年的"周家坟"颇具规模，墓碑林立，墓前甬路旁立有镇墓碑，上书"文官下轿，武官下马"。

清乾隆四十一年（1776年），廷臣纪昀、舒赫德等奉敕，为明末殉国烈士编撰的《钦定胜朝殉节诸臣录》上载："潼川州同知周时雨，行唐人，崇祯十一年，兄弟守御，大兵破行唐，死之（见畿辅通志）。"而清兵部尚书、直隶总督李卫等监修的《畿辅通志·卷七十七》载："周时雨，行唐人，官潼川州同知。崇祯十一年，与弟淮安府同知霖雨、倒马关参将甘雨，皆罢里居，值城被围，誓死坚守，城破皆殉难，事闻予祭称'一家三仁'。"在清陈梦雷大型类书《古今图书集成》中，亦有相关记载。

史书典籍寥寥数语，却承载着一个极其惨烈而悲壮的枣乡传奇。

一

明末清初，风雨飘摇的大明王朝，内忧外患，战事连年不断。

崇祯九年（1636年）四月十一日，后金国汗皇太极称帝，改元崇德，以是年为崇德元年；改国号为"大清"；改族名为"满洲"，定都沈阳。之后，清兵开始多次侵犯关内，以储备军需，为日后大举南下，推翻明朝统治、侵占中原做准备。

崇祯十一年（1638年）九月，皇太极令睿亲王多尔衮、贝勒岳托统帅军队，自沈阳出发，绕道蒙古，从密云东面的墙子岭、喜峰口东面的青山口，突破长城要塞。明蓟辽总督、兵部右侍郎吴阿衡率六千余众，孤军拒敌，连战五个昼夜，怎奈援兵不至，兵尽粮绝，力竭被俘。清军逼其投降，吴阿衡大义凛然，慷慨陈词："我生为大明将领，死为天国英灵，决不屈膝。"清军恼羞成怒，吴阿衡双膝被砍，牙齿击落，舌被拔掉，于九月二十一日壮烈殉身。

十月，皇帝朱由检三赐副督御史卢象昇尚方宝剑入援，督天下援兵。而实际上，卢象昇能调动的兵力不足两万。是战是和，朝臣意见不一，兵部尚书杨嗣昌和总监高起潜主和，卢象昇则极力主战。十一月，清兵分三路出师，大举南下：一路由涞水攻易县，一路由新城攻雄县，一路由定兴攻安肃（今徐水）。孙承宗率领全家子孙，拒守高阳城；城破，一家四十余口皆壮烈战死。次月，卢象昇由涿州进据保定，在巨鹿贾庄被清军包围，弹尽粮绝，突围奋战，马蹶最后阵亡。

随后，清军铁骑如同卷地狂风，直驱南下，如入无人之境。

二

崇祯十一年（1638年）十月二十三日，真定驻军因为军饷不足，兵卒哗变，抢夺财产，焚烧房屋，劫持营地想要造反。

同知曹亭单枪匹马，前去安抚兵卒，定诛为首者，其余则一概释放。

十一月初，清兵铁骑由北而南围攻新乐县城（今承安铺），因守城严，幸未失陷。清兵攻占真定后，屯兵十余日，周边藁城、栾城、灵寿皆遭侵犯。当时，明朝援兵接踵而来，供应浩繁，苦累至极。且兵士素来骄横彪悍，依敌剽房，无所不至。清兵进真定，自行唐拔灵寿，过获鹿、井陉等县，破张家堡而返。因保定巡抚张其平援军不至，三日后，获鹿城陷。

随后，清兵攻临行唐城，时值行唐县衙原知县陈治纪已升为正六品，调任北京北城兵马指挥司，而新知县尚未到任。县衙内既无知县，亦无县承、主簿，只有一名张姓典史。此时，恰逢行唐城内北街周时雨，致仕归里。周氏一族在外的年轻官员，亦都携眷回家省亲。

南唐中羊周氏，当时在行唐可谓"名门望族"。从第一代周干成至第十九代周万忍，曾出过21位知名人士。其中，周文高家业丰隆而仗义好施，明嘉靖四年（1525年）捐资百金重修城西门外升仙桥、城东门外升通桥，次年复捐修县衙。知县吴德温为嘉其义，刻石树碑，一石碑在升仙桥东北，一石卧碑在县衙三堂北墙之上。周文高之子廷相，克绍前修，轻财重义，为御患卫民，于嘉靖三年（1524年）捐资修筑周阳关墩堡一座。

行唐北街周氏一门，有兄弟六人，时雨为长。时雨生于嘉靖四十五年（1566年），住城内北街，明征仕郎，官至四川潼州州同；二弟霖雨为江南淮安府同知；三弟甘雨为倒马关参将；六弟膏雨为万历年武举、镇抚司。

当年，抗清名将袁崇焕为阉党谗言所害，被凌迟处死，周氏兄弟与诸多抗清将士，皆为其鸣冤叫屈。他们眼睁睁看着阉党专政、奸臣当权的大明王朝，一步步滑向衰败、没落的深渊，岌岌如瑟瑟秋风中的残枝败叶，随时都有可能零落成泥。许多仁人志士心灰意冷、悲愤至极，继而辞官回乡。

然而，得知驻守真定的清兵要来侵袭行唐城，73岁高龄的周时雨还是挺身而出，组织率领65岁的二弟霖雨、63岁的三弟甘雨、六弟膏雨，还有时雨之子周珍，甘雨之子周瑄、周璇，甘雨之孙周良辅等人，男女老幼齐上阵，积极参与备战护城。同时，他们还号召城内百姓奋力抵抗，并组织本县武装力量誓死守城。

三

行唐城池为土城，其形如罐，西门为口，南北门为耳，东无门（实际有门，但平时闭塞不开）为底，世号"罐城"。且三门皆有其名：南曰"俯部门"，以鄗水绕其前；西曰"晚照门"，爱夕阴也；北曰"平恒门"，以恒山之下以此甫平之意。城池外有堤池，内墙下有夹墙。城池四周，皆有护城河环绕，长年流水不息。三门外护城河上均有桥梁，闭起南北门，非经西关升仙桥莫入。

周家大院位于县城北街，北面为正门，由前后三层院落组成，南面是门店，坐北朝南，面向行唐县城的商业街——西街，距离十字街很近。周家大院通往县城四门，都比较近便。周氏兄弟以周家大院为中心，由时雨、霖雨、甘雨负责组织指挥。他们根据敌强我弱的现状以及行唐县城城防形势，以南门、西门、北门为防守重点，分别由周甘雨、周膏雨、周瑄带领若干人等，分头负责把守。因东门是行唐"罐城"之底，是全封闭的，防守力量相对较弱。

为弥补兵力不足，蛊惑敌人，周时雨还派人把树枝、扫帚绑在马尾巴上，在城内巡逻造势，并负责联络通信。驻扎在外的清兵，见城墙内尘土飞扬，摸不明实情，亦不敢贸然攻城。后来，东庄村一卖豆腐之人出城，被清兵盘问，才暴露了真相。

十一日，清兵五百余众，由真定出发侵袭、围攻行唐县城。由此，展开了一场侵袭与反侵袭的殊死战斗。在数量占绝对优势的清军围攻之下，行唐北街周氏一门，奋力抵抗，宁死不屈，誓死坚守城池。

经过数次进攻，清兵以防守力量薄弱的"东门"为主攻对象，率先突破。

攻入行唐城内的清兵，与在此防守以及前来支援的人员，在城东街展开了激烈巷战。正如《周氏宗老家谱》中，真定府堂上官论祭周甘雨夫妇："弹丸之地，厥死之全城，及巷战之急，尤奋勇而敌忾，矢穷身殒力殒躯，轻殉非易，夫妻共效，虽死尤（犹）生……"

据说，在城东街路南的乡贤祠、名宦祠一带，死人不少。后来，这里一直被称为"凶院"。因防守人员势单力薄，周时雨等人边打边退至十字街，加之双方不断由南街、西街前来增援，城北街变成了主战场。至未时，周氏等防守人员，退到周家街（今杨家街）西头靠近西城墙的白衣庵后，再也没有了退路。

士可杀不可辱！在敌强我弱、敌众我寡、深感突围无望的形势下，周时雨及其妻刘氏、子周珍，霖雨、甘雨及其妻梁氏、子周瑄周琏、儿媳孙氏梁氏等十余人，誓死不屈，集体跳入白衣庵后的深水濠坑，以身殉难。周时雨三子周玮夫妇；周霖雨妻梁氏、副室李氏、穆氏及其次子周玙夫妇；周膏雨及其妻杨氏，次子周壁夫妇；周甘雨之孙周良辅及其妻梁氏等多人，也因守城在其他时间和地点被杀或自杀。

这次劫难，行唐城北街周氏一门，他杀、自杀者七十余人。遭劫后，他们的尸体临时埋葬于城北周霖雨修建的白衣庵（北门月城内，时称"白衣观"）。据说，周时雨当时曾派长子周珮到新乐县搬兵求救，但援兵赶到行唐城时，周时雨等人已经壮烈殉难。后来，周珮亦生死不明。

由于清兵攻城，行唐土城墙以及四门城楼惨遭兵燹，城垣毁坏，县衙亦被焚烧。城陷之后，清兵在行唐城内纵火杀人，肆意掠夺财物，致使民众四处逃亡，流离失所。

四

崇祯十五年（1642年），明朝皇帝诏褒忠贞，遣官到行唐城北街致祭，周时雨、周霖雨封护国镇国将军，周甘雨封护国定国将军，周瑄封明威将军，移葬于城西北周氏墓地，并树碑立传。时雨父周之士，钦赐蟒服，追赠护国镇国将军、太尉，之士妻梁氏追赠夫人。

上述史情，散见于清康熙十九年（1680年）《行唐县新志》、同治十三年（1874年）《续修行唐县新志》中。清兵攻临行唐城，北街周氏一门老小，缘何奋力抵抗、慷慨殉难？纵观周氏一门，这与他们中的主要组织者、参与者是明朝地方文武官员，身负保家卫国的职责不无干系。时雨为四川潼州州同；霖雨为江南淮安府同知；甘雨为倒马关参将；膏雨为万历年武举、镇抚司；时雨之子周珍、甘雨之子周瑄皆为守备。这里还要提及一个关键人物，他就是明朝政治家、军事家梁梦龙。梁梦龙曾任兵部右侍郎、都察院右都御史总督蓟辽，和李成梁、戚继光抵抗清兵，九战九捷，皇上褒奖十余次，升任兵部尚书。这个梁梦龙便是周霖雨的岳父，周之士、周甘雨、周瑄、周良辅四代五人与梁府联姻，殉难者中有四人娘家为"真定梁府"。

至清雍正元年，时皇帝下旨敕建"忠义祠"，将行唐北街周氏忠臣，崇祀忠义祠，时享春秋之祀。行唐北街亦更名为"孝义街"，且远近庙宇碑志，多有周时雨、周霖雨等人生平事迹。这在行唐历史记载上，也是不多见的。

周氏兄弟抵抗清兵殉难时，周珮之妻带着两男一女3个孩子，正在本县羊柴村娘家探亲，听闻周时雨等人殉难的噩耗后，悲痛万分，恐慌不安。为躲避清兵追杀，其长子周子儒改名换姓，投奔东市庄姑母家，并在此落户，成为东市庄周氏始祖。周珮妻则带着次子和小女改名换姓，改嫁到新乐县南协神村。据说，周时雨与清兵拼杀时用的战刀，由其后代周雪子保存并用来习武，后被周雪子过继到本县白庙村舅舅家改名乔老周的孙子乔全保，保存至今。

东市庄周子儒的姑母，在周时雨等人被致祭封赏后，曾经从周家大院门口抄录一挽联。前几年，挽联还由周时雨的后代保存，后来因为房塌而被掩埋了。其上联是：为（国）捐躯，大名鼎鼎垂宇宙；下联是：（沙场）效死，豪气烈烈贯长虹；横批：忠烈千古。

明崇祯皇帝遣官致祭后，周珮长子周子儒或其后代，为防止时局再次变化，将其祖父周时雨、父亲周珮的遗骨，从马凹村周家坟迁至东市庄。东市庄周氏还在周氏老家院中，修建了家庙，将周时雨、周珮、周子儒等人的牌位供奉其中。家庙于新中国成立初期被拆除，他们三人的坟墓，亦于1971年被当作"四旧"平掉。

数百年光阴一晃而过，枣林苍茫依旧，刀光血痕如昨。如今的"周家坟"，早已夷为一片空旷的麦田……虽难以深切体会彼时情境，然而踏勘当年遗迹，抚今追昔，不禁使人萌生出几分敬仰、几多感慨！

2014年5月初，偶然得知马凹一村民在"周家坟"附近，发掘残碑两块。我闻讯便欣然前往，一眼就瞥见了路旁空地乱草丛中的两块断碑。碑体残损严重，且并非同一墓碑，拂去碑面土层，"……周公讳时雨显妣刘氏……""明故显考四川潼川州同……"赫然在目。

据碑文可知，两块残碑均系周时雨的墓碑，确凿无疑。此为后事，不提也罢。

第七辑　言之凿凿

《笨花》：心灵需要回望

著名作家铁凝的长篇新作《笨花》问世已经三月有余。面对铁凝6年来苦心经营的《笨花》，人们有理由感到惊奇：铁凝的作品基调有了非常大的改变。过去人们所熟悉的关注女性命运、关注个人情感开掘的模式不见了，取而代之的是截取清末民初至20世纪40年代中期近50年的历史断面，以冀中平原一个小乡村的生活为蓝本，讲述了向氏家族的命运变迁，并将那段中国历史巧妙地融入到笨花村的凡人凡事之中。

《笨花》通过"笨花村"向家三代由冀中农民到直系军阀，再由留有良知的军阀到落魄闲居，又由军阀子弟的第二第三代，到投身抗战的红色阵营，非常准确地连接了中国社会发展的特殊阶层，还原和吻合了历史的轨迹。也许为了服从这一最高需求，铁凝不去人为地设置结构、情节、矛盾，也不泛滥地使用激情。她只是用细节，用平静自然的叙述，用历史生活中的无数偶然，来揭示历史过程中的必然。铁凝通过他们的命运，展开了冀中抗日根据地和日本侵略者殊死斗争的历史画卷。事实上，《笨花》并不以人物性格冲突发展为故事情节，而是以人物命运和细节织成生活横断面，连接一个个生活片段，从而构成从清朝末年到抗战胜利的近半个世纪的时代全景。作家铁凝对生活原生态的关注，在某种意义上来讲，是至关紧要的。也正因如此，向喜才成为她着意表现的主要代表人物。

民风民俗是作家描写的着力之处，《笨花》既写出了乡村的日常生活，也超越了一般的日常生活，深入到了地方或民族集体无意识的深处。铁凝在这里写出了历史变迁中乡村里"安稳"的一面，开头对"黄昏"的描写，窝棚里的故事，摘棉花、打兔子，最后给老人"起号"等等，在在显示了传统的深厚积淀和民间文化之活力，正是这些描写，使小说超越了简单的故事层面，而具有了更为深远的意义，同时使小说在节奏上更加舒缓，在风格上更加质朴、自然。在这些风俗描写中，对笨花"黄昏"的描写令人印象深刻，小说先写驴和骡子当街打滚，然后走来一个鸡蛋换葱的，接下来是卖烧饼的、卖酥鱼的、卖煤油的，走动儿到奔儿楼家"走动"，最后"向家点起了灯，一个黄昏真的结束了"，这里的描写是舒缓的、宁静的，似乎亘古以来乡村的黄昏就是如此。对黄昏的描述，还承担了小说中的叙事功能，牵引出了西贝牛、西贝大治、向文成、向桂、同艾、秀芝、走动儿等人与事，这里的黄昏不只是主角，还是一个舞台与布景。

小说虽然以乱世为背景，但据铁凝称，那不是风云史，也不是在怀旧，"我希望写出人情中大的美和生活中的情趣。在闭塞环境中，人心最终保有着道德秩序和智慧，在狭窄的东西里面有着相对永恒和宝贵的东西，那是一种积极的美德。现在我们处在车流滚滚的时代，心灵需要回望，但回望心灵是不是怀旧？不是的，我看过一部电影叫《回到将来》，我想回望心灵是回到将来的一种妄想。"

此书创作无疑是比较成功的。生活、个人、历史，融洽整合，在《笨花》中，不难看到饮食男女生存之法、小生产者善良的粗朴，以及社会变革，战争灾祸频繁发生。但这些历史的嬗变，命运的苦难、疑惑，在铁凝笔下都没有任何血腥味，而是不置可否地隐匿历史，以小老百姓的生活之道铺开画卷，在这偏野乡村俗世上静谧地展现、绵延。

读者感觉这座历史性的建筑，并不是作者简单地添补修葺，而是一砖一瓦重新筑建。我想具有不同阅读习惯、经历、兴趣与审美的读者会开出颜色各异的花朵，结出累累硕果。

以写实笔触弘扬政界主旋律

作家成仁的长篇小说《红顶子》有着很强的文学性，把松江县的数十个政界人物真实地再现出来，既有灵魂深处的透视，也有细致入微的形象刻画，人物形象呼之欲出，感人事迹催人泪下。全篇小说语言干净利索，不絮叨、不做作、不媚俗，显得节奏平稳，张弛有度，透露着深厚的文化积淀和浓郁的风土人情。作家成仁在创作中融入了大量的人文历史知识，史料典故信手拈来、引人入胜，且情节和人物关系设计巧妙，出人意料。可以说，《红顶子》是一部以写实笔触弘扬政界主旋律的长篇佳作。

平心而论，《红顶子》不是当前荧屏上、书市中红极一时的反腐倡廉题材的官场小说，而是以写实手法记录政界的写实小说，也可以说是问题小说。作者本着积极的现实主义创作态度，以江阳市松江县为背景，从执政者和老百姓二者利益关系这个层面上，揭示了"政治利益"和百姓利益之间的矛盾，进一步探讨了执政者是为任命他的上级执政还是为民执政的问题，从历史角度阐述了社会的安定祥和取决于"红顶子"和"布衣"的"和谐统一"这一思想理念，即："红顶子"和"布衣"是既对立又统一、既矛盾又和谐的统一体。社会动荡了，准是"红顶子"和"布衣"之间的矛盾激化了；社会祥和了，准是"红顶子"和"布衣"之间和谐统一了。努力构建"红顶子"和"布衣"之间的和谐社会，"布衣"要努力，"红顶子"更要努力。小说还诠释了构建和谐社会、建设社会主义新农村的必要性和重要性。如实反映了"红顶子"在"政治利益"怪圈里的所作所为、所思所想，用全景式视角展现了"红顶子"这个特殊群体的是非情长、喜怒哀乐，用饱蘸感情的笔触表达了老百姓对党和政府乃至执政者的殷切期望。

小说开篇从江阳市委书记邢国梁送松江县委书记梁文中走马上任，途中遇到松江乡上访专业户李春林集合老百姓拦路告状入手，进一步交代了松江县的社会背景：十多年来连续换了三任县委书记，换一个领导出台一些新政策、上几个新项目，使得政策不能连贯，建设项目得不到有效延续，形成一些"大尾巴"战略、"半拉子"工程，使老百姓的利益受到了严重侵害。作者紧紧围绕新任县委书记梁文中如何处理好前任县委书记在松江县搞的长毛兔致富工程、国际商城招商工程和城镇基础建设——休闲广场工程，这三个大尾巴和一个烂摊子展开情节，真实地塑造了梁文中、邢国梁、李翊明、关久长、邱东亚等数十个鲜明的人物形象。小说可贵之处就在于，能凸现这些人物人性中的优缺点、切中时代的脉搏，用小人物的视角来看大世界。

官场的黑暗就像一张挣不脱的网，而作家成仁笔下的政界却是温和的，实际上也是这样，领导干部之间多是政见不同、位置之争、权力之争，而不是敌我矛盾。当前某些官场小说，把政界写成了肉搏的战场，其实没有那么黑暗。作者在这一点儿上处理得很冷静，没有跟风而上。较之当前某些歪曲的戏说和某些刻意的做作，小说昭示着现实社会的真实性。官场中也有清廉的有抱负、有理想的官，希望造福百姓、造福一方的官儿，但他们的声音太微弱了，能力也太有限了。为了实现自己的抱负，他们虽然内心抵触，却也不得不"随波逐流"。其实，执政者绝大多数是心系百姓的，就是那些腐败者在变质前也或多或少地关心过百姓。从人性方面讲，小说首先把领导干部看成了普通人，他们有喜怒哀乐，有七情六欲，也做好事，也做坏事，也有好心做成坏事的时候。其次，领导干部又是一个特殊的人，因为他们在权力的位置上，老百姓因一个好官得福，也会因一个坏官遭殃，还会因一个好官的失误蒙受损失。《红顶子》中的人物形象不是高、大、全式的，也没有给人物以"好人、坏人"这样的定位，求的就是生活中的真实，生活中什么样，小说中写的也就是什么样。《红顶子》好就好在这里，它不温不火，不打不闹，老老实实地写"官"与"民"的关系，用活生生的现实生活来反映重大的主题思想。

作家的创作态度是严肃的。能站在一个公正的立场，跳出来写小说，在现在官场文学泛滥成灾的情况下，让其中的人物真正走进读者的心中，是不容易的。

作家成仁在谈到写《红顶子》的初衷时，曾这样说过："我不想写腐败，不想写激烈冲突。我只是想把老百姓和官写好，放在天平的两头，摆出问题，探讨社会怎样才能和谐，老百姓应该怎样生活，官应该怎样工作。在我的眼里，'官'是个特殊群体，好也是官，坏也是官，好官命运不一定好，坏官仕途不一定差，事实就是这样。小说不对官做出批评，让事实说话。为什么做官，怎样做官，官和社会的关系，官和老百姓的关系都是小说所要探讨的问题。文中有一点儿是肯定的，那就是：天虽然是老百姓撑起来的，但气候却不是老百姓能左右的。"

写主旋律永远不会过时，尽管现在"主旋律"这一概念越来越宽泛，理解也比过去更加多向化。然而，正面反映党的优秀干部生活的作品始终是属于主旋律的，其价值观和精神取向也永远都是鼓舞读者的。

在乡土的记忆中徜徉

在农村，一些传统的生产和生活方式，正在淡出人们的视野，成为往事和回忆。它不仅反映着时代变迁、社会进步，还承载着一代人的喜怒哀乐，折射着人生中许多美好的东西。

闻香流连的农村往事系列散文，正是抓住这样的独特视角，通过描写柳罐、纺车、风箱以及锅盆锅碗、缚笤帚等，记录农村中已经或正在消失的农具、炊具及生活方式，在古今观照中透视生活变化，在轻吟低唱中抒写乡土情怀。

"往事"系列散文，形象生动、语言风格朴素平实。譬如：骑一辆自行车，大梁上挂一个帆布兜，装着用于切削的简单刀具和一个勒子，一卷麻绳，后车座上夹着一个板凳、一个围腰；当然最让人记忆深刻的是用来引人注意的"甩子"，那是一串铁片用铁丝穿成，大约有十来片，用木棍做成手柄，甩动起来"哗哗"作响……"二嫂子，让缚笤帚的给你家小子缚个漂亮的，省了再费心说媳妇了。""你还是给你自己缚一个吧，省得你想媳妇想得睡不着觉。"嘴快的二嫂把小伙子说的脸上挂了红光。（《黍穈笤帚也关情》）。语言形神兼备、风趣幽默、自然流畅，毫无做作之感。读来畅快淋漓，如见其物、如闻其声。

一篇篇厚重的如昨往事，是作者情感最直接的裸露和宣泄，是自由心性的抒发和心灵悸动的展现。"我的记忆深处，粗瓷制的棉油灯，铺着苇编炕席的土炕，岁月的烟尘熏透了的墙壁，纺车的嗡嗡声，窗外小溪的潺潺水声和蟋蟀的鸣唱，将那些岁月的温馨和美好构成了一组独特的画面……伴随这种画面和声音所积淀起来的家乡情思就像那长长的棉线，从小就缠绕在心头。"（《手纺线线心纺情》）。作者以朴实的笔触，营造如诗如画的意境，在不事张扬中流溢出对家乡的爱，对农民的情。而有些文字，看似是一种怀旧情结，其实早已跳出生产生活方式本身，在表达更高层次的人文呼唤，是在反观现实之后对优良传统道德的再现和弘扬。"我倒是觉得，家乡的打夯号子虽然旋律简单，但是那种演唱者的技巧和智慧更加值得赞赏。只是不知道，若干年后，还有没有人能够记得这种旋律和场面了。于是，只好杞人忧天般将这种感觉粗略记录，以备钩沉吧……现在从农村到城市，地基夯实都是用机器了。工效明显，省人省事那是毋庸置疑，可是没有了劳动的号子，也仿佛没有了那种乡情。"（《夯声号子动乡情》）。

优秀散文作品讲究语言美，情感真，表现新，而闻香流连的"往事"系列恰恰给了我们语言和情感上的新享受，给了我们一个观察生活的新视角，也给散文创作带来了新启示。

《蓝包袱》，一曲孝义文化的赞歌

1933年，河北省行唐县庄头村。一对新婚夫妇为了革命，丈夫毅然背井离乡，一走就是78年。在这漫长的岁月中，妻子用她结婚时的蓝包袱，包裹着自己的嫁衣，在家乡苦苦等待了一生。后来，蓝包袱传到了孙子的手上，他拿着蓝包袱，拿着奶奶的遗像，历时一年多，最终寻回了在江西高安悄无声息地静卧了72年的爷爷——革命先烈的遗骨还乡，与奶奶合葬……

朱振国、吴敬二人合著的长篇报告文学《蓝包袱》，以写实的笔触、朴实的语言，向我们讲述了行唐县第一任团县委书记崔志尧烈士的革命经历，妻子付三妮的孝贤仁爱，及其孙儿崔建强万里寻祖父、报祖母恩的大孝之举，反映了崔氏一家可歌可泣、忠孝悌廉的故事。

《蓝包袱》的作者，朱振国、吴敬两位老师，我们在以前早就熟识。他们也算是我在文学创作上的领路人。在创作《蓝包袱》的过程中，"农民作家"吴敬老师曾亲自拿着书稿，到我单位征求我的意见和建议。我辈愚钝，哪有什么高见，有的也只是佩服和敬重的份儿。

战争与人类历来如影随形。面对外敌入侵，我们的国人和先烈，无一不是承受了战争带给他们的苦痛，亲人离世、家庭分崩离析、故乡面目全非，但是他们没有在苦痛和敌人的凶残面前低头顺从，而是在硝烟和烈火中获得抗争的能量和御敌的勇气。《蓝包袱》一书，集中反映了大时代背景下的大革命、大趋势，反映了抗战时期中国老百姓、尤其是革命老区人民的真实生活和爱国情操，这是非常有现实意义的。伏案粗略读完书稿，我就私下断言，这是一部反映当前"主旋律"的现实主义力作，面世后定能引起社会广泛关注。果不其然，《蓝包袱》出版后，崔氏一家的故事感动了行唐、感动了石家庄……2013年，即斩获石家庄市精神文明建设"五个一工程"奖。

行唐历来人杰地灵，自古崇尚孝义文化，县城升仙桥至今流传着二郎孝母升仙的故事，龙州镇西关村建有二郎孝母庙。元、明、清时期，行唐人郗祥、谷仕廉、李咸庆等先后被当时的朝廷册封为孝子，成为行唐历史上孝义人物的代表。具体到行唐庄头的崔氏一门，忠、孝、悌、廉，在孙辈崔建强身上无疑得到了深化和传承。多年来，崔建强不断寻找、挖掘祖辈遗留的巨大精神财富，寻根祭祖，对长辈充满敬意，为祖辈而骄傲，并为先人建碑立传，本身就是一种大仁、大孝。

《蓝包袱》一书，书里书外都是戏。在讲述血泪历史和忠贞爱情的同时，透露出的是毅力、坚韧、品格和智慧，书写的是一部家族史、反映的是中国农村抗战史、体现的是一曲孝义文化的赞歌。难怪有人曾说，"这部作品很感人，通过朴实的语言，讲述了主人公崔建强历尽艰辛万里寻祖父的大孝之举，用一个'小人物'的感人故事彰显了'善行河北'的大精神。"

历史学家陈寅恪曾说："国可亡，史不可灭。"时间可以让一切凋零，而很多历史却不该被抹去。零落成泥碾作尘，只有香如故，一如端端正正摆放在案头的这部《蓝包袱》。

浓墨重彩枣乡缘

千年古县行唐，是中国民间文艺家协会命名的红枣文化之乡。作为土生土长的枣乡人，杨平多年来致力于红枣文化、唐尧与许由非物质文化遗产的传承和研究，可谓名副其实的枣乡文化人。

其长篇小说《神树记》，从动笔到出版，可以说"历经六年、增删九稿"，实属不易。在小说中，杨平抚今追昔，以白描式的笔触，抒发枣乡情结，太行山区梁家祖孙三代为代表的枣乡人，演绎了一幕幕感人的传奇故事，展现了枣乡人民的勤劳智慧和顽强不屈的奋斗精神。谈及创作初衷，他曾对我说："要在有生之年，写一部反映太行山区枣乡人民从民国到新中国成立、改革开放等不同时期的长篇小说，来反映当代枣乡人的精神风貌，体现难能可贵的'枣树精神'。"

这是一部冀西农村一家三代人的血泪史，又是一部太行山区枣乡人民的革命斗争史，更是一部当代农村题材的现实主义力作。主人公梁河山一生命运多舛，祖父惨遭日寇杀害，父亲一生饮恨沉冤。为了祖祖辈辈赖以生存的红枣树和生于斯、长于斯的家园，以梁家祖孙三代人为代表的枣乡人民前仆后继、忍辱负重，与天灾人祸作斗争，展现了一幅幅中国农村风云变幻的画卷：大革命时期的"枣农暴动"、侵华日寇的残酷扫荡、大炼钢铁的狂热年代、饥寒啼号的困难时期、"文化大革命"的动乱岁月、平反冤假错案的拨乱反正、改革开放后的农村变迁……小说故事跌宕起伏、人物形态各异，阶级仇、民族恨、亲人泪、家园情，相互交织，集中展现了枣乡人民的情感寄托和精神风貌，体现了一种难能可贵的"枣树精神"。

什么是枣树精神？风吹腰不弯，刀砍根不断，抗争求生存，斗争得改变；以贫瘠为滋养，以铁骨为躯干，以棘刺不媚俗，以甘甜为奉献——这就是枣树精神，也是小说所要表达的主题和灵魂。如今，这种"枣树精神"，俨然已成为枣乡人民精神的象征与寄托。

作为反映中国农村百年风云变幻的大题材，小说以冀西农村"神树岭"为背景，以民国到新中国成立、改革开放等不同时期为历史节点，讲述了梁家祖孙三代人的不同命运。整部小说的侧重点，主要放在了改革开放时期，着重塑造了梁河山、彭同华、温桂芝等一批由乡镇成长起来的基层领导干部形象，热情讴歌了他们脚踏实地干事业、勇于追求梦想的开拓精神，弘扬了一种"邪不压正、正义必胜"的社会正能量。此外，小说中一些人物的名字也暗含"双关"之意，非常耐人寻味，有的单从名字就能看得出人物的性格与命运，如贾安生（一生不安宁），冯树财（见钱眼开的守财奴）、祁宪仁（欺县人）、姜南星（江南的燎原星火）、肖文丑（肖家的跳梁小丑）、白占军（白占入伍指标）、贾清福（假享清福）、韦仲义（伪忠义）等，由此可见，作者的用心是何等良苦。

史料载："兵燹之后，人物凋耗，土地荒旷，旧有存者十仅二三，唯山民生齿日繁，有增里额。"究其原因，就是因为山区有了枣树的存在。在枣乡行唐，枣树常被敬奉为"神树"，枣农和枣树结下了不解之缘，枣树已融入了他们的生命。"劳动创造了人"，人培育了枣树，人育树，树养人，人树相依，不离不弃。千百年来，枣乡人在红枣种植上倾注了极大的心血，由枣树衍生的红枣文化世代传承发展，成为一种独具特色的文化现象。作为红枣文化研究方面的专家，杨平结合自身专长，不遗余力地对红枣文化作了浓墨重彩地描述，枣神女英、枣酒文化、枣乡民俗……从这个角度看，小说本身也是对红枣文化的一种传承和弘扬。

杨平深爱着魂牵梦萦的枣乡、深爱着勤劳朴实的枣乡人民。他饱蘸满腔热血、用厚重的笔墨将枣乡的传奇故事娓娓道来，让我们看到了神树岭的未来和希望。正如雪莱说的，"冬天过去了，春天还会远吗？"我们的神树岭，也终将会迎来生机勃勃的春天。

我的文学，我的梦

一

我的老家在河北农村，我是从山沟里走出的农民的儿子。不管走到哪里，我都这么说。

我自幼酷爱文学，最早的启蒙读物是"育红班"时期的小人书《哪吒闹海》。那时我还不太记事，长大后听母亲说的，其他小朋友都在教室里听老师讲课，唯独我一个人坐在外面的墙旮旯处，如痴如醉地翻看着小人书。

后来我上了村办小学，那时候课外读物相对较少，学校订阅的《小学生必读》几乎被同学们翻烂了，有时还不一定能看到。我的阅读是从《小学生作文选》开始的，它是当时为数不多的课外读物，也只有这本书能光明正大地同课本一起摆放在课桌上。不过当年酷爱阅读的我，又怎能局限于这两本书呢！我清楚记得，当年大叔家有一套民间故事集《365夜》，还有一本《十万个为什么》，这两本书着实让我惦念了好长时间。每逢过集赶庙会，逛书摊是必需的，即便舍不得买，也要翻看上一阵子，就是为了过过眼瘾。小小的书摊前，连环画是我主要的翻阅对象，一本本长方形的小画册，给我的童年带来了许多乐趣，也让我学到很多知识。有时为了得到一本心仪已久的书，不得不狠下心来，破费几角本来打算买冰棍的钱。

再后来，我上了初中，就开始偷看文绉绉的《英烈传》，看父亲收藏的《水浒传》《说三国，话权谋》和《北国风云录》，翻看二姑的《青青河边草》和《女子世界》，就连老姑夫的《大众医学》、母亲的《现代服装》，甚至村里茅厕撕掉半拉子的旧书也不放过……这些古典的、现代的、武侠的、言情的书籍和杂七杂八的杂志，极大地激发了我的阅读兴趣。没办法，那时候在农村适合我们阅读的书籍太少了。

小时候，我对书籍是一种急切渴求，对读书简直就是一种狂热爱好，就像高尔基说的"我扑在书上，就像饥饿的人扑在面包上一样"。当年大量课外阅读，奠定了我扎实的文字基础。

1995年上初中二年级时，我就开始尝试小说和散文创作了。从小学到初中，语文一直是我的强项。当时因创作神话故事《升天记》和长篇小说《峻野枪声》，差点儿荒废了学业，是母亲的当头棒喝，让我从"文学梦"中幡然醒悟。后来我自觉收敛了，一把火烧了所谓的"书稿"，紧紧抓住初三阶段学习的尾巴，最后总算考了个中专。虽说不是心仪的学校，也算是对得起自己了。

写了几个章节的《峻野枪声》被我烧掉，现已全然记不得什么内容了。在反面旧表格纸上写的神话故事《升天记》，却让我不经意地保存下来，随之留下来的还有一篇千余字的学生作文《生死之间》，如今都已成了我压箱底"不足为外人道"的小秘密。

现在看来，当年的创作手法非常幼稚，只能算是我追逐"文学梦"的小小见证了……

二

我小时候家境贫寒，基本没怎么出过村子。

村南口有小学和初级中学。我青涩的中学时代，都是在那里度过的，当时就连县城也很少去的，直到后来，我到市里的一所中专学校读书。

在外求学期间，学校有几个经常穿布鞋、带咸菜的学生，我就是其中之一。刚开始穿的是母亲纳的"千层底"黑布鞋，后来换成黑橡胶底的，再后来是白塑料底的，直到快毕业了，我才开始穿运动鞋和皮鞋。因我喜欢穿布鞋，连带着非常崇拜写"帝王三部曲"的二月河先生。

二月河先生对文学创作精益求精，但在生活上却不讲穿戴，不修边幅，不拘小节。朋友们用六个字概括他的生活："大作家，土老帽。"他敦实、憨厚、纯朴、本分，但又绝对不乏精明、睿智、机警、敏锐。在家时，他经常脚穿布鞋，身着宽衣大衫，而且往往是里长外短，正反不分，人们称他为"穿布鞋的大作家"。

二月河先生精益求精的创作态度，让我敬服，且受益匪浅。

当时社会上刮起一阵"文学社团"风，各个学校的学生会相继成立文学社团，我们学校也不例外。那时，我对文学痴迷到了无以复加的地步，除完成日常课业学习外，利用其他同学们打游戏、玩BP机的时间，一头扎进了文学创作中。

我喜欢用文字表达内心的情感，也偶尔写过几篇像样的文章，但却从没想过在传统纸媒上发表。只不过，我的写作当年确实也派上过用场。直到现在，我还清楚记着帮同学追女朋友时，代笔写过一首题为《无言的结局》的情诗，其中写道：

……在纵横交错的掌纹中/能否找出通向你的路口？所有的这一切/都满含着我的祈祷和心愿。我像茫茫大海中/那孤立无援的岛屿。我不在乎那近乎凄凉的等待/不在乎那无约无期的选择。除了你/我不会轻易跨过那道篱笆墙/我在乎的只是你。

瑟瑟风雪中，我是那株固执的蜡梅/等待遥遥无期，我却依然固守着冬天。然而，现实是那样残酷/我也许会轻易忘却一个名字/却忘却不了那种揪心的情感。你偶尔的光亮/照彻了我久久等待后的凄然。

我淡淡的忧伤/因你的照耀而升起了一轮光圈。不认识你该有多好/那样既无痛苦也无烦恼/可我甘愿认识你/就算为此承受所有的痛苦和烦恼。我就是一座火山/你要让它保持沉默/那就让它沉默。但沉默并不是死亡/我知道这只不过是/等待着酝酿已久的喷发……

这首80余行的长诗，感情表达方式直白露骨，现在读来感觉好笑，但当时它挽回了同学和女朋友那几近破裂的爱情。两人中专毕业后，终究是步入了婚姻殿堂，如今儿女双全、伉俪情深。

"瑟瑟风雪中，我是那株固执的蜡梅。等待遥遥无期，我却依然固守着冬天"被我一直用作个人QQ、微博和微信的个性签名，许多网友也都在使用。

是啊！等待遥遥无期，我却依然固守着冬天。我始终坚信，我所固守的"文学梦"不会太遥远……

三

我时常在想，自己当年算不算是名副其实的"文学青年"。

《现代汉语词典》没有"文学青年"的条目。但在20世纪70年代末、80年代初期，社会上的确兴起了这么一股浪潮。当时有一些青年，他们的精神气质可以说与愤青（愤怒青年）、摇青（摇滚青年）一脉相承。

何为"文学青年"？笼统地说，凡是喜欢文学的青年，就可称之为"文学青年"，以热不热爱文学为标准；确切地说，是指那些热爱文学并有志于从事文学创作和文学活动，却没有受过高等院校中文系专业训练的青年。

在那个单纯的年代，只要是识字的，都可能正蠢蠢欲动地准备写出他们的第一首诗或是第一篇小说，不管最终发表与否。诗歌可以说是80年代文学青年的重要精神食粮。那个年代，诗潮迭起，北岛、顾城、舒婷等人可以说是那个时代首批文学青年，文学就是他们的理想。他们的诗，通常表现出一种晦涩的、不同于寻常的复杂情绪，而这种情绪恰恰吸引了纯真而执着的学生们。从小学课桌上的刻字，到大学情书里的诗文，无不抒发这一情感：

你是郁森森的原林/我是活泼泼的火苗/鲜丽的阳光漏不过密叶/你植根的土地/从未有过真正的破晓/而今天，我却来重蹈/你被时间的落叶/所掩藏的小道/如果它一直通往你的心中/那么我的光亮/就是一拱美丽的虹桥……

喜欢文学的同学，枕头底下多少都会放上几本《徐志摩诗集》《汪国真诗集》，当然也包括国外的诗歌泰斗们，莎士比亚、泰戈尔、拜伦的诗集，提及时无人不知。无论是多愁善感的少女，还是愤世嫉俗的男生，动不动就用诗来发泄一下心中的苦闷。当时的《诗刊》《诗林》《青春》等杂志，极大地鼓舞了人们对诗歌的热情。

诗人风光的时候，"校园诗人"也是个让人恭维的称号。"诗人"们把自己的感情浓缩于短短的几行字中，细细品味，像一串串密码，又像是扭曲的梦呓，除了自己，可能没有人能懂得它的真实含义。自己也不知所云，越是含蓄越觉得成功，最早听到"无病呻吟"这个词，就是课堂上老师对学生们诗歌的评点。

诗歌在校园文学社中占有重要的位置，我们学校的文学社也是如此。到学生会文艺部的文学社团随便问一问，都标榜自己是会写诗的人，时不时拿出几首小诗来和大家切磋……

我是20世纪90年代末开始尝试写作的，参加工作后，陆续在全国各级报刊发表作品。当时我是不喜欢创作诗歌的，尤其反感那些"不知所云"的所谓"朦胧派校园诗人"，直到现在，我也没有写过几首像样的诗歌作品。

当年的我无意随波逐流，所以在校文学社团里，一直是个不受人待见的另类"文学青年"……

四

我生于70年代末，是个没有经历过高考的中专生。人们有关高考的经历，总是承载着太多与青春有关的记忆……所以，我一直喜欢任曙林的《昨天的青春：八十年代中学生》，影集记录着20世纪80年代的中学生活。

在那个物质还不是很丰富的年代，雨后操场上的白色长裙、考试时与同桌交换的眼神、放学时的热闹和空荡的楼道……都透露着现如今难能可贵的纯真和朴实。当我们的青春不在了，还有文字和图片可以印证，不管我们在哪里、在何时度过青春，都会在某些文字或图片里找到熟悉的记忆和曾经的那份纯真。

那个年代盛行纸质书刊。我们乡里的几家小书店，都有我的身影，站在书店里免费翻翻书，老板还是允许的，就是在这个时候我看到了《辽宁青年》，也就是这样一本青春励志杂志，驱散了我心头的落寞与茫然。

读初中二年级的时候，第一次自己花钱买的杂志就是《辽宁青年》，首先因为杂志字小、内容多，最重要的一点就是非常便宜，还不到2元钱。杂志到手后，肯定是自己先迫不及待地看完，然后是前后左右桌同学间互相传阅，再然后是全班同学间传阅，有时还出现过跨班级传阅……一本蛮新的杂志，传阅后再回到我手里时被翻旧了，有时破烂不堪、有时根本就再也传不回来了。

《辽宁青年》是非常吸引年轻群体阅读的期刊，不管是"刊首寄语""青春人物""感悟人生"还是"青年论坛""成长档案""交际与处世"，每篇文章都深深地吸引着我们。那些年，不是我一个人需要《辽宁青年》在心灵上的指引，班级上很多同学都需要；不是我一个人爱读《辽宁青年》，很多同学都爱读……

前几年老家修葺老房子，我从旧书箱子里不期然翻出一本发黄的《辽宁青年》，捧在手中又细读了一遍，可以说别有一番风味。那是一种情怀，是对一去不复返的青葱岁月的怀念，更是对过往美好的追忆与魂牵梦萦。

人到了中年，往往就开始怀旧。提及《辽宁青年》的往事，蓦然就想起了歌手高进的《怀念青春》：

怀念啊我们的青春啊/昨天在记忆里生根发芽/爱情滋养心中那片土地/绽放出美丽不舍的泪花。怀念啊我们的青春啊/留下的脚印拼成一幅画/最美的风景是你的笑容/那一句再见有太多的放不下……

我清楚记得，当年是下了很大的决心和勇气，怀着战战兢兢、如履薄冰的忐忑心情，满怀期望地给《辽宁青年》投了篇小稿子，但最终没有得到杂志社编辑的回音。

以我当初那稚嫩的文笔，我知道稿子肯定是石沉大海了……

五

在我读中学的那个年代，很流行交笔友。

所谓的"交笔友"，其实就是通过报刊留下的通讯地址交友，纯粹地以文会友。那时交笔友绝对是件神秘又浪漫的事，可遇而不可求。不像现在，通过网络随便一吆喝，就是大把的"虾米""粉丝"。那时候的报刊，通常某人发表了豆腐块文章都会在下面刊出通讯地址。找准目标后，就通过信件与之建立联系，但寄出去的信往往都如石沉大海……

我本就喜欢舞文弄墨，再加上一阵"笔友风"刮向学校，就决定交个笔友来切磋一下。那时候，班上的同学们迷上了《故事会》《少年文艺》和《少男少女》，每篇文章下面会附有作者的通讯地址。于是，我就在上面找了一些文章写得好的作者，洋洋洒洒写上五六页的信纸，也不知道当时给一个陌生人写信，何以会变得文思泉涌。

等信写完后，至少誊写上四五遍，分别寄往不同的地方。经过了漫长的等待，突然有那么一天，一封从陌生地址寄来的信。当时激动的心情，只能用"欣喜若狂"来形容。小心翼翼地撕开信封，一张陌生人的照片滑落下来，引来众多的围观者，信也在小范围内传阅，这也算是班上成功交友的典范了。自从我交笔友初战告捷后，班上的女生都跃跃欲试，信心不足的同学还让我捉刀，令我的写作水平迅速上升……

当然了，在那个纯真年代，交笔友纯属以文会友，没有任何的邪念。

我写"交笔友"的那些陈年往事，除了记述我个人青涩的中学时代外，其实也在记录当年别人"交笔友"时的狂热心情。

刚参加工作那几年，当时我住单位的办公室，晚上除了偶尔替同事值夜班，一有空闲就写点稿子。2002年3月26日，我的微型小说《血雨》发表于山东的《菏泽日报》文学副刊，这算是我在传统纸媒上发表的处女作了。后来，有一家文学期刊发表了我的小说《兰花花》，在文章末尾处署上了我的通讯地址。如此一来，那些来自全国各地的信件雪花般飘来，最多时能收到十多封，其中不乏夹杂个人照片，希望结交"笔友"的中学生……

经历过"笔友风"的狂热年代，我能理解这些懵懂而青涩的学生们的迫切心情。从他们身上，我仿佛看到了自己的影子。在他们内心深处，其实和我一样，都憧憬着一个美好的"文学梦"。这些结交笔友的、探讨写作的，甚至是荣获某某奖、入选某某书之类的信件，我都认真地回信答复、探讨交流……

再后来，互联网影响了所有人，大堆的网友取代了笔友。"以文会友"的概念不复存在了，那个纯粹的交友年代，已悄然远去。

六

就我个人而言，内心深处始终有个"文学梦坊"。

虽然当年对文学创作还没有明确的方向，但总梦想着有朝一日能走出山村，当个作家或者自由撰稿人，无忧无虑地去追逐我的文学人生。

在我的脑海里，时常浮现出这样的一幅画面：在农村老家，老婆、孩子热炕头。夜深人静，窗外不知名的螟蛉轻声地唱着歌，爱人和孩子都熟睡着。我一个人在昏黄的灯下，伏案奋笔疾书……这样的场景，想想就觉得心里美滋滋的！

2000年世纪之交，我中专毕业后走出农村，到了县城一家事业单位工作。参加工作后，我利用业余时间从事文学创作，朝着我的"文学梦坊"步步走来。后来，我索性给保存自己作品的文件夹命名为"文学梦坊"，一直沿用至今。

2003年9月，我的小说《山祭》发表在上海的《微型世界》第9期，杂志社寄来了380元稿费。当年我刚参加工作，工资少得可怜，这些稿费足能顶我半个多月的工资了。后来，也正是因为《山祭》这篇小说，我和妻子相识、相恋，直至牵手步入婚姻殿堂。妻子求学那几年，也是爱好文学的，说起来人家当年还是所在学校的"小荷文学社"成员。如此看来，小说《山祭》也算是我的半个媒人了！

有了稿费收入，提升了创作动力。一段时间以来，我的文学创作呈现出"井喷"态势。小说《兰花花》荣获《中华文学选刊》优秀奖、选入《古风杯华夏作家网杯文学大奖赛优秀作品集》，《风铃祭》荣获第二届"泰山杯"文艺作品大奖赛三等奖，散文《解读黄昏》选入《华夏散文精选》，小说《清水湾》《所谓葬礼》等作品相继发表，大量的稿费汇款单朝我飞来……

那时候写稿子流行叫"码字"，作者习惯称为"自由撰稿人"。虽然我有自己的本职工作，不算是"自由"，但在文学的世界里是任由我徜徉的。当时，我写稿子的题材涉猎非常广泛，小说、散文、故事、书评、纪实……有段时间还放下文学创作，开始撰写经济管理方面的论文，陆续发表在《河北企业》《经济工作导刊》《职业技术》《人才兴冀研究》《宝安风》等杂志上，被同事和文友们戏谑地称为不务正业的"杂家"。

那段时间，我业余搞文学创作不为别的，就是希望能多赚些稿费来补贴家用、给弟弟凑点儿学杂费。其实我心里非常清楚，这种通过"漫天撒网、四处投稿"来赚取稿费，近乎疯狂而漫无目的创作态度，本身是有问题的，只是不得已而为之。

直到2006年年初，我用"西河柳"的笔名在《中国青年》发表《清贫之乐》后，我才开始正视我的创作态度，认真思索创作目的和方向……

西河柳，一味中药，解毒、表疹子，主治风湿痹阻、关节骨痛，和大漠胡杨一样都是戈壁滩上的精灵，其木质坚硬而细腻，在黄沙的摧残下，依然不屈不挠，以须为根，保持着顽强的生命力！

这就是我把"西河柳"用作笔名的主要原因，没有什么"西河边的柳树""月上柳梢头，人约黄昏后"，那么多的风花雪月儿女情长。

七

我始终认为，家乡是我创作的主要源泉。

"我的创作离不开家乡，我的文学是为家乡人民服务的。作为行唐人，我很高兴看到近年来全县上下对文化事业的重视，特别是文化基础设施投入进一步加大、县文体中心建成并投入使用、全民文化活动开展得丰富多彩。这些是非常必要的，为行唐今后文艺事业的繁荣发展，奠定了良好的基础。"在2017年5月4日县委举办的"行唐县2017年度文艺工作座谈会"上，我应邀出席并作了《以精品创作促进文艺繁荣发展》的发言，也谈到了个人对文艺创作的一点粗浅的体会和认识。

一定要有精品创作意识。就我个人而言，业余从事文学创作将近20年，多是利用周末和晚上的休息时间来搞创作，我本人有固定的职业和稳定的工资收入，业余从事文学创作也仅是兴趣使然，不用扬鞭自奋蹄，不图回报，也不掺杂任何的功利色彩，对创作过程中的喜怒哀乐、酸甜苦辣，各种滋味深有体会。一句话，热爱并快乐着！付出总有回报，我在文学创作道路上，付出了不少努力，也有了一定的收获，就像路遥说的："文学这行当很累，是个受苦营生，吃不下苦就不要弄。也没有捷径可走，就是多看多写。光有一时的冲动，没有持之以恒的毅力是不行的。"当然，作为文学爱好者，我最盼望的就是，我们本地的作家、艺术家们能多出好作品。看到好作品，我的眼睛发亮、心情激动。因为，有作品就说明有人才；有人才，我们的文艺事业才能长盛不衰。从作者的角度来说，作品就是艺术家的脸面和尊严，是一个艺术家价值的直接体现。是不是好艺术家，作品说了算；一个人的作品不在多而在精，所有的精品，都是作者心血的结晶。

一定要走"艺术为人民服务"的创作路线。纵观历史上留下来的真正好作品，必然是光明正大的、反映社会正能量的。它彰显的是人间大爱、洋溢的是"艺术为人民服务"的气质。评价艺术作品高低优劣的，不是作者本人，也不一定是什么专家评委，而是社会、是历史。一个有抱负的艺术家，一定秉持着人民的观点，背负着历史的使命，担当着社会的责任，这样的作品才能经得起历史的检验。2008年1月底，"Qzone官方文学互动群"主持人曾对我做过一档线上的文学访谈，谈到"让历史的沙漏检验真文学"这一话题，对于那些泡沫文学的价值判断，孰是孰非我认为"发言权并不在泡沫文学的批判者手里，文化融汇在人类创造和改变历史的全过程，究竟是不是泡沫应该要用历史来检验。文学创作应该为社会和人民大众服务，脱离时代、历史和人民的作品，或许当下红火畅销，但终究成不了能流传的经典之作！"习近平总书记讲话强调，要坚持以人民为中心的创作导向，其实也讲出了历史和社会对艺术作出最终选择的道理。可以说，"文艺为谁"的问题，是关乎我们艺术境界和艺术生命的大问题，值得我们每个人深思。

一定要坚持紧贴生活、关注本土。行唐县历史悠久、文化底蕴深厚，是文化艺术资源的富矿。谈到红枣，我们的腰杆为什么能挺得那么直，不仅仅是因为我们是全国有名的大枣之乡、全国优质红枣产业基地，更重要的是我们拥有厚重的红枣文化。我觉得，单是"红枣文化"，就足以让我们身为行唐人而倍感骄傲和自豪。因为仅仅在红枣文化里，就能看到我们的根有多深、这一方水土的文化背景有多么不寻常。更何况，我们行唐还有着丰富的"红色文化""宗教文化""孝义文化"和"龙文化"。在行唐这个地方，搞艺术不需要太多的演绎，也不需要过分的包装。行唐人的思维逻辑、行为方式、语言特色，本身就充满天然的、朴素的、率性的美，正如文化学者余秋雨说的，"陕北人，即使是衣衫褴褛地走在世界上，也会被人看出是具有大文化背景的人。"所以，我们不要舍近求远，更不要躺在金碗里讨饭吃，应该始终坚持紧贴生活，切近现实，关注本土。

这就是我对文艺创作的粗浅认识，也是我后来创作中始终把握的方向。我一直都在努力地坚持着，奋力追逐着我的"文学梦"，虽然并没有达到预期的水准和高度，但这只是我个人的写作能力和水平问题。

八

岁月不居，时节如流。

2017年6月，我调离了工作单位，较之以前的工作繁忙了许多。

或许今后乃至很长一段时间，我再没有闲暇来搞文学创作，虽说偶尔能抽空写几篇小散文，但精力确实不比以往了。遂思考再三，决定将之前创作发表过的散文作品加以甄选，结成《守住人生的心锁》一书，也算是对我个人散文创作的阶段性总结吧！

越女新妆出镜心，自知明艳更沉吟。书中的每一篇作品，无论其丑俊，我都视为自己的孩子。此次得以结集成册，以飨我亲爱的读者朋友。

在此书编辑出版过程中，中国民间文艺家协会理事、河北省民间文艺家协会主席杨荣国，中国散文学会理事、河北省散文学会常务副会长兼秘书长梁剑章欣然为之作序；江苏沭阳资深图书策划人、畅销书作家仲利民，做了全方位的出版策划。同时，也得到了河北师范大学美术与设计学院副院长张爱民，中国红枣文化研究中心常务副主任杨平，中国摄影家协会会员、河北省摄影家协会艺术委员会秘书长盖少华，中国民间文艺家协会、中国散文学会、中国音乐文学学会会员刘鸣利，行唐县书法家协会主席、国家二级美术师侯爱民，以及胡业文、康彦军、范聪丽、刘云平等作家文友和同事们的支持与帮助。在此一并致谢！

我的文学，是我永不言弃的梦。待到他日时间充裕，我定会毅然决然地继续追寻下去……

西河柳

2022年10月28日于行唐颍水河畔